El sello B identifica los títulos que en su edición
original llegaron en las listas de best-sellers de los
Estados Unidos y que por lo tanto:

• Las ventas se sitúan en un rango de entre 100.000 y
2.000.000 de ejemplares.

• El presupuesto de publicidad puede llegar hasta los
u\$s 150.000.

• Son seleccionados por un club del libro.

• Los derechos de autor para la edición pueden
llegar hasta los u\$s 2.000.000.

• Se traducen a varios idiomas.

ACECHO VIRTUAL

PATRICIA CORNWELL

ACECHO VIRTUAL

Traducción:
NORA WATSON

Editorial ATLÁNTIDA
BUENOS AIRES • MÉXICO • SANTIAGO DE CHILE

Diseño de tapa: Peter Tjebbes

Título original: UNNATURAL EXPOSURE
Copyright © 1997 by Patricia Daniels Cornwell
Copyright © Editorial Atlántida, 1998
Derechos reservados. Primera edición publicada por
EDITORIAL ATLANTIDA S.A., Azopardo 579, Buenos Aires, Argentina.
Hecho el depósito que marca la Ley 11.723.
Libro de edición argentina.
Impreso en España. Printed in Spain. Esta edición se terminó
de imprimir en el mes de agosto de 1998 en los talleres gráficos
de Rivadeneyra S.A., Madrid, España.

SPANISH
CORNWELL
ace
3.03

I.S.B.N. 950-08-1994-5

Para ESTHER NEWBERG

Visión, no temor

Luego se acercó
uno de los siete
ángeles que tenían
las siete copas llenas
de las siete últimas
plagas...

Apocalipsis 21:9

CAPÍTULO 1

La noche caía limpia y helada sobre Dublín y el viento gemía más allá de mi cuarto con el sonido de un millón de gaitas. Las ráfagas sacudían los vidrios de las viejas ventanas como espíritus que las atraviesan de prisa, cuando una vez más arreglé las almohadas y finalmente apoyé la espalda contra un revoltijo de hilo irlandés. Pero el sueño no quería rozarme y por mi cabeza volvieron a desfilar imágenes de ese día. Vi cuerpos sin brazos, piernas ni cabezas y me senté en la cama, cubierta de transpiración.

Encendí la luz y de pronto el Hotel Shelbourne me rodeó con un resplandor cálido de maderas antiguas y tela escocesa color rojo oscuro. Me puse la bata y miré el teléfono que estaba al lado de la cama. Eran casi las dos de la madrugada. En Richmond, Virginia, serían cinco horas menos y Pete Marino, jefe de la sección homicidios del departamento de policía local debía de estar levantado. Lo más probable era que estuviera viendo televisión, fumando o comiendo algo que le hacía mal, a menos que estuviera en la calle.

Disqué el número de su casa y él contestó enseguida, como si tuviera el teléfono al lado.

—Feliz noche de brujas —dijo, y por la voz supe que le faltaba poco para estar borracho.

—Es un poco pronto, ¿no te parece? —contesté y lamenté haberlo llamado—. Todavía faltan algunas semanas para Halloween.

—¿Doc? —Calló un momento. —¿Eres tú? ¿Ya estás de vuelta en Richmond?

—No, sigo en Dublín. ¿Qué es todo ese barullo?

—Sólo algunos tipos con caras tan feas que no necesitamos máscaras. Así que todos los días es Halloween. ¡Epa! Bubba está mintiendo.

—Siempre crees que todo el mundo miente —dijo una voz en segundo plano—. Eso te pasa por ser detective desde hace tanto tiempo.

—¡Qué dices! Marino ni siquiera es capaz de detectar su propio olor a chivo.

Las carcajadas del trasfondo eran fuertes mientras los comentarios peyorativos continuaban.

—Estamos jugando al póquer —me informó Marino—. ¿Qué hora es allá?

—Estoy segura de que no quieres saberlo —respondí—. Tengo algunas novedades desagradables, pero no creo que éste sea el momento para que te las cuente.

—No. No, aguarda un momento. Espera a que saque el teléfono de aquí. Mierda. Detesto la forma en que este cable siempre se enreda. Maldición. —Alcancé a oír sus pasos y, después, el chirrido de una silla que se corría. —De acuerdo, Doc. ¿Qué demonios está pasando?

—Estuve casi todo el día hablando de los casos del basural con el patólogo estatal. Marino, cada vez estoy más convencida de que los desmembramientos en serie de Irlanda son obra del mismo individuo al que nos enfrentamos en Virginia.

Él levantó la voz.

—¡A ver si se callan allá de una buena vez!

Lo oí alejarse todavía más de sus compañeros mientras yo arreglaba el acolchado de plumas que me rodeaba. Busqué el vaso con Black Bush que había llevado a la cama.

—El doctor Foley trabajó con los cinco casos de Dublín —continué—. Yo los revisé a todos. Torsos. Espinas dorsales seccionadas horizontalmente a la altura de la quinta vértebra cervical. Brazos y piernas cortados por las articulaciones, lo cual es bastante insólito, como ya te señalé. Las víctimas pertenecen a una mezcla racial, con edades estimadas entre los dieciocho y los treinta y cinco años. Todas son personas no identificadas y los casos fueron caratulados homicidios perpetrados con medios no especificados. En cada caso, jamás se encontraron la cabeza ni las extremidades y los restos aparecieron en basurales privados.

—Maldito si no parece familiar —dijo él.

—Hay también otros detalles. Pero, sí, el paralelo es innegable.

—Así que a lo mejor esa rata está ahora en los Estados Unidos —sostuvo—. Supongo que, después de todo, es una suerte que fuiste allá. Eso no era para nada lo que él había opinado al principio. En realidad, nadie había estado de acuerdo. Yo era la jefa de médicos forenses de Virginia, y cuando la Asociación Real de Cirujanos me invitó a dar una serie de conferencias en la facultad de medicina de Trinity, no quise desaprovechar esa oportunidad para investigar los homicidios de Dublín. A Marino le pareció una pérdida de tiempo, mientras que el FBI dio por sentado que el valor de esa investigación sería poco más que estadístico.

Esas dudas eran comprensibles. Los homicidios de Irlanda se habían producido hacía más de diez años y, al igual que los casos de Virginia, eran tan pocos los elementos con que contábamos. No teníamos huellas dactilares, características dentales ni testigos para la identificación. No poseíamos muestras biológicas de personas desaparecidas para compararlas con el ADN de las víctimas. No sabíamos cuál había sido la forma de la muerte. Por consiguiente, resultaba muy difícil decir algo sobre el asesino, salvo que yo estaba convencida de que era un hombre experimentado con una sierra para carne y posiblemente utilizaba una en su profesión, o lo había hecho durante un tiempo.

—Que sepamos, el último caso de Irlanda se produjo hace una década —le decía yo a Marino—. Y en los últimos dos años tuvimos cuatro en Virginia.

—¿O sea que crees que paró durante ocho años? —preguntó él—. ¿Por qué? ¿Estaba tal vez en la cárcel por algún otro crimen?

—No lo sé. Puede haber seguido matando en otros lados y nadie relacionó esas muertes —contesté mientras el viento producía ruidos aterradores.

—Están esos asesinatos en serie de Sudáfrica —dijo, pensando en voz alta—. En Florencia, Alemania, Rusia, Australia. Mierda, ahora que lo pienso, están en todas partes. ¡Epa! —gritó y tapó la bocina del teléfono—. ¡Fumen sus propios cigarrillos! ¡Qué se han creído! ¡Esto no es una sociedad de beneficencia!

En segundo plano sonaban voces masculinas y alguien puso una grabación de Randy Travis.

—Parece que se divierten mucho —dije secamente—. Por favor, el año que viene tampoco me invites.

—Son unos animales —farfulló—. No me preguntes por qué hago esto. Me terminan todas las bebidas y hacen trampa con los naipes.

—En estos casos, el *modus operandi* es inequívoco —dije, muy seria.

—Está bien. De modo que si este tipo empezó en Dublín, quizá se trata de un irlandés. Creo que deberías apurarte a volver. —Eructó. —Me parece que debemos ir a Quantico y poner manos a la obra. ¿Ya se lo dijiste a Benton?

Benton Wesley dirigía la Unidad Especial de Asesinatos en Serie del FBI, o UEAS, en la que tanto Marino como yo éramos consultores.

—Todavía no tuve oportunidad de hacerlo —contesté, vacilante—. Tal vez tú podrías avisarle. Yo volveré en cuanto pueda.

—Mañana mismo sería un buen momento.

—Todavía no terminé aquí con la serie de conferencias —dije.

—No hay ningún lugar en el mundo en el que no quieran que des una conferencia. Creo que podrías dedicarte a hacerlo en forma exclusiva —dijo, y supe que se proponía empezar a meterse en mi vida.

—Nosotros exportamos nuestra violencia a otros países —comenté—. Lo menos que podemos hacer es enseñarles lo que sabemos, lo que aprendimos a lo largo de muchos años de trabajar con estos homicidios...

—Las conferencias no son el motivo por el que te quedas más tiempo en ese país de los gnomos y las hadas, Doc —me interrumpió—. Ésa no es la razón y tú lo sabes.

—Marino —le advertí—. No me hagas esto.

Pero él siguió.

—Desde el divorcio de Wesley encontraste una excusa tras otra para no estar en la ciudad. Y ahora no quieres volver, lo sé por tu tono, porque no quieres repartir las cartas, ver cuáles te tocaron y jugarte. Déjame que te diga que llega un momento en que hay que aceptar la apuesta o irse al mazo...

—Me ganaste —dije con suavidad mientras le cortaba sus buenas intenciones—. Marino, no te quedes toda la noche despierto.

La Oficina Central de Forenses estaba ubicada en la calle Store N° 3, frente a la Aduana y a la estación central de ómnibus, cerca de los muelles y del río Liffey. El edificio de ladrillos era pequeño y viejo, y el callejón que conducía a la parte de atrás estaba cerrado por un pesado portón negro en el que estaba escrito MORGUE con letras de imprenta blancas. Después de subir los peldaños que daban a la entrada de estilo georgiano, toqué el timbre y aguardé en medio de la niebla.

Hacía fresco ese martes por la mañana, y los árboles comenzaban a tener un aspecto otoñal. Yo sentía la falta de sueño. Me ardían los ojos, estaba como embotada y sentía cierta zozobra por lo que Marino había dicho antes de que yo le colgara.

—Hola. —El administrador me hizo pasar con expresión cordial. —¿Cómo estamos esta mañana, doctora Scarpetta?

Se llamaba Jimmy Shaw, era irlandés y muy joven, con pelo cobrizo y ojos del color azul del cielo.

—He tenido días mejores —confesé.

—Bueno, yo justo estaba preparando té —dijo, cerró la puerta y los dos avanzamos hacia su oficina por un corredor estrecho y poco iluminado—. Me parece que le vendría bien una taza.

—Sería estupendo, Jimmy —afirmé.

—En cuanto a la buena doctora, en este momento debe de estar terminando una indagatoria. —Miró su reloj cuando entramos en su pequeña oficina atestada de cosas. —En cualquier momento debe de salir.

Su escritorio estaba dominado por un grueso libro titulado *Investigaciones Forenses*, encuadernado en cuero negro, y era obvio que había estado leyendo una biografía de Steve McQueen y comiendo tostadas antes de que yo llegara. En ese momento colocaba un jarro de té cerca de mí y no me preguntó cómo lo tomaba, porque a esa altura ya lo sabía.

—¿Una tostada con mermelada? —preguntó, como lo hacía todas las mañanas.

—Ya comí en el hotel, gracias —fue también mi respuesta idéntica cuando él se instaló detrás del escritorio.

—Eso es algo que nunca me impide volver a comer —dijo con una sonrisa y se puso los anteojos—. Entonces repasaremos su agenda de actividades. Su conferencia es a las once de esta mañana, y después otra a la una. Las dos en el college, en el viejo edificio de patología. Calculo que a cada una asistirán alrededor de setenta y cinco alumnos, pero podrían ser más. No lo sé. Es usted muy popular por aquí, doctora Kay Scarpetta —dijo con tono animado—. O quizá se deba a que la violencia norteamericana nos resulta tan fascinante.

—Es como llamar fascinante a una plaga —dije.

—Bueno, como ve, no podemos evitar que nos produzca ese efecto.

—Sí, y supongo que eso me molesta —dije con tono cordial pero también ominoso—. No me gustaría que se fascinaran demasiado.

Nos interrumpió la campanilla del teléfono, que él contestó con la impaciencia de alguien que se ve obligado a hacerlo con demasiada frecuencia.

Después de escuchar un momento, dijo con brusquedad:

—Correcto, correcto. Bueno, todavía no podemos hacer un pedido de esa naturaleza. Tendré que volver a llamarlo en otro momento.

"Hace años que quiero tener computadoras —se quejó dirigiéndose a mí después de colgar—. Pero no hay dinero cuando uno es el perro que es movido por la cola socialista."

—Nunca habrá suficiente dinero. Los muertos no votan.

—Ésa es la verdad. ¿Cuál es el tema de hoy? —preguntó.

—Homicidio sexual —contesté—. Concretamente, el papel que puede desempeñar el ADN.

—Estos desmembramientos que a usted tanto le interesan —dijo y bebió un sorbo de té—, ¿cree que pueden ser sexuales? Quiero decir, ¿podría ser ése el móvil del que los haya hecho?

—Sin duda es un elemento importante —respondí.

—Pero, ¿cómo puede saberlo cuando ninguna de las víctimas fue identificada? ¿No podría tratarse sencillamente de alguien que mata por deporte? ¿Como, por ejemplo, el Hijo de Sam de ustedes?

—Lo que hizo el Hijo de Sam tenía un elemento sexual —aclaré mientras paseaba la vista en busca de mi amiga patóloga—. ¿No tiene idea de cuánto tiempo más puede tardar ella? Me temo que estoy un poco apurada.

Shaw volvió a consultar su reloj.

—Puede verificarlo. También es posible que haya ido a la morgue. Nos está por llegar un caso. Un joven; un supuesto suicidio.

—Veré si puedo encontrarla. —Me puse de pie.

Cerca de la entrada al hall estaba la sala del forense, donde se llevaban a cabo las indagatorias de muertes por causas no naturales frente a un jurado. Esto incluía accidentes industriales y de tránsito, homicidios y suicidios, y los procedimientos se realizaban *in camera*, pues en Irlanda a la prensa no le estaba permitido publicar muchos detalles al respecto. Entré en un recinto desolado y frío, con bancos de madera barnizada y paredes desnudas, y encontré adentro a varios hombres que metían papeles en sus portafolios.

—Busco a la forense —afirmé.

—Se fue hace unos veinte minutos. Creo que tenía una indagatoria —dijo uno de ellos.

Salí del edificio por la puerta de atrás, crucé una pequeña playa de estacionamiento y enfilé hacia la morgue en el momento en que un hombre viejo salía de ella. Parecía desorientado, se tambaleaba y miraba en todas direcciones, atontado. Por un instante me miró fijo, como si yo tuviera una respuesta, y sentí lástima por él. Ningún asunto que lo hubiera llevado allí podía ser benévolo. Lo vi apresurarse hacia el portón y de pronto la doctora Margaret Foley emergió, despeinada, y comenzó a perseguirlo.

—¡Dios mío! —exclamó cuando estuvo a punto de chocar conmigo—. Giro la cabeza un minuto y él desaparece.

El hombre salió y el portón quedó abierto de par en par. Foley trotó por el estacionamiento para volver a cerrarlo. Cuando regresó junto a mí estaba sin aliento y casi tropezó con la parte saliente del pavimento.

—Kay, hoy saliste bien temprano —dijo.

—¿Ese hombre es un familiar de una víctima? —pregunté.

—El padre. Se fue sin identificarlo, incluso antes de que yo tuviera tiempo de apartar la sábana. Esto me complicará muchísimo el resto del día.

Me condujo a la pequeña morgue de ladrillos, con sus mesas de autopsia de porcelana blanca que probablemente pertenecían a un museo médico y su antigua estufa de hierro que ya no calentaba nada. La atmósfera era helada y no había ni rastros de equipos modernos, salvo las sierras eléctricas para autopsias. Por los tragaluces opacos se filtraban delgados rayos de luz que apenas iluminaban la sábana blanca de papel que cubría un cuerpo que un padre no pudo tolerar ver.

—Siempre es la parte más difícil —decía ella—. Nadie debería tener que ver a los que traen aquí.

La seguí a un pequeño depósito y la ayudé a sacar cajas con nuevas jeringas, barbijos y guantes.

—Se colgó de las vigas del granero —prosiguió mientras trabajábamos—. Lo estaban tratando por un problema de alcoholismo y depresión. Más de lo mismo. Desempleo, mujeres, drogas. Se ahorcan o se tiran de puentes. —Me miró mientras volvíamos a aprovisionar el carrito de cirugía. —Gracias a Dios que no tenemos armas. Sobre todo porque yo no tengo un aparato de rayos X.

Foley era una mujer delgada con anteojos gruesos con armazón de tipo antiguo y una debilidad por el tweed. Nos habíamos conocido algunos años antes en un congreso internacional de ciencias forenses en Viena, en el que las mujeres especializadas en patología forense eran una raza extraña, sobre todo en el extranjero. Enseguida nos hicimos amigas.

—Margaret, tengo que volver a los Estados Unidos antes de lo que pensaba —dije; hice una inspiración profunda y paseé la vista por el lugar, un poco distraída—. Anoche no pude dormir nada.

Ella encendió un cigarrillo y me miró.

—Puedo conseguirte copias de lo que quieras. ¿Con cuánto apuro las necesitas? Las fotografías pueden llevar varios días, pero puedo hacértelas enviar.

—Creo que siempre existe una sensación de urgencia cuando alguien así está suelto —dije.

—No me hace nada feliz que ahora él sea tu problema. Confiaba en que después de todos estos años esa persona ya no seguiría matando. —Sacudió la ceniza del cigarrillo con irritación y exhaló humo con el fuerte olor del tabaco británico—. Sentémonos y descansemos un minuto. Ya tengo los pies hinchados y me aprietan los zapatos. Envejecer en estos pisos duros es un infierno.

En un rincón de la sala había dos sillas bajas de madera, y allí Foley tenía un cenicero sobre una camilla. Ella puso los pies sobre un cajón y se dedicó a fumar.

—Jamás podré olvidar a esas pobres personas. —De nuevo comenzó a hablar de sus casos en serie. —Cuando me trajeron el primero pensé que era el IRA. Nunca vi personas tan destrozadas, salvo las víctimas de estallidos de bombas.

Sus palabras me recordaron a Mark de una manera que yo no deseaba, y mis pensamientos se centraron en la época en que él estaba con vida y los dos nos amábamos. De pronto lo vi sonriendo con una lucecita traviesa en los ojos que se hacía eléctrica cuando reía a carcajadas y comenzaba a burlarse de mí. Hubo mucho de eso en la facultad de derecho de Georgetown: diversión y peleas y quedarnos despiertos toda la noche porque el hambre que cada uno sentía por el otro era voraz e insaciable. A lo largo del tiempo nos casamos con otras personas, nos divorciamos y volvimos a intentarlo. Él era mi *leitmotiv*, estaba, desaparecía y luego reaparecía por teléfono o en la puerta de mi casa para destrozarme el corazón y dejar un caos en mi cama.

Yo no podía desterrarlo de mi vida. Me parecía imposible que una bomba colocada en una estación de ferrocarril de Londres pudiera poner fin a nuestra tempestuosa relación.

No lo imaginaba muerto. No podía visualizarlo, porque no existía ninguna imagen última que me diera paz. Yo nunca había visto su cuerpo, había huido de esa posibilidad, igual que el anciano irlandés que no pudo ver a su hijo. Me di cuenta de que Foley me estaba diciendo algo.

—Lo siento —repitió, con mirada triste, porque conocía bien mi historia—. No quise reavivar en ti un recuerdo penoso. Esta mañana te noto decaída.

—Tocaste un punto interesante. —Traté de ser valiente. —Sospecho que el asesino que buscamos se parece mucho a una persona que coloca bombas. No le importa a quién mata. Sus víctimas son personas sin rostros ni nombres. Son sólo símbolos de su credo privado y malévolo.

—¿Te molestaría mucho que te hiciera una pregunta sobre Mark? —dijo.

—Pregunta lo que quieras —respondí con una sonrisa—. Igual lo harás.

—¿Alguna vez fuiste al lugar donde sucedió, visitaste el sitio donde él murió?

—No sé dónde pasó —me apresuré a contestar.

Ella me miró fijo y siguió fumando.

—Lo que quiero decir es que no sé cuál fue el lugar exacto dentro de la estación de ferrocarril. —Me mostré evasiva y casi tartamudeé al decirlo.

Ella no dijo nada y aplastó el cigarrillo con el pie.

—En realidad —continué—, creo que no he vuelto a Victoria, al menos no a esa estación en particular, desde que él murió. No creo haber tenido motivos para tomar un tren desde allí. O llegar allí. Waterloo fue, creo, la última estación en que estuve.

—La única escena del crimen que la gran doctora Kay Scarpetta no visitará. —Sacó otro Consulate del paquete. —¿Quieres uno?

—Sólo Dios sabe que sí. Pero no puedo.

Ella suspiró.

21

—Recuerdo Viena. Todos esos hombres y nosotras dos fumando más que ellos.

—Probablemente la razón por la que fumábamos tanto era la presencia de todos esos hombres —dije.

—Tal vez fue ésa la causa, pero en mi caso, no parece haber ninguna cura. Esto no hace más que demostrar que lo que hacemos no tiene relación con lo que sabemos, y que nuestros sentimientos no tienen cerebro. —Encendió un fósforo. —Yo he visto los pulmones de los fumadores. Y también mi cuota de hígados grasos.

—Mis pulmones están mucho mejor desde que dejé de fumar, pero no puedo garantizar el estado de mi hígado —sostuve—. Todavía sigo bebiendo whisky.

—Sigue haciéndolo, por el amor de Dios. De lo contrario dejarías de ser divertida. —Hizo una pausa y agregó: —Desde luego, es posible dirigir nuestros pensamientos, educarlos para que no conspiren contra nosotros.

—Lo más probable es que me vaya de aquí mañana —dije, retomando el tema anterior.

—Primero tienes que ir a Londres a cambiar de avión. —Me miró a los ojos. —Y quedarte allí. Por lo menos un día.

—¿Cómo dices?

—Es un asunto no terminado, Kay. Hace tiempo que lo pienso. Tienes que enterrar a Mark James.

—Margaret, ¿por qué me sales con esto ahora? —De nuevo me costaba articular las palabras.

—Sé cuando alguien huye. Y tú lo estás haciendo, casi como lo hace el asesino.

—Vaya consuelo —repliqué. Yo no quería tener esa conversación.

Pero esta vez ella no estaba dispuesta a permitir que me escapara.

—Por razones muy diferentes y también muy parecidas. Él es malvado; tú, no. Pero ninguno de los dos quiere que lo atrapen.

Se dio cuenta de que sus palabras habían dado en el blanco.

—¿Se puede saber quién o qué trata de atraparme, en tu opinión? —Mi tono era superficial, pero sentí la amenaza de las lágrimas.

—A esta altura, supongo que Benton Wesley.

Miré hacia lo lejos, más allá de la camilla con el pie descolorido que asomaba con una etiqueta atada. La luz cenital era cambiante a medida que las nubes se desplazaban delante del sol, y el olor a muerte entre azulejos y piedra se remontaba a cien años atrás.

—Kay, ¿qué quieres hacer tú? —me preguntó con tono bondadoso mientras yo me secaba los ojos.

—Él quiere casarse conmigo —afirmé.

Volé de regreso a Richmond y los días se hicieron semanas mientras el frío aumentaba. Las mañanas amanecían escarchadas y las tardes yo las pasaba frente al fuego, enfrascada en mis pensamientos y preocupaciones. Era tanto el silencio y tantas las cosas que seguían sin resolverse, y yo lo enfrentaba todo como lo hacía siempre: internándome cada vez más en el laberinto de mi profesión hasta que ya no lograba encontrar la salida. Eso volvía loca a mi secretaria.

—¿Doctora Scarpetta? —dijo y sus pasos resonaron con fuerza en el piso de baldosas de la suite de autopsias.

—Estoy aquí —respondí por sobre el ruido del agua que corría.

Era el 30 de octubre. Yo estaba en el vestuario de la morgue y en ese momento me lavaba con jabón antibacteriano.

—¿Dónde ha estado? —preguntó Rose al entrar.

—Estuve trabajando en un cerebro. El de la muerte súbita del otro día.

Ella tenía mi agenda en la mano y la hojeaba. Llevaba su pelo entrecano sujeto atrás y usaba un traje color rojo oscuro que parecía armonizar con su estado de ánimo. Rose estaba muy enojada conmigo desde que me fui a Dublín sin despedirme de ella. Además, cuando volví me olvidé de su cumpleaños. Cerré la canilla y me sequé las manos.

—Edema, con ensanchamiento de las circunvoluciones y estrechamiento de los surcos, todo lo cual corresponde a encefalopatía isquémica producida por una hipotensión sistémica profunda —dije.

—La estuve buscando —informó con tono de paciencia forzada.

—¿Qué hice de malo esta vez? —pregunté y levanté las dos manos.

—Se suponía que almorzaría en Skull and Bones con Jon.

—Dios Santo —gemí mientras pensaba en Jon y en los demás consultores de la facultad de medicina a quienes no tenía tiempo de ver.

—Yo se lo recordé esta mañana. La semana pasada también se olvidó de él. Y Jon realmente necesita hablar con usted sobre su residencia, sobre la Clínica Cleveland.

—Ya lo sé, ya lo sé. —Me sentí muy culpable y miré mi reloj. —Es la una y media. ¿No podría él venir a mi oficina a tomar un café? —Usted tiene una declaración judicial a las dos, y una llamada en conferencia a las tres acerca del caso Norfolk-Southern. Una conferencia a las cuatro sobre heridas de armas de fuego en la Academia de Ciencias Forenses y una reunión a las cinco con el investigador Ring de la policía estatal —leyó Rose.

No me gustaba Ring ni su forma agresiva de trabajar los casos. Cuando apareció el segundo torso, él intervino en la investigación y parecía creer que sabía más que el FBI.

—Puedo prescindir de Ring —afirmé con tono seco.

Mi secretaria me miró durante un buen rato, mientras el agua y las esponjas chapoteaban al lado, en la suite para autopsias.

—Lo cancelaré y así podrá ver a Jon en cambio. —Me observó por encima de sus anteojos con la severidad de una directora de colegio. —Y después descansar, y es una orden. Mañana, doctora Scarpetta, no venga. No se atreva a aparecer por aquí.

Comencé a protestar, pero ella me interrumpió.

—No se le ocurra discutírmelo —prosiguió con firmeza—. Usted necesita un día de salud mental. En realidad, un largo fin de semana. Yo no se lo diría si no estuviera convencida de ello.

Rose tenía razón, y la perspectiva de tener todo un día para mí me levantó el ánimo.

—No hay ninguna cita que yo no pueda cambiar de lugar —agregó—. Además —sonrió—, estamos disfrutando de un veranito de San Juan y se supone que los días serán gloriosos, de alrededor de veintiséis grados, con un cielo muy azul. Las hojas de los árboles están en su mejor momento. Los sauces bien amarillos, los arces parecen estar en llamas. Para no mencionar que es Halloween, así que tendrá tiempo para tallar una calabaza.

Saqué de mi armario la chaqueta y los zapatos.

—Deberías haber sido abogada —dije.

CAPÍTULO 2

Al día siguiente el clima era tal cual lo predijo Rose y yo me levanté de muy buen ánimo. A la hora en que abrían las tiendas salí dispuesta a aprovisionarme de golosinas para los chicos que tocan el timbre pidiéndolas el día de Halloween y también para comprar cosas para la cena; después fui con el auto a mi vivero favorito ubicado en la calle Hull. Las plantas del verano se habían agostado hacía tiempo alrededor de mi casa y no soportaba ver esos tallos muertos en las macetas. Después de almorzar llevé bolsas de tierra negra, cajas con plantas y una regadera al porche del frente.

Abrí la puerta para poder oír la música de Mozart que sonaba adentro mientras yo plantaba con suavidad pensamientos en su nuevo lecho. El pan se levaba, el guiso casero hervía sobre la cocina y yo alcanzaba a sentir olor a ajo y a vino y a tierra mientras trabajaba. Marino vendría a cenar a casa y los dos pensábamos entregarles barras de chocolate a mis tímidos vecinos de corta edad. El mundo era un buen lugar para vivir hasta la tres y treinta y cinco, momento en que sonó el aparato de radiollamada que tenía en la cintura.

—Maldición —exclamé en el momento en que aparecía en pantalla el número de mi servicio de contestación de llamados.

Entré, me lavé las manos y tomé el teléfono. El servicio me dio el número del detective Grigg del Departamento de Policía del Condado de Sussex, y yo lo disqué enseguida.

—Grigg —contestó una voz grave de hombre.

—Soy la doctora Scarpetta —dije mientras miraba por la ventana los macetones de terracota que había en la galería y los hibiscos secos que contenían.

—Ah, bien. Gracias por contestar tan rápido mi llamado. Estoy aquí afuera con un teléfono celular, así que no quiero decir demasiado. —Hablaba con un ritmo del antiguo sur y se tomaba su tiempo para hacerlo.

—¿Dónde exactamente es "aquí afuera"?

—En el Basural Atlantic de Reeves Road, cerca de la 460 Este. Encontraron algo que creo que usted querrá ver.

—¿Es la misma clase de cosa que apareció en lugares similares? —pregunté crípticamente mientras el día parecía teñirse de sombras.

—Me temo que sí —respondió.

—Indíqueme cómo llegar y enseguida saldré para allá.

Yo llevaba puestos pantalones color caqui sucios y una camiseta del FBI que mi sobrina Lucy me había regalado, y no tenía tiempo de cambiarme. Si yo no recuperaba el cuerpo antes de que oscureciera, tendría que permanecer allí hasta que se hiciera de día, algo por completo inaceptable. Tomé mi maletín médico y salí de prisa, dejando la tierra, las plantas de repollo y los geranios esparcidos por el porche. Como es natural, mi Mercedes negro tenía poco combustible, así que me detuve primero en una estación de servicio y después enfilé hacia el lugar indicado por el detective Grigg.

El trayecto debería haberme llevado una hora, pero lo hice a toda velocidad. La luz del poniente se reflejaba en la parte inferior de las hojas de los árboles y las hileras de maíz se veían de color marrón en las granjas y jardines. Los campos eran mares verdes y encrespados de soja y las cabras pastaban libremente en los frentes de casas cansadas. Llamativos pararrayos con esferas de colores asomaban en cada techo y cada esquina, y me pregunté quién sería el vendedor mentiroso que con sermones atemorizantes habían logrado que se los compraran.

Muy pronto aparecieron los elevadores de granos que Grigg me había dicho que buscara como puntos de referencia. Giré en Reeves Road y pasé frente a diminutas casas de ladrillo y terrenos para casas rodantes con camiones y perros sin collares. Los carteles anunciaban Mountain Dew y la Casa de Comidas Virginia, y cuando pasé sobre vías de ferrocarril el auto se sacudió bastante y de las ruedas ascendió un polvo rojo como si fuera humo. Más adelante, sobre el camino, una serie de buitres picoteaban animales que habían cruzado con demasiada lentitud, y me pareció un presagio tétrico.

A la entrada del Basural Atlantic reduje la marcha hasta detener el vehículo y observé un paisaje lunar de tierra yerma donde el sol se ponía como un planeta en llamas. Los camiones de recolección de residuos eran elegantes y blancos, con mucho cromado, y reptaban a lo largo de una creciente montaña de basura. Los tractores de oruga amarillos parecían escorpiones. Permanecí allí sentada observando cómo una nube de polvo se alejaba del basural a toda velocidad. Cuando llegó al lugar donde yo estaba me di cuenta de que era un sucio Ford Explorer rojo conducido por un hombre joven que parecía sentirse muy a gusto allí.

—¿Puedo hacer algo por usted, señora? —preguntó con tono sureño, y lo noté ansioso y excitado.

—Soy la doctora Scarpetta —contesté y le mostré el escudo de bronce que llevaba en la pequeña billetera negra y que siempre sacaba a relucir en las escenas del crimen donde no conocía a nadie.

Él inspeccionó mis credenciales y después me miró. Tenía la camisa de denim mojada por la transpiración y también el pelo de la nuca y las sienes empapado.

—Me dijeron que el médico forense vendría y que lo esperara —me dijo.

—Bueno, esa persona soy yo —repliqué.

—Sí, claro, señora. No fue mi intención... —Su voz se fue desdibujando cuando su mirada recorrió mi Mercedes, que estaba cubierto con un polvo tan fino y persistente que se filtraba por todas partes. —Le sugiero que deje aquí su automóvil y me acompañe.

Miré la montaña de basura, los tractores con sus palas y sus dientes, inmóviles en la cima. Dos vehículos policiales sin marcas y una ambulancia me aguardaban allí donde estaba el problema, y los agentes eran figuras diminutas reunidas cerca del portón posterior de carga de un camión más pequeño que los demás. Cerca, alguien movía la tierra del suelo con un palo y yo me sentí cada vez más impaciente por llegar al cuerpo.

—Está bien —dije—. Hagámoslo.

Estacioné mi auto, tomé mi maletín médico y saqué del baúl la ropa para escenas del crimen. El joven me observó con un silencio curioso cuando me senté en el asiento del conductor, con la portezuela bien abierta, y me puse las botas de goma, gastadas y opacas por años de avanzar por bosques y ríos en favor de personas asesinadas y ahogadas. Me cubrí con una camisa de denim grande y desteñida que le había sacado a mi ex marido Tony durante un matrimonio que ahora no me parecía real. Después subí al Explorer y me cubrí las manos con dos pares de guantes. Me pasé por la cabeza un barbijo quirúrgico y lo dejé suelto alrededor del cuello.

—No la culpo —dijo mi conductor—. Le aseguro que el olor es bastante penetrante.

—Lo que me preocupa no es el olor —sostuve— sino los microorganismos.

—Caramba —dijo preocupado—. Entonces a lo mejor yo tendría que usar una de esas cosas.

—Lo que no debe hacer es acercarse lo suficiente para tener problemas.

Él no me contestó y tuve la certeza de que ya se había acercado demasiado al cuerpo. Para muchas personas, mirar representaba una tentación casi irresistible. Cuanto más tenebroso era el caso, más necesitaba mirar la gente.

—Lamento lo del polvo —dijo mientras avanzábamos por entre plantas de plumeros amarillos en el borde de un pequeño estanque repleto de patos—. Como ve, pusimos una capa de trozos de neumáticos en todas partes para mantener la basura en su lugar, y un camión limpiador de calles las rocía con agua. Pero nada parece ayudar. —Hizo una pausa nerviosa antes de continuar. —Aquí procesamos tres mil toneladas de basura por día.

—¿Procedente de dónde? —pregunté.

—Desde Littleton, Carolina del Norte, a Chicago.

—¿Y Boston? —pregunté, porque se creía que los primeros cuatro casos procedían de un lugar tan alejado como ése.

—No, señora. —Sacudió la cabeza. —Tal vez uno de estos días. Aquí vale mucho menos por tonelada. Veinticinco dólares, en comparación con sesenta y nueve en Nueva Jersey u ochenta en Nueva York. Además, la reciclamos, hacemos pruebas en busca de residuos peligrosos y recolectamos gas metano de la basura en descomposición.

—¿Qué horario tienen?

—Esto se encuentra abierto veinticuatro horas por día, los siete días de la semana —respondió con orgullo.

—¿Y tienen cómo rastrear la procedencia de los camiones?

—Tenemos un sistema satelital que emplea una grilla. Podemos al menos decirle cuáles camiones arrojaron basura durante un determinado período en la zona donde apareció el cuerpo.

Atravesamos un charco profundo cerca de Porta-Johns y nos sacudimos al pasar junto a un lavadero donde manguereaban a los camiones antes de que regresaran a los caminos y autopistas de la vida.

—A nosotros nunca nos pasó algo así —afirmó—. Pero en el basural de Shoosmith encontraron trozos de cuerpos. Al menos, eso es lo que se rumorea.

Me miró como si diera por sentado que yo debía saber si tal rumor era cierto. Pero yo no confirmé lo que él acababa

31

de decir y en ese momento el Explorer se abrió paso por entre una zona de barro entreverada con trozos de caucho y el hedor de la basura en descomposición se filtró en el interior del vehículo. Mi atención se centró en el camión pequeño que yo había estado observando desde que llegué allí, y mis pensamientos volaron por mil caminos distintos.

—A propósito, mi nombre es Keith Pleasants. —Se limpió una mano en el pantalón y me la tendió. —Mucho gusto de conocerla.

Mi mano enguantada estrechó la suya en un ángulo extraño y los hombres que sostenían pañuelos y trapos contra la nariz nos miraron acercarnos. Eran cuatro, agrupados alrededor de la parte posterior de lo que ahora comprendí era un compactador hidráulico, utilizado para vaciar volquetes y comprimir la basura. En las puertas estaba pintado *Cole's Trucking Co.*

—Ese tipo que revisa la basura con un palo es el detective de Sussex —me dijo Pleasants.

Era un hombre mayor, estaba en mangas de camisa y llevaba un revólver en la cadera. Tuve la sensación de haberlo visto antes en algún sitio.

—¿Grigg? —arriesgué, refiriéndome al detective con el que había hablado por teléfono.

—Así es. —La transpiración rodaba por el rostro de Pleasant, quien comenzaba a interesarse cada vez más. —¿Sabe una cosa? Yo nunca tuve trato con el departamento de policía, jamás me hicieron por aquí una boleta por exceso de velocidad.

El vehículo redujo la marcha hasta detenerse y yo casi no podía ver a través de esa polvareda. Pleasants tomó la manija de su portezuela.

—Espere un minuto —le dije.

Aguardé a que el polvo se asentara, miré por el parabrisas e inspeccioné el lugar como siempre lo hacía cuando me aproximaba a una escena del crimen. La pala del tractor estaba inmóvil en el aire y, debajo, el compactador se encontraba casi lleno. Todo alrededor, en el basurero reinaba gran actividad y se oía el sonido de los motores diesel; sólo allí el trabajo estaba interrumpido. Por un momento observé a los poderosos camiones blancos ascender por la colina mientras los tractores con palas y dientes arañaban y cargaban, y los compactadores hacían temblar la tierra.

El cuerpo sería transportado en una ambulancia; los paramédicos me miraban a través de ventanillas polvorientas mientras permanecían sentados en un ambiente con aire acondicionado y esperaban a ver qué haría yo. Cuando me vieron ponerme el barbijo quirúrgico sobre la nariz y la boca y abrir la portezuela, también ellos descendieron. Se oyó el ruido de portezuelas que se cerraban. El detective enseguida se acercó a recibirme.

—Soy el detective Grigg, del Departamento de Policía de Sussex —dijo—. Yo la llamé por teléfono.

—¿Está aquí desde entonces? —le pregunté.

—Desde que nos informaron de la novedad, aproximadamente a las trece horas. Sí, señora, me quedé aquí para asegurarme de que nadie tocara nada.

—Disculpe —me dijo uno de los paramédicos—. ¿Usted nos necesitará ya mismo?

—Tal vez dentro de quince minutos. Enviaré a alguien a buscarlos —dije, y ellos no perdieron tiempo en regresar a la ambulancia—. Necesitaré un poco de lugar aquí —les dije a los demás.

Ruido de pisadas cuando todos comenzaron a apartarse y entonces vi lo que ellos habían estado mirando, boquiabiertos. La piel estaba increíblemente pálida en esa débil luz vespertina de otoño; el torso era un muñón repugnante que había caído de una palada de basura y aterrizado de espaldas. Me pareció que era caucásico, pero no estaba segura, y los gusanos con que hervía la zona genital hacían que me resultara difícil determinar su género a primera vista. Ni siquiera podía decir con certeza si la víctima era una persona pre o pospubescente. El nivel de grasa corporal era anormalmente bajo, las costillas sobresalían debajo de pechos chatos que podían o no haber sido femeninos.

Me puse en cuclillas y abrí mi maletín médico. Con fórceps, recogí gusanos en un recipiente para que el entomólogo los examinara más tarde, y después de una inspección más de cerca decidí que la víctima era, en realidad, una mujer. Había sido decapitada bien cerca de la columna cervical, y le habían seccionado los brazos y las piernas. Los muñones estaban secos y oscuros por el tiempo transcurrido, y enseguida supe que existía una diferencia entre ese caso y los otros.

A esa mujer la habían desmembrado con cortes que atravesaban el húmero y el fémur, y no las articulaciones. Saqué el escalpelo y sentí que los hombres me miraban fijo cuando realicé una incisión de alrededor de un centímetro y medio en el lado derecho del torso e inserté un termómetro químico largo. Coloqué un segundo termómetro encima de mi maletín.

—¿Qué está haciendo? —preguntó un hombre de camisa escocesa y gorra de béisbol, que parecía a punto de vomitar.

—Necesito tener la temperatura del cuerpo para determinar el tiempo de la muerte. La temperatura del centro del hígado es la más exacta —expliqué con paciencia—. Y también necesito conocer la temperatura que hay aquí afuera.

—Caliente, eso es lo que es —dijo otro hombre—. Así que supongo que es una mujer.

—Es demasiado pronto para decirlo —contesté—. ¿Ésta es su compactadora?

—Sí.

Era joven, con ojos oscuros, dientes muy blancos y tatuajes en los dedos que por lo general yo asociaba con personas que han estado en prisión. Tenía un pañuelo mojado de transpiración alrededor de la cabeza y anudado atrás, y no podía mirar al torso sin apartar la vista.

—En el lugar equivocado y en el momento equivocado —agregó y sacudió la cabeza con hostilidad.

—¿Qué quiere decir? —Grigg lo miraba fijo.

—No lo hice yo, de eso estoy seguro —dijo el conductor, como si fuera lo más importante de su vida—. El tractor lo desenterró mientras yo descargaba.

—¿Entonces no sabemos cuándo fue arrojado aquí? —Observé las caras que me rodeaban.

Fue Pleasants el que respondió:

—Veintitrés camiones descargaron en este lugar desde las diez de la mañana, sin contar éste. —Miró al compactador.

—¿Por qué las diez de la mañana? —pregunté, porque me pareció una hora bastante arbitraria para empezar a contar los camiones.

—Porque entonces es cuando colocamos la última capa de trozos de neumáticos. Así que es imposible que haya sido arrojado antes de esa hora —explicó Pleasants, mirando el cuerpo—. Y, en mi opinión, de todos modos no puede haber estado allí mucho tiempo. Y no tiene el aspecto de haber sido aplastado por un compactador de cincuenta toneladas con ruedas de corte, por camiones o incluso por este recolector de basura.

Su vista se dirigió a otros lugares donde la basura compactada estaba siendo descargada de camiones y enormes tractores la trituraban y extendían. El conductor de la compactadora comenzaba a agitarse y a fastidiarse cada vez más.

—Aquí tenemos máquinas grandes por todas partes —agregó Pleasant—. Y prácticamente no paran nunca.

Yo miré la compactadora y el recolector de basura color amarillo con su cabina vacía. Jirones de una bolsa negra de basura flameaban de la pala levantada.

—¿Dónde está el chofer de este camión recolector? —pregunté.

Pleasants vaciló antes de contestar.

—Bueno, supongo que ése soy yo. Alguien se enfermó y me pidieron que yo trabajara en el montículo.

Grigg se acercó al camión y miró hacia arriba en dirección a lo que quedaba de la bolsa de basura que se movía en ese aire sofocante e improductivo.

—Dígame qué fue lo que vio —le pedí a Pleasants.

—No mucho. Yo estaba descargando la compactadora y mi pala se enredó con la bolsa de basura, la que usted ve allí. Se rompió, y el cuerpo cayó adonde está ahora.

Hizo una pausa, se secó la cara con la manga y se puso a matar moscas.

—Pero usted no sabe con seguridad de dónde vino esto —intenté de nuevo, mientras Grigg escuchaba, aunque lo más probable era que ya les hubiera tomado declaración.

—También podría ser que yo lo hubiera desenterrado —admitió Pleasants—. No digo que sea imposible, pero no creo haberlo hecho.

—Eso es porque no quieres pensar que lo hiciste —dijo el conductor y lo fulminó con la mirada.

—Yo sé muy bien lo que pienso. —Pleasants no se amilanó. —La pala lo tomó de tu compactadora cuando yo la estaba descargando.

—Mira, no tienes cómo estar seguro de que yo lo traje —saltó el conductor.

—No, no estoy seguro. Pero tiene sentido, eso es todo.

—Tal vez lo tiene para ti. —La expresión de la cara del chofer era amenazadora.

—Creo que ya es suficiente, muchachos —les advirtió Grigg después de acercarse de nuevo, y su presencia les recordó que él era grandote y tenía un arma.

—Tiene razón —dijo el conductor—. Ya oí suficiente de esa mierda. ¿Cuándo puedo irme de aquí? Ya llego tarde.

—Una cosa como ésta les produce inconvenientes a todos —le dijo Grigg con una mirada firme.

El chofer puso los ojos en blanco, farfulló una obscenidad, se alejó y encendió un cigarrillo.

Yo extraje el termómetro del cuerpo y lo levanté. La temperatura del hígado era de veintiocho grados ocho, igual que la del aire del ambiente. Giré el torso para ver qué otra cosa había allí y noté un extraño conjunto de vesículas llenas de líquido en la parte inferior de las nalgas. Al hacer una inspección más cuidadosa encontré otras en la zona de los hombros y los muslos, en los bordes de cortes profundos.

—Póngala en una bolsa doble —dije—. Necesito la bolsa de residuos en que vino, incluyendo el trozo que quedó sujeto allá arriba en la pala. Y quiero también la basura que la rodea y que está debajo de ella. Pónganmelo todo.

Grigg desplegó una bolsa para setenta y cinco kilos de basura y la sacudió para abrirla. Sacó un par de guantes de un bolsillo, se puso en cuclillas y comenzó a recoger puñados de basura mientras los paramédicos abrían la puerta posterior de la ambulancia. El conductor del camión compactador estaba recostado contra la cabina de su vehículo y yo alcancé a percibir su furia.

—¿De dónde venía su camión? —le pregunté.

—Mire las etiquetas —me contestó con hosquedad.

—¿De qué parte de Virginia? —Me negué a permitir que me acobardara.

Fue Pleasants quien dijo:

—Del sector de Tidewater, señora. El compactador nos pertenece. Tenemos muchos que alquilamos.

Las oficinas administrativas del basural daban al estanque y no armonizaba para nada con esos alrededores polvorientos. El edificio era de estuco color durazno pálido, con flores en canteros ubicados en las ventanas y arbustos podados con formas escultóricas a ambos lados del sendero. Las persianas eran de color crema y en la puerta del frente había un llamador de bronce en forma de ananá. Una vez adentro me recibió un aire helado y limpio que me brindó un alivio maravilloso, y entonces supe por qué el investigador Percy Ring había elegido realizar sus interrogatorios en ese lugar. Apuesto a que ni siquiera había estado en la escena del crimen.

Estaba en la sala de descanso, sentado junto a un hombre mayor que él en mangas de camisa; bebía Diet Coke y miraba diagramas de computación impresos.

—Ésta es la doctora Scarpetta. Disculpe —dijo Pleasants. Y agregó, hacia Ring: —No conozco su primer nombre.

Ring me sonrió y me guiñó un ojo.

—La doctora y yo nos conocemos desde hace mucho.

Usaba un traje azul impecable, era rubio y transmitía una sensación de pura inocencia juvenil que resultaba fácil creer. Pero a mí nunca me había engañado. Era un seductor nato, básicamente perezoso, y a mí no se me escapaba el hecho de que no bien él entró a participar en estos casos comenzaron a producirse filtraciones a la prensa.

—Y éste es el señor Kitchen —me informaba en ese momento Pleasants—. El dueño del basural.

Kitchen parecía un hombre sencillo, usaba jeans y botas de leñador y sus ojos me parecieron grises y tristes cuando me tendió una mano grande y áspera.

—Por favor, tome asiento —dijo y desplazó una silla—. Éste es un día malo, muy malo. Sobre todo para quienquiera que esté allá afuera.

—El día malo de esa persona sucedió mucho antes —aseveró Ring—. En este momento ella no siente ningún dolor.

—¿Ya estuvo allá? —le pregunté.

—Llegué aquí hace apenas una hora. Y ésta no es la escena del crimen sino sólo el lugar donde apareció el cuerpo —respondió—. Es el quinto. —Tomó un paquete de caramelos. —El tipo ya no esperó tanto, esta vez sólo dos meses entre uno y otro homicidio.

Sentí la habitual oleada de irritación. A Ring le encantaba sacar conclusiones apresuradas y exponerlas con la seguridad de alguien que no sabe lo suficiente como para darse cuenta de que podría estar equivocado. En parte se debía a que quería obtener resultados sin trabajar.

—Todavía no he examinado el cuerpo ni verificado su género —dije, con la esperanza de que recordara que en ese cuarto había otras personas—. Éste no es el momento apropiado para hacer conjeturas.

—Bueno, los dejo —dijo Pleasants con nerviosismo mientras se dirigía a la puerta.

—Lo necesito de vuelta aquí dentro de una hora para tomarle declaración —le recordó groseramente Ring.

Kitchen estaba callado y estudiaba los diagramas, y en ese momento entró Grigg. Nos saludó con la cabeza y se sentó.

—No creo que sea una conjetura decir que lo que tenemos aquí es un homicidio —me dijo Ring.

—Eso puede decirlo con seguridad. —Le sostuve la mirada.

—Y que es igual que los otros casos que tuvimos.

—Eso no puede decirlo con certeza. Todavía no examiné el cuerpo —contesté.

Kitchen se movió con incomodidad en su silla.

—¿Alguien quiere una gaseosa o un café? —preguntó—. Tenemos cuartos de baño en el hall.

—Es la misma cosa —insistió Ring como si supiera, dirigiéndose a mí—. Otro torso en un basural.

Grigg lo observaba sin ninguna expresión especial en el rostro y golpeaba todo el tiempo su anotador. Después de hacer sonar dos veces el resorte de su bolígrafo, le dijo a Ring:

—Estoy de acuerdo con la doctora Scarpetta. Me parece que no deberíamos relacionar todavía este caso con ningún otro. Sobre todo no en público.

—Dios mío —dijo Kitchen con un gran suspiro—, esa publicidad sería un desastre para mí. Cuando uno está en una actividad como la mía, acepta que esto puede ocurrir, en especial cuando recibimos basura de lugares como Nueva York, Nueva Jersey y Chicago. Pero nunca piensa que sucederá en la propiedad de uno. —Miró a Grigg. —Me gustaría ofrecer una recompensa para ayudar a apresar al que hizo una cosa tan terrible como ésta. Diez mil dólares por información que conduzca al arresto.

—Es muy generoso de su parte —dijo Grigg, impresionado.

—¿Eso incluye a los investigadores? —preguntó Ring con una sonrisa.

—No me importa quién resuelve el caso. —Kitchen no sonreía cuando me miró. —Ahora dígame qué puedo hacer yo para ayudarla, señora.

—Tengo entendido que ustedes emplean un sistema de rastreo por satélite —dije—. ¿De eso son esos diagramas?

—Es justamente lo que yo les explicaba —contestó Kitchen.

Me pasó algunos. Sus patrones de líneas onduladas parecían cortes transversales geodésicos marcados con coordenadas.

—Ésta es una imagen de la superficie del basural —explicó Kitchen—. Podemos tomarlas cada hora, diariamente, semanalmente o cuando queramos, para averiguar dónde se originó la basura y donde se depositó. Las ubicaciones en el mapa pueden determinarse con precisión utilizando estas coordenadas. —Golpeó el papel. —Algo bastante similar a como se traza un gráfico en geometría o álgebra. —Levantó la vista, me miró y agregó: —Me imagino que usted ya padeció esta clase de cosas en la escuela.

—Padeció es la palabra justa —dije y le sonreí—. Entonces es posible comparar estas imágenes para ver cómo cambia la superficie del basural de una carga a la otra.

Él asintió.

—Así es, señora. En líneas generales es eso.

—¿Y qué logró determinar usted?

Colgó ocho mapas, uno junto al otro. Las líneas onduladas que había en cada uno eran diferentes, como diferentes arrugas en la cara de la misma persona.

—Cada línea es, básicamente, una profundidad —dijo—. Así podemos saber con bastante exactitud qué camión es responsable de determinada profundidad.

Ring vació su lata de Coke y la arrojó al canasto. Hojeó su anotador como si buscara algo.

—Este cuerpo no puede haber estado enterrado a demasiada profundidad —expliqué—. Está muy limpio considerando las circunstancias. No hay lesiones *postmortem* y, basándome en lo que observé allá afuera, los tractores de oruga toman los fardos de basura de los camiones y los abren. Y después diseminan la basura sobre el terreno para que el compactador pueda empaquetarla con una hoja recta, desmenuzarla y comprimirla.

—La cosa es más o menos así. —Kitchen me observó con interés. —¿Quiere un empleo aquí?

Yo estaba preocupada con imágenes de máquinas que removían tierra y parecían dinosaurios robóticos, garras que mordían fardos envueltos en plástico cargados en camiones. Conocía bien las lesiones de los casos anteriores, en los que los restos humanos estaban triturados y partidos. Salvo por lo que le había hecho el asesino, esta víctima se encontraba intacta.

—Es difícil encontrar mujeres buenas —afirmaba Kitchen.

—Vaya si tiene razón —dijo Ring y Grigg lo miró con creciente aversión.

—Estoy de acuerdo con la doctora Scarpetta —dijo Grigg—. Si ese cuerpo hubiera estado un tiempo en la tierra, estaría bastante carcomido.

—Los primeros cuatro lo estaban —dijo Ring—. Triturados como un bife tiernizado con cortes. —Me miró. —¿Éste parecía compactado?

—El cuerpo no parece estrujado —contesté.

—Esto también es interesante —musitó—. ¿Por qué no lo está?

—Porque no procede de una estación de transferencia donde fue compactado y enfardado —dijo Kitchen— sino de un volquete que fue descargado por el recolector.

—¿Y el recolector no compacta? —preguntó Ring con tono de desprecio, se encogió de hombros y me sonrió.

—Depende de dónde estaba el cuerpo en relación con la demás basura cuando se realizó la compactación —dije—. Depende de muchas cosas.

—O si fue compactado en absoluto, según lo lleno que estaba el camión —sostuvo Kitchen—. Creo que fue el camión recolector. O, cuando mucho, uno de los dos camiones anteriores a él, si hablamos de las coordenadas exactas del lugar donde fue encontrado el cuerpo.

—Supongo que necesitaré los nombres de esos camiones y de dónde son —afirmó Ring—. Debemos entrevistar a los conductores.

—Así que piensa que los conductores son sospechosos —le dijo Grigg con tono frío—. Debo reconocer que es algo muy original. En mi opinión, la basura no se originó con ellos sino con los tipos que la arrojaron. Y supongo que a quienes necesitamos encontrar es a esas personas.

Ring lo miró, sin perturbarse.

—Igual me gustaría oír lo que los conductores tienen que decir. Nunca se sabe. Sería una buena manera de planear algo. Se arroja un cuerpo en un lugar que está en la ruta que le corresponde y así se asegura de que la entregará personalmente. O se la carga en el propio camión. Y nadie sospecha de uno.

Grigg empujó su silla hacia atrás. Se aflojó el cuello y movió la mandíbula como si le doliera. Primero crujió su cuello y, después, los nudillos. Por último, golpeó su anotador contra la mesa y todos lo miraron mientras él observaba a Ring con odio.

—¿Le importaría que yo manejara esto? —le preguntó al investigador más joven—. Detestaría no hacer lo que el condado me contrató para hacer. Y, créame, este caso es mío, no suyo.

—Yo sólo estoy aquí para ayudar —dijo Ring y volvió a encogerse de hombros.

—No sabía que necesitáramos ayuda —replicó Grigg.

—La policía estatal creó la fuerza de tareas multijurisdiccional de homicidios cuando un segundo torso apareció en un condado diferente del primero —dijo Ring—. Llegaste un poco tarde al partido, compañero. Parece que necesitarás cierta información adicional de alguien que llegó antes.

Pero Grigg ya no le prestaba atención, y le dijo a Kitchen:

—Quisiera también esa información con respecto a los vehículos.

—¿Qué les parece si, para mayor seguridad, busco los últimos cinco camiones que estuvieron allí arriba? —nos dijo a todos Kitchen.

—Eso nos ayudaría mucho —respondí mientras me ponía de pie—. Lo antes que pueda hacerlo, mejor será.

—¿A qué hora piensa trabajar en esto mañana? —me preguntó Ring y se quedó sentado en su silla, como si hubiera poco que hacer en la vida y mucho tiempo disponible.

—¿Se refiere a la autopsia? —pregunté.

—Ya lo creo.

—Es posible que yo no abra éste hasta dentro de algunos días.

—¿Por qué?

—La parte más importante es el examen externo. Eso me llevará mucho tiempo. —Noté que su interés se desvanecía. —Tendré que revisar la basura, buscar rastros, desengrasar y descarnar los huesos, reunirme con un entomólogo y analizar con él la edad de los gusanos para ver si puedo tener una idea de cuándo se arrojó el cadáver, etcétera.

—Entonces creo que lo mejor será que me avise qué encuentra —decidió él.

Grigg salió del cuarto detrás de mí y sacudía la cabeza mientras decía, con su habitual tono pausado:

—Cuando hace tiempo salí del ejército, lo que quería era pertenecer a la policía estatal. No puedo creer que tengan a un imbécil como él.

—Por fortuna, no todos son así —afirmé.

Cuando salimos a la luz del sol, la ambulancia lentamente descendía del basural en medio de nubes de polvo. Los camiones traqueteaban en fila y eran lavados, y otra capa de la Norteamérica moderna en jirones era añadida a la montaña. Estaba oscuro cuando llegamos a nuestros automóviles. Grigg se detuvo junto al mío y lo examinó con la mirada.

—Me preguntaba de quién sería éste —dijo con admiración—. Uno de estos días manejaré un vehículo así. Aunque sólo sea una vez.

Le sonreí y giré la llave en la portezuela.

—No tiene cosas importantes, como una sirena y discos destelladores.

Él se echó a reír.

—Marino y yo pertenecemos a la misma liga de bolos. Su equipo es el Balls of Fire; el mío, Lucky Strikes. Ese tipo es el peor deportista que conozco. Bebe cerveza y come. Siempre cree que los demás hacen trampa. La última vez se apareció con una chica. —Sacudió la cabeza. —Ella practicaba el deporte como los Picapiedras, y también se vestía como ellos. Con esa cosa de piel de leopardo. Lo único que le faltaba era un hueso en el pelo. Bueno, dígale que nos pondremos en contacto.

Y se alejó haciendo sonar las llaves.

—Detective Grigg, gracias por su ayuda —agradecí.

Inclinó la cabeza y subió a su Caprice.

Cuando diseñé mi casa, me aseguré de que el lavadero estuviera cerca del garaje porque después de trabajar en escenas como ésta, no quería llevar la muerte a los cuartos de mi vida privada. Apenas minutos después de apearme del auto, mi ropa estaba en el lavarropas, el calzado y las botas en una pileta industrial, donde los froté con detergente y un cepillo bien duro.

Me puse una bata que siempre tenía colgada detrás de la puerta, me dirigí al dormitorio principal y me di una ducha caliente y prolongada. En ese momento no tenía la energía necesaria para imaginar a esa mujer, o a su nombre, o quién había sido, y aparté de mi mente imágenes y olores. Me preparé una copa y una ensalada, observé con desconsuelo la enorme fuente con golosinas para Halloween que había en el aparador y pensé en las plantas que en el porche esperaban ser trasplantadas a macetas. Entonces llamé a Marino.

—Escucha —le dije cuando contestó—. Creo que Benton debería venir aquí por la mañana.

Pausa prolongada.

—Está bien —dijo—. O sea que quieres que le diga que mueva el trasero y vaya a Richmond. En lugar de que tú se lo digas.

—Si no te importa. Estoy fundida.

—Ningún problema. ¿A qué hora?

—Cuando quiera. Yo estaré aquí todo el día.

Regresé al estudio de mi casa para revisar el correo electrónico antes de acostarme. Lucy rara vez llamaba cuando podía usar la computadora para decirme cómo y dónde estaba. Mi sobrina era agente del FBI, especialista técnica del Equipo de Rescate de Rehenes o ERR. Sin aviso previo podían enviarla a cualquier parte del mundo.

Como una madre inquieta, con frecuencia yo me descubría revisando los mensajes para ver si había alguno de ella, temiendo el día en que su aparato de radiollamada sonara y la enviara a la Base Andrews de la Fuerza Aérea con los muchachos para abordar otro avión de carga C-141. Después de sortear pilas de publicaciones que esperaban ser leídas y gruesos libros de medicina comprados hacía poco pero que todavía no había ubicado en la biblioteca, me senté frente a mi escritorio. Mi estudio era el cuarto más vivido de mi casa y yo lo había diseñado con una chimenea y enormes ventanales que daban a un recodo rocoso del río James.

Entré en América Online, o AOL, y me saludó una voz masculina mecánica que me anunciaba que tenía correspondencia. Era correo electrónico sobre varios casos, juicios, reuniones profesionales y artículos periodísticos, y un mensaje de alguien que no reconocí. Su nombre de usuario era *docmuert*. Enseguida me sentí inquieta. No había ninguna descripción de lo que esa persona había enviado, y cuando abrí lo que me había escrito, sencillamente decía *diez*.

Se adjuntaba un archivo gráfico, que bajé y descomprimí. Una imagen comenzó a materializarse en la pantalla del monitor, en color, de a una hilera de pixels por vez. Me di cuenta de que estaba mirando la fotografía de una pared del color de la masilla, y el borde de una mesa cubierta con una tela celeste sobre la que había manchas y un charquito color rojo oscuro. Después apareció en la pantalla una herida roja abierta y despareja, seguida por tonos carne que se convirtieron en muñones y pezones sangrientos.

Cuando ese horror terminó de completarse me quedé mirándolo con incredulidad y tomé el teléfono.

—Marino, creo que será mejor que vengas —dije con tono asustado.

—¿Qué ocurre? —preguntó, alarmado.

—Hay algo que quiero que veas.

—¿Estás bien?

—No lo sé.

—No te muevas, Doc. Voy para allá.

Imprimí el archivo y lo grabé en un disquete, temerosa de que se desvaneciera frente a mis ojos. Mientras esperaba a Marino reduje la intensidad de las luces de mi estudio para permitir que los detalles y colores de la imagen fueran más intensos. Mi mente se sacudió al observar esa carnicería, la forma en que la sangre formaba un retrato malévolo que, en mi caso, no era poco frecuente. Otros médicos, científicos, abogados y miembros de las fuerzas del orden muy a menudo me enviaban fotografías parecidas por Internet. En forma rutinaria se me pedía, vía correo electrónico, que examinara escenas de crímenes, órganos, heridas, diagramas, incluso reconstrucciones animadas de casos a punto de ser juzgados.

Esa fotografía en particular podría haber sido enviada por un detective o un colega. Podía provenir de un abogado del Commonwealth o del UEAS. Salvo por una cosa. Hasta el momento no habíamos tenido escena del crimen de ese caso, sólo un basural donde la víctima había sido arrojada, y la basura y la bolsa rota que la rodeaban. Sólo el asesino o alguien involucrado en el homicidio podía haberme enviado ese archivo.

Quince minutos después, casi a la medianoche, sonó el timbre de la puerta de calle y yo salté de la silla. Corrí por el hall para hacer pasar a Marino.

—¿Qué demonios pasa ahora? —dijo no bien entró.

Transpiraba con su camiseta gris de la policía de Richmond que le quedaba ajustada sobre su cuerpo y su vientre grandotes, y shorts amplios y zapatillas, con medias largas. Percibí olor a sudor rancio y cigarrillos.

—Ven —dije.

Él me siguió a mi estudio, y cuando vio lo que había en la pantalla del monitor se sentó en mi silla y frunció el entrecejo mientras observaba la imagen.

—¿Esta porquería es lo que creo que es? —preguntó.

—Todo parece indicar que la fotografía se tomó en el lugar donde el cuerpo fue desmembrado. —Yo no estaba acostumbrada a tener a nadie en el lugar privado donde trabajaba, y me di cuenta de que mi nivel de ansiedad aumentaba.

—Esto es lo que encontraste hoy.

—Lo que ves se tomó poco tiempo después de la muerte —afirmé—. Pero, sí, éste es el torso del basural.

—¿Cómo lo sabes? —preguntó Marino.

Tenía la vista fija en la pantalla y modificó la altura de mi silla. Después, para ponerse más cómodo, apartó con sus pies grandotes los libros que había en el suelo. Cuando vi que levantaba carpetas y las cambiaba a otro lugar del escritorio, ya no pude soportarlo.

—Yo tengo las cosas donde las quiero —le señalé mientras volvía a poner las carpetas en su sitio original.

—Epa, tranquila, Doc —dijo, como si no tuviera importancia—. ¿Cómo sabemos que esto no es un truco?

Una vez más apartó las carpetas y entonces me enojé de veras.

—Marino, vas a tener que levantarte —dije—. Yo no permito que nadie se siente frente a mi escritorio. Me estás volviendo loca.

Me miró con furia y se puso de pie.

—Hazme un favor. La próxima vez llama a otra persona cuando tengas un problema.

—Trata de ser razonable...

Me interrumpió y perdió los estribos.

—No. Trata tú de ser razonable y deja de ser tan molesta y quisquillosa. Con razón Wesley y tú tienen problemas.

—Marino —le advertí—, acabas de cruzar el límite y será mejor que no sigas.

Él quedó callado y paseó la vista por el lugar.

—Volvamos a esto —dije, me senté en mi silla y volví a ponerla a mi altura—. No creo que esto sea un truco, y sí creo que se trata del torso del basural.

—¿Por qué? —No quería mirarme y tenía las manos en los bolsillos.

—Los brazos y las piernas están seccionados a través de los huesos largos, no de las articulaciones. —Toqué la pantalla. —Existen otras similitudes. Es ella, a menos que otra víctima con un cuerpo parecido haya sido asesinada y desmembrada de la misma manera, y todavía no la hayamos encontrado. Y no se me ocurre cómo alguien podría haber hecho un truco como éste sin saber cómo fue desmembrada la víctima. Para no mencionar que este caso todavía no apareció en los medios periodísticos.

—¡Mierda! —Marino tenía la cara congestionada. —¿Hay algo como un remitente?

—Sí. Alguien en AOL con el nombre D-O-C-M-U-E-R-T.

—¿Como *Doc muerta*? —Su intriga era tanta que olvidó su enojo.

—Sólo puedo conjeturarlo. El mensaje era sólo una palabra: *diez*.

—¿Eso es todo?

—Sí. Con minúsculas.

Me miró con cara de estar pensando.

—Si contamos los casos de Irlanda, éste es el número diez. ¿Tienes una copia de esto?

—Sí. Y los casos de Dublín y su posible conexión con los primeros cuatro sí aparecieron en las noticias. —Le entregué el impreso de computación. —Cualquiera podría saberlo.

—No importa. Si damos por sentado que éste es el mismo asesino y que acaba de hacerlo de nuevo, él sabe perfectamente bien a cuántos mató —dijo—. Pero lo que no entiendo es cómo supo adónde enviarte este archivo.

—Mi dirección en AOL no es difícil de adivinar. Es mi nombre.

—Por Dios, no puedo creer que hayas elegido ése —saltó de nuevo—. Es como utilizar tu fecha de nacimiento para el código de alarma contra ladrones.

—Yo empleo el correo electrónico casi exclusivamente para comunicarme con médicos forenses, personas del Departamento de Salud y la policía. Y ellos necesitan que sea algo fácil de recordar. Además —agregué mientras él con su mirada seguía juzgándome—, jamás ha sido problema.

—Pues ahora ya lo creo que es —sostuvo, mirando el impreso—. La buena noticia es que quizás encontremos aquí algo que nos ayude. Tal vez dejó un rastro en la computadora.

—En la red —dije.

—Sí, como sea. Creo que deberías llamar a Lucy.

—Benton debería hacerlo —le recordé—. No puedo pedirle ayuda a ella con respecto a un caso sólo porque soy su tía.

—Supongo que me toca también a mí llamarlo con ese fin. —Se abrió paso por el caos de mi estudio y caminó hacia la puerta. —Espero que tengas cerveza en tu casa. —Se detuvo y giró para mirarme. —¿Sabes una cosa, Doc? No es asunto mío, pero en algún momento tendrás que hablar con él.

—Tienes razón —asentí—. No es asunto tuyo.

CAPÍTULO 3

A la mañana siguiente desperté con el tamborileo apagado de la lluvia fuerte sobre el techo y la alarma persistente de mi reloj despertador. Era temprano para un día que se suponía yo me tomaría libre, y de pronto me di cuenta de que, durante la noche, octubre se había convertido en noviembre. No faltaba mucho para el invierno y otro año se había pasado. Abrí las persianas y miré hacia afuera. Los pétalos de mis rosas estaban en el suelo y el río estaba crecido y fluía alrededor de rocas que parecían negras.

Me sentía mal por lo de Marino. Estuve impaciente con él cuando la noche anterior lo envié de vuelta a su casa sin siquiera una cerveza. Pero yo no quería hablar sobre cuestiones que él no podía entender. Para Marino era muy sencillo. Yo estaba divorciada. La esposa de Benton lo había dejado por otro hombre. Nosotros habíamos estado teniendo una relación, así que bien podíamos casarnos. Durante un tiempo ése fue también mi plan. El último otoño e invierno, Wesley y yo fuimos a esquiar, a bucear, salimos de compras, cocinamos en casa y comimos afuera y hasta trabajamos en mi jardín. Y no nos llevamos bien.

En realidad yo no lo quería en mi casa, del mismo modo en que no quería que Marino se sentara en mi silla. Cuando Wesley movía un mueble o siquiera ponía de vuelta platos o cubiertos en los aparadores o los cajones equivocados, yo sentía una furia secreta que me sorprendía y me hacía sentir muy mal. En ningún momento creí que nuestra relación

51

estaba bien cuando él todavía seguía casado, pero por aquella época solíamos disfrutarnos más el uno al otro, sobre todo en la cama. Yo tenía miedo de que el hecho de no sentir lo que creía que debía sentir revelara un rasgo mío que me resultaba intolerable ver.

Me dirigí en el auto a mi oficina con los limpiaparabrisas trabajando a toda velocidad mientras una lluvia implacable golpeteaba sobre el techo. El tráfico era escaso porque todavía no eran las siete, y la línea de edificación de Richmond comenzó a aparecer con lentitud por entre la niebla mojada. Pensé de nuevo en la fotografía. Volví a verla formarse lentamente en mi pantalla y se me erizaron los pelos de los brazos y un escalofrío me recorrió. Me sentía perturbada de una manera que me resultaba imposible definir y por primera vez se me ocurrió que la persona que me la había enviado podía ser alguien que conocía.

Giré hacia la salida a la calle Séptima, rodeé Shockoe Slip, con su calle empedrada mojada y sus restaurantes de moda que a esa hora estaban a oscuras. Pasé frente a estacionamientos que apenas comenzaban a llenarse y doblé hacia el que estaba detrás de mi edificio de estuco de cuatro plantas. No pude creerlo cuando vi que la camioneta de un noticiero de televisión me esperaba en mi cochera, marcada con toda claridad con un cartel que rezaba JEFA DE MÉDICOS FORENSES. Los del equipo de televisión sabían que si esperaban allí el tiempo suficiente, la recompensa sería verme.

Me acerqué y les hice señas de que se movieran. Se abrieron las puertas de la camioneta y un camarógrafo con traje para lluvia saltó del vehículo y se me acercó, seguido por una reportera con un micrófono. Bajé varios centímetros la ventanilla de mi auto.

—Muévanse —dije, y no precisamente con tono cordial—. Están en mi lugar para estacionar.

No me prestaron atención y otra persona bajó con reflectores. Por un momento me quedé mirándolos mientras mi furia crecía. La reportera me bloqueó la puerta y metió el micrófono por la ventanilla entreabierta.

—Doctora Scarpetta, ¿puede confirmarnos que el Carnicero ha vuelto a matar? —preguntó en voz alta mientras la cámara rodaba y las luces quemaban.

—Muevan la camioneta —dije con calma helada, mirando la cámara.

—¿Es en realidad un torso lo que encontraron? —La lluvia se deslizaba por su capucha cuando metió el micrófono más adentro.

—Por última vez les pido que saquen la camioneta de mi estacionamiento —dije, como un juez a punto de acusar al reo de desacato—. Están invadiendo propiedad privada.

El camarógrafo encontró un nuevo ángulo, el zoom se adelantó y luces fuertes me hirieron los ojos.

—¿Estaba desmembrado como los otros...?

La mujer apartó el micrófono a tiempo, en el momento en que mi ventanilla subía. Puse marcha atrás y empecé a retroceder, y los de la televisión se apartaron al ver que yo realizaba un giro de trescientos sesenta grados. Los neumáticos chirriaron y patinaron cuando estacioné justo detrás de la camioneta, que quedó aprisionada entre mi Mercedes y el edificio.

—¡Espere un momento!

—¡Eh! ¡No puede hacer esto!

Sus expresiones eran de incredulidad cuando me apeé. Sin molestarme en abrir el paraguas, corrí hacia la puerta y la abrí.

En el patio, la furgoneta color rojo oscuro estaba cubierta de gotas de lluvia que caían sobre el piso de concreto. Abrí otra puerta, entré en el corredor y miré en todas direcciones para ver quién más estaba allí. Los azulejos blancos estaban impecables; el aire, pesado con el fuerte olor del desodorante industrial, y cuando me dirigí hacia la oficina de la morgue, la imponente puerta de acero inoxidable de la cámara refrigeradora se abrió.

—¡Buenos días! —dijo Wingo con una sonrisa de sorpresa—. Llega temprano.

—Gracias por sacar la furgoneta de la lluvia —dije.

—Que yo sepa no nos traerán más casos, así que me pareció mejor ponerla en el patio.

—¿Viste a alguien allá afuera cuando la manejaste? —pregunté.

Él pareció sorprenderse.

—No. Pero eso fue hace alrededor de una hora.

Wingo era el único miembro de mi equipo que por lo general llegaba a la oficina antes que yo. Era ágil y atractivo, con rasgos lindos y pelo oscuro y desgreñado. Como era un obsesivo-compulsivo, planchaba sus batas quirúrgicas, lavaba la furgoneta varias veces por semana y se lo pasaba lustrando todo lo de acero inoxidable hasta que brillaba como un espejo. Su tarea era dirigir la morgue, y lo hacía con la precisión y el orgullo de un jefe militar. En ese lugar ni él ni yo permitíamos el descuido y la insensibilidad, y nadie se atrevía a librarse de residuos peligrosos ni a hacer bromas sobre los muertos.

—El caso del basural todavía está en la refrigeradora —me dijo Wingo—. ¿Quiere que lo saque?

—Esperemos hasta la reunión del equipo —contesté—. Cuanto más tiempo esté refrigerada, mejor será, y no quiero que nadie deambule por aquí para mirar.

—Eso no sucederá —afirmó, como si yo acabara de implicar que podía fallar en sus tareas.

—Tampoco quiero que ninguna persona del equipo entre por curiosidad.

—Ah. —En sus ojos apareció un relámpago de furia. —No entiendo a las personas.

Jamás las entendería porque él no se les parecía.

—Te pido que avises a seguridad —le dije—. Los medios ya están en el estacionamiento.

—Bromea. ¿Tan temprano?

—Los de Canal Ocho me estaban esperando cuando llegué. —Le entregué la llave de mi automóvil. —Dales algunos minutos y después déjalos ir.

—¿Qué quiere decir con eso de "después déjalos ir"?

—Están en mi cochera —contesté mientras me dirigía al ascensor.

—¿Están qué?

—Ya lo verás. —Subí al ascensor. —Si llegan a tocar mi auto, los acusaré de violación y daños dolosos a la propiedad ajena. Después haré que la oficina del procurador general se comunique con el gerente general del canal. Y hasta es posible que les inicie acciones legales. —Le sonreí por entre las puertas del ascensor que se cerraban.

Mi oficina estaba en el primer piso del Consolidated Lab Building, que había sido construido en la década del setenta y pronto sería abandonado por nosotros y por los científicos del piso superior. Finalmente nos iban a dar un lugar más amplio en el nuevo Parque Biotécnico de la ciudad ubicado muy cerca de la calle Broad y no lejos del Marriott y el Coliseum.

La construcción ya estaba bastante adelantada y me llevaba demasiado tiempo discutir sobre detalles, planos y presupuestos. Lo que durante años había sido casi un hogar para mí estaba ahora convertido en un caos: pilas de cajas en los pasillos y empleados que se negaban a archivar porque igual después tendrían que empacar todo. Aparté la mirada de más cajas y seguí caminando hacia mi oficina, donde el escritorio presentaba el habitual estado de avalancha.

Volví a verificar mi correo electrónico porque casi esperaba recibir otro archivo anónimo como el último, pero sólo encontré los mismos mensajes que antes. Los revisé y envié respuestas breves. La dirección *docmuert* me aguardaba en silencio en mi buzón, y no pude resistir abrirlo y abrir también el archivo con la fotografía. Estaba tan concentrada que no oí que Rose entraba.

—Creo que Noé debería construir otra arca —comentó.

Sobresaltada, levanté la cabeza y la vi de pie junto a la puerta que comunicaba mi oficina con la suya. En ese momento se sacaba el impermeable y parecía preocupada.

—No fue mi intención asustarla —dijo.

Vaciló un instante, entró y me observó con atención.

—Sabía que estaría aquí, a pesar de todos los consejos en contrario —dijo—. Tiene el aspecto de alguien que acaba de ver un fantasma.

—¿Qué haces aquí tan temprano? —le pregunté.

—Tuve la sensación de que usted tendría las manos llenas de trabajo. —Se quitó el abrigo. —¿Vio los periódicos esta mañana?

—Todavía no.

Abrió su cartera y sacó sus anteojos.

—Todo ese asunto del *Carnicero*. Ya se imagina el alboroto. Mientras venía en el auto, oí por el noticiero radial que, desde que estos casos comenzaron, se incrementó muchísimo la venta de armas de puño. A veces me pregunto si las armerías no estarán detrás de todo esto. Nos producen un susto terrible para que todos corramos a comprar una .38 o una pistola semiautomática.

Rose tenía el pelo del color del acero y siempre lo llevaba peinado hacia arriba; su cara era aristocrática e inteligente. No había nada que no hubiera visto y no le tenía miedo a nadie. Yo vivía temiendo que llegara el momento de su jubilación, porque sabía qué edad tenía. Ella no necesitaba trabajar conmigo; lo hacía sólo porque le importaba y no le quedaba nadie en su casa.

—Ven y mira un poco esto —dije y aparté la silla.

Ella rodeó el escritorio y se quedó parada tan cerca de mí que alcancé a percibir el olor de White Musk, la fragancia que ella había inventado en el Body Shop, donde se oponían a las pruebas con animales. Rose había adoptado hacía poco a su quinto galgo. Criaba gatos siameses, tenía varios acuarios y no le faltaba mucho para resultar peligrosa para cualquiera que usara pieles. Estuvo un momento con la vista fija en el monitor de mi computadora y no pareció saber qué miraba. Después se tensó.

—Dios mío —murmuró y me miró por encima de sus bifocales—. ¿Esto es lo que tenemos allá abajo?

—Creo que es una versión un poco anterior de lo mismo —respondí—. Me lo enviaron por AOL.

Ella no dijo nada.

—No hace falta decir —continué— que te dejo a ti la tarea de vigilar este lugar con ojo de águila mientras yo estoy abajo. Si alguien que no conocemos o no esperamos entra en el lobby, quiero que seguridad lo intercepte. Ni se te ocurra tratar de averiguar qué quiere. —La miré con severidad, porque la conocía bien.

—¿Le parece que podría venir aquí? —preguntó como al pasar.

—No sé bien qué pensar, salvo que es obvio que necesitaba ponerse en contacto conmigo. —Cerré el archivo y me puse de pie. —Y lo hizo.

Un poco antes de las ocho y media, Wingo empujó el cuerpo a la báscula del piso y comenzamos lo que yo sabía sería un examen muy largo y doloroso. El torso pesaba veinte kilos y medía cincuenta y tres centímetros de largo. El *livormortis* era leve en la parte posterior, lo cual significaba que su circulación había cesado y que la sangre se había acumulado según la gravedad, e indicaba que lo habían puesto de espaldas durante horas o días después de su muerte. No podía mirarlo sin ver la imagen horripilante de la pantalla de mi computadora y estar convencida de que esa imagen y el torso que tenía delante eran la misma cosa.

—¿Cuál cree que era su estatura? —Wingo me miró mientras colocaba la camilla con ruedas en forma paralela a la primera mesa de autopsias.

—Usaremos las alturas de las vértebras lumbares para estimar la estatura, ya que obviamente no tenemos ni tibias ni fémures —dije mientras me ponía un delantal plástico sobre la bata—. Pero parece menuda. En realidad, frágil.

Un momento después, las radiografías terminaron de procesarse y Wingo las sujetaba en los negatoscopios. Lo que vi contaba una historia que no parecía tener sentido. Las superficies de la sínfisis púbica, donde un pubis se une al otro, ya no eran rugosas y con rebordes, como en la juventud. En cambio, el hueso estaba muy erosionado, con labios irregulares. Más radiografías mostraban terminaciones de costillas esternales con crecimientos óseos irregulares, el hueso de paredes muy finas y bordes filosos, y también había cambios degenerativos en las vértebras lumbosacras.

Wingo no era ningún antropólogo, pero también él notó lo obvio.

—Si no supiera que no es así, pensaría que las placas se mezclaron con las de otra persona —dijo.

—Este torso pertenece a una mujer mayor —aseveré.

—¿Qué edad calcula que tenía?

—No me gusta adivinar —dije mientras seguía estudiando las radiografías—. Pero diría que por lo menos setenta años. O, para ir sobre seguro, entre sesenta y cinco y ochenta. Ven. Revisemos un rato la basura.

Las siguientes dos horas las pasamos revisando una enorme bolsa con residuos que habían estado directamente debajo y alrededor del cuerpo en el basural. La bolsa en que yo creía que ella había estado era negra, tamaño ciento catorce litros, y había sido sellada con una cinta plástica amarilla dentada. Con máscaras y guantes, Wingo y yo fuimos separando trozos de neumáticos y el plumón de tapicería que se utilizaba como cubierta en el basural. Examinamos infinidad de harapos de plástico pegajoso y tomamos gusanos y moscas muertas y los pusimos en un envase.

Nuestros tesoros eran pocos: un botón azul que probablemente no estaba relacionado con el caso y, curiosamente, el diente de un niño, que supuse había sido arrojado a la basura después de encontrar una moneda debajo de la almohada. Encontramos un peine deformado, una batería aplastada, varios trozos de porcelana rota, una percha de alambre doblada y la tapa de un bolígrafo Bic. En su mayor parte, era goma, plumón, trozos de plástico negro y papel empapado que tiramos en un tacho de basura. Después pusimos luces intensas alrededor de la mesa y colocamos el torso sobre una sábana blanca y limpia.

Con una lente, comencé a revisarlo de a una pulgada por vez, y su piel era un conjunto microscópico de basura. Con un fórceps, recogí una serie de fibras decoloradas del muñón oscuro y sanguinolento que antes había sido el cuello de la mujer, y encontré pelos, tres, de color gris blancuzco y alrededor de treinta y cinco centímetros de largo, adheridos a sangre seca en la parte de atrás.

—Necesito otro sobre —le dije a Wingo cuando encontré otra cosa que no esperaba.

Enclavadas en los extremos de cada húmero, o hueso del brazo, y también en los bordes de músculo que lo rodeaba, había más fibras y diminutos fragmentos de tela que parecían de color celeste, lo cual significaba que la sierra debía de haberla atravesado.

—Fue desmembrada a través de su ropa o de alguna otra cosa en la que estaba envuelta —dije, sorprendida.

Wingo interrumpió lo que estaba haciendo y me miró.

—En los otros casos no fue así.

Aquellas víctimas parecían haber estado desnudas cuando las serrucharon. Él hizo más anotaciones y yo seguí con mi examen.

—Las fibras y trozos de tela también están incrustados en cada fémur. —Observé con mayor atención.

—¿O sea que también estaba cubierta de la cintura para abajo? —preguntó.

—Así parece.

—¿De modo que alguien esperó a que estuviera desmembrada y recién entonces le quitó la ropa? —Me miró y noté emoción en sus ojos cuando empezó a imaginar la escena.

—Sin duda él no quería que tuviéramos la ropa. Podría contener demasiada información —deduje.

—¿Entonces por qué no la desvistió desde el principio o le quitó lo que la cubría?

—A lo mejor no quería verla mientras la desmembraba —contesté.

—Así que ahora es una persona sensible —dijo Wingo, como si detestara a ese individuo.

—Toma nota de las medidas —le dije—. La columna cervical está cortada transversalmente al nivel de C-5. El fémur residual de la derecha mide cinco centímetros por debajo del trocánter menor y un centímetro y cuarto el de la izquierda, con marcas visibles de sierra. Los segmentos del húmero de derecha e izquierda son de dos centímetros y medio, con marcas de sierra visibles. En la cadera superior derecha hay una antigua cicatriz de vacuna de dos centímetros.

—¿Qué opina de esto? —Se refería a las numerosas vesículas llenas de líquido diseminadas por las nalgas, los hombros y la parte superior de los muslos.

—No lo sé —respondí y busqué una jeringa—. Mi sospecha es que se trata del virus del herpes zoster.

—¡Dios! —Wingo se apartó de un salto de la mesa. —Ojalá me lo hubiera dicho antes. —Estaba asustado.

—Herpes. —Comencé a rotular un tubo de ensayo. —Puede ser. Debo confesar que es un poco extraño.

—¿Qué quiere decir? —Se estaba poniendo cada vez más nervioso.

—En el herpes —contesté—, el virus ataca los nervios sensoriales. Cuando aparecen las vesículas, lo hacen en una tira a lo largo de las distribuciones nerviosas. Debajo de una costilla, por ejemplo. Y las vesículas son de edades distintas. Pero en este caso todas parecen tener la misma edad.

—¿Qué otra cosa podría ser? —preguntó—. ¿Varicela?

—Es el mismo virus. Los chicos contraen varicela. Los adultos, herpes.

—¿Y si yo me contagio? —preguntó Wingo.

—¿Tuviste varicela de chico?

—No tengo idea.

—¿Qué me dices de una vacuna vzv? —pregunté—. ¿La recibiste?

—No.

—Bueno, si no tienes anticuerpos al vzv, deberías vacunarte. —Lo miré. —¿Eres inmunodeficiente?

Él no dijo nada, se acercó a un carrito, se quitó los guantes de látex y los arrojó al recipiente rojo para los residuos biológicos peligrosos. Trastornado, tomó un nuevo par confeccionado con nitrilo azul más grueso. Yo interrumpí lo que estaba haciendo y lo observé hasta que regresó junto a la mesa.

—Me parece que podría habérmelo advertido antes —dijo, y pareció estar al borde de las lágrimas—. Quiero decir, aquí no son muchas las precauciones que podemos tomar, como vacunas, salvo para la hepatitis B. Así que dependo de usted para que me avise lo que hay.

—Serénate.

Yo lo traté con suavidad. Wingo era un muchacho demasiado sensible para su bien, y en realidad ése fue el único problema que había tenido con él.

—No puedes contagiarte de varicela o de herpes de esta señora a menos que exista un intercambio de fluidos corporales —dije—. Así que mientras uses guantes, te manejes como siempre lo haces y no te cortes ni te pinches con una aguja, no estarás expuesto al virus.

Por un instante se le humedecieron los ojos, y enseguida apartó la vista.

—Empezaré a tomar las fotografías —dijo.

CAPÍTULO 4

Marino y Benton Wesley aparecieron a media tarde, cuando la autopsia ya estaba bastante adelantada. No había nada más que se pudiera hacer en el examen externo, y Wingo se había ido a disfrutar de un almuerzo tardío, así que yo me encontraba sola. Wesley me miró cuando transpuso la puerta y por su chaqueta me di cuenta de que seguía lloviendo.

—Tanto para que lo sepas —dijo enseguida Marino—, hay un alerta de inundaciones.

Puesto que en la morgue no había ventanas, yo jamás sabía qué tiempo hacía afuera.

—¿Hasta qué punto es grave el alerta? —pregunté, y vi que Wesley se había acercado al torso y lo observaba.

—Suficientemente grave como para saber que si esto sigue, será mejor que alguien empiece a apilar bolsas de arena —replicó Marino mientras ponía su paraguas en un rincón.

—¿Debo preocuparme mucho? —pregunté, alarmada.

—Parará —dijo Wesley, como si también pudiera trazar un perfil del clima.

Se quitó el impermeable, debajo del cual llevaba un traje color azul oscuro que era casi negro. Usaba camisa blanca almidonada y corbata conservadora de seda, y su pelo plateado estaba un poco más largo que de costumbre, pero prolijo. Sus facciones afiladas lo hacían parecer más alerta y más intimidante de lo que era, pero hoy su expresión era sombría, y no sólo por mi presencia. Él y Marino se acercaron a un carrito de cirugía para ponerse guantes y barbijos.

—Lamento que lleguemos tarde —me dijo Wesley mientras yo continuaba con mi tarea—. Cada vez que trataba de salir de casa, sonaba el teléfono. Esto es un verdadero problema.

—Para ella, ya lo creo que sí —dije.

—¡Mierda! —Marino miró fijo lo que quedaba de un ser humano. —¿Cómo demonios hace alguien una cosa así?

—Yo te diré cómo —dije y me puse a cortar secciones de bazo—. Primero tomas a una mujer anciana y te aseguras de que no beba ni coma lo suficiente, y de que cuando enferme no reciba atención médica. Después le disparas un tiro o la golpeas en la cabeza. —Levanté la cabeza y los miré. —En mi opinión, lo que tiene es una fractura basilar del cráneo y quizá también otro tipo de trauma.

Marino parecía confundido.

—Ella no tiene cabeza. ¿Cómo lo sabes?

—Lo sé porque tiene sangre en las vías respiratorias.

Ellos se acercaron para ver a qué me refería yo.

—Una forma en que podría haber sucedido —proseguí— es si recibió una fractura basilar del cráneo, la sangre le goteó por la parte posterior de la garganta, y ella la aspiró a sus vías respiratorias.

Wesley observó con atención el cuerpo con la expresión de quien ha visto mutilación y muerte un millón de veces. Se quedó mirando el espacio donde debería estar la cabeza como si pudiera imaginarla.

—Tiene hemorragia en el tejido muscular. —Hice una pausa para permitir que digirieran mis palabras. —Todavía estaba viva cuando comenzó el desmembramiento.

—Dios Santo —exclamó Marino horrorizado y encendió un cigarrillo—. No me digas eso.

—No digo que estuviera consciente —agregué—. Lo más probable es que ello sucediera en o alrededor del momento de su muerte. Pero todavía tenía tensión arterial, por débil que fuera. De todos modos, esto era así alrededor del cuello, pero no en los brazos y las piernas.

—Entonces le seccionó la cabeza primero —me dijo Wesley.

—Sí.

Examinaba las placas radiográficas de los negatoscopios.

—Esto no concuerda con la elección habitual de víctimas del asesino —dijo—. En absoluto.

—Nada de este caso concuerda —contesté—. Salvo que, una vez más, se utilizó una sierra. También encontré algunos cortes en el hueso que pertenecerían a un cuchillo.

—¿Qué otra cosa nos puedes decir sobre la víctima? —preguntó Wesley, y yo sentí sus ojos fijos en mí cuando dejé caer otra sección de órgano en el frasco con formol.

—Tiene una especie de erupción que podría ser herpes, y dos cicatrices en el riñón derecho que podrían indicar pielonefritis o infección renal. El cérvix está elongado y radiado, lo cual podría sugerir que tuvo hijos. Su miocardio, o músculo cardíaco, es blando.

—¿Y significa...?

—Eso es obra de las toxinas. Toxinas producidas por microorganismos. —Lo miré. —Como ya mencioné, era una mujer enferma. Marino caminaba por la sala y miraba el torso desde distintos ángulos.

—¿Tienes alguna idea de cuál enfermedad era ésa?

—Basándome en las secreciones de sus pulmones, sé que tenía bronquitis. Por el momento no sé qué más, salvo que el estado del hígado es bastante malo.

—Por el alcohol —dijo Wesley.

—Está amarillento y nodular. Sí —dije—. Y agregaría que en una época fumaba.

—Está piel y huesos —comentó Marino.

—No comía —señalé—. Su estómago es tubular y está vacío y limpio. —Se los mostré.

Wesley se acercó a un escritorio cercano y tomó una silla. Su mirada se perdió en el vacío, como si estuviera sumido en sus cavilaciones, y yo tomé un cable de un carrete que colgaba del cielo raso y enchufé la sierra Stryker. Marino, a quien esta parte del procedimiento era la que menos le gustaba, se apartó de la mesa. Nadie habló cuando yo seccioné con la sierra los extremos de brazos y piernas; un polvo ososo flotó en el aire y el zumbido de la máquina eléctrica era más intenso que el del torno de un dentista. Coloqué cada sección en un cartón rotulado y expresé mi opinión.

—No creo que esta vez nos enfrentemos al mismo asesino.

—No sé qué pensar —dijo Marino—. Pero tenemos dos cosas importantes en común: un torso, y el hecho de que fuera arrojado en el área central de Virginia.

—El individuo exhibió una elección muy variada de víctimas todo el tiempo —dijo Wesley, con su barbijo quirúrgico suelto alrededor del cuello—. Una negra, dos blancas y un varón negro. Los cinco de Dublín eran también variados. Pero en todos los casos eran personas jóvenes.

—¿O sea que ahora esperarías que él eligiera a una mujer vieja? —le pregunté.

—Francamente, no. Pero estas personas no obedecen a una ciencia exacta, Kay. Nos enfrentamos a alguien que hace lo que se le antoja en el momento en que se le antoja.

—El desmembramiento no es igual, no está hecho a través de las articulaciones —les recordé—. Y creo que ella estaba vestida o envuelta en una tela.

—Esta mujer debe de haberlo molestado más —dijo Wesley, se quitó del todo el barbijo y lo dejó caer sobre el escritorio—. Su necesidad de matar de nuevo puede haber sido abrumadora y tal vez esta mujer resultaba una víctima fácil. —Observó el torso. —Así que da el golpe, pero su *modus operandi* cambia porque la elección de la víctima de pronto cambió, y en realidad a él no le gusta. La deja al menos parcialmente vestida o cubierta porque violar y matar a una mujer vieja no es precisamente lo que lo excita. Y le corta la cabeza primero para no tener que mirarla.

—¿Encontraste alguna señal de violación? —me preguntó Marino.

—No —contesté—. Estoy por terminar aquí. La meteremos en la cámara refrigeradora como las demás con la esperanza de que con el tiempo logremos una identificación. Tengo tejido muscular y de la médula espinal para el ADN y confío en que nos llegarán los datos de una persona desaparecida para compararlos con lo que tenemos aquí.

Estaba desalentada y se me notaba. Wesley tomó su saco del respaldo de una silla y dejó un pequeño charco en el suelo.

—Me gustaría ver la fotografía que te enviaron vía AOL —me dijo.

—A propósito, tampoco ese detalle concuerda con el *modus operandi* del homicida —dije mientras comenzaba a suturar la incisión en Y—. En los casos anteriores no me enviaron nada.

Marino estaba apurado, como si tuviera que ir a alguna otra parte.

—Me voy a Sussex —comentó al dirigirse a la puerta—. Tengo que reunirme con el Llanero Solitario Ring para que me dé lecciones de cómo investigar homicidios.

Se fue enseguida y yo sabía cuál era la verdadera razón. A pesar de los sermones que me endilgaba sobre el matrimonio, mi relación con Wesley secretamente le molestaba. Una parte de Marino siempre sentiría celos.

—Rose puede mostrarte la fotografía —le dije a Wesley mientras lavaba el cuerpo con manguera y esponja—. Ella sabe cómo entrar en mi correo electrónico.

La decepción brilló en sus ojos antes de que pudiera disimularla. Llevé los cartones con terminaciones óseas a un mostrador distante donde serían hervidas en una solución débil de hipoclorito, para eliminar todo rastro de tejido humano y desengrasarlas. Él se quedó donde estaba, aguardando y observando hasta que yo volví. Yo no quería que Benton se fuera, pero ya no sabía qué hacer con él.

—¿Podemos hablar, Kay? —dijo por último—. Casi no te he visto en meses. Sé que los dos estamos ocupados y que éste no es el mejor momento, pero...

—Benton —lo interrumpí con emoción—. No aquí.

—Desde luego que no. No te sugiero que hablemos aquí.

—Será más de lo mismo.

—Te prometo que no. —Consultó el reloj de pared. —Mira, ya es tarde. ¿Por qué no te quedas en la ciudad y comemos juntos?

Vacilé y la ambivalencia comenzó a rebotar en mi cerebro. Tenía miedo de verlo y miedo de no verlo.

—Está bien —dije—. En mi casa, a las siete. Prepararé algo, pero no te hagas ilusiones de que será una maravilla.

—Puedo invitarte a comer afuera. No quiero que te tomes ningún trabajo.

—El último lugar en el que quiero estar en este momento es en público —dije.

Sus ojos se demoraron en mí un momento mientras yo escribía etiquetas y rotulaba distintos tipos de recipientes. El ruido de sus pisadas sonó con fuerza sobre las baldosas cuando se fue, y lo oí hablar con alguien al abrirse las puertas del ascensor en el hall. Segundos después, Wingo entró.

—Debería haber llegado antes. —Se acercó a un carrito y comenzó a ponerse fundas en los zapatos, barbijo y guantes. —Pero arriba es un verdadero zoológico.

—¿Qué quieres decir? —pregunté y me desaté la parte de atrás de la bata mientras él se ponía una limpia.

—Reporteros. —Se puso una capucha y me miró a través del plástico transparente. —En el lobby. Rodean el edificio con sus camionetas de televisión. —Me miró con expresión tensa. —Detesto tener que decírselo, pero ahora la del Canal Ocho le tiene bloqueado el paso. La camioneta de los de la televisión está justo detrás de su auto, y no hay nadie adentro.

Sentí que la furia me inundaba.

—Llama a la policía y diles que se lleven el vehículo con un remolque —dije desde el vestuario—. Termina tú aquí. Yo subiré a mi oficina para ocuparme de esto.

Después de golpear el puño contra el tacho de la ropa sucia, me quité los guantes, las fundas de los zapatos y el gorro. Me cepillé vigorosamente con jabón antibacteriano y abrí el armario con manos repentinamente torpes. Estaba muy enojada; ese caso, la prensa, Wesley y todo me irritaba.

—¿Doctora Scarpetta?

Wingo apareció de pronto junto a la puerta en el momento en que yo me abotonaba la blusa, y esa actitud suya de acercarse cuando yo me estaba vistiendo no era nueva. Jamás nos había molestado a ninguno de los dos porque yo me sentía tan cómoda con él como si estuviera con otra mujer.

—Me preguntaba si tendría tiempo... —Dudó. —Bueno, sé que hoy está muy ocupada.

Arrojé mi par de Reebok ensangrentadas en el armario y me calcé los zapatos que había usado para trabajar. Después me puse la chaqueta blanca.

—En realidad, Wingo... —Traté de controlar mi furia para no tomármela con él. —A mí también me gustaría hablar contigo. Cuando termines aquí abajo, sube a verme a mi oficina.

No hacía falta que él me lo dijera; yo tenía la sensación de saberlo ya. Subí en el ascensor, mi estado de ánimo tan sombrío como una tormenta a punto de estallar. Wesley todavía estaba en mi oficina y examinaba lo que estaba en el monitor de mi computadora; pasé junto a él sin reducir la marcha. En realidad quería buscar a Rose. Cuando llegué a la oficina del frente, los empleados contestaban frenéticamente llamados que no paraban, mientras mi secretaria y mi administrador estaban junto a una ventana y miraban hacia el estacionamiento del frente.

La lluvia no había amainado, y ello no parecía haber amilanado a ningún periodista, camarógrafo o fotógrafo de la ciudad. Parecían enloquecidos, como si la historia debiera de ser sensacional para que todos toleraran ese aguacero.

—¿Dónde están Fielding y Grant? —pregunté, refiriéndome a mi asistente y el residente de este año.

Mi administrador era un policía retirado a quien le encantaban la colonia y los trajes elegantes. Se apartó de la ventana, pero Rose siguió mirando hacia afuera.

—El doctor Fielding está en el juzgado —dijo—. El doctor Grant tuvo que irse porque el sótano de su casa se inundó.

Rose se volvió con la actitud de alguien listo para pelear, como si su nido hubiera sido invadido.

—Puse a Jess en la sala de archivos —dijo, aludiendo a la recepcionista.

—De modo que no hay nadie al frente. —Miré hacia el lobby.

—Yo diría que hay más bien muchas personas —saltó mi secretaria con furia mientras los teléfonos no cesaban de sonar—. Yo no quería que hubiera nadie allá afuera, con todos esos buitres. No me importa si hay cristal antibalas.

—¿Cuántos reporteros hay en el lobby?

—Quince, tal vez veinte, la última vez que lo verifiqué —respondió mi administrador—. Salí allí en determinado momento y les pedí que se fueran. Me dijeron que no se irían hasta que tuvieran una declaración tuya. Así que pensé que podríamos escribir algo y...

—Yo me ocuparé de darles una declaración —salté.

Rose me puso una mano en el hombro.

—Doctora Scarpetta, no creo que sea buena idea...

También la interrumpí a ella:

—Déjamelo a mí.

El lobby era pequeño y el grueso tabique de vidrio hacía que fuera imposible que entrara ninguna persona no autorizada. Cuando di vuelta la esquina no pude creer que hubiera tantas personas apiñadas en la habitación; el piso estaba inmundo con huellas y charcos de agua sucia. En cuanto me vieron, las luces de las cámaras se encendieron, los periodistas comenzaron a gritar y a acercarme micrófonos y grabadores mientras los flashes me destellaban en la cara.

Levanté la voz sobre la de todos ellos:

—¡Por favor! ¡Silencio!

—Doctora Scarpetta...

—¡Silencio! —dije todavía más fuerte y miré, enceguecida, hacia personas agresivas que no lograba ver bien—. Ahora les pediré cortésmente que se retiren —dije.

—¿Es de nuevo el Carnicero? —preguntó una voz femenina, por encima de las otras voces.

—Todavía debemos realizar una investigación más exhaustiva —dije.

—Doctora Scarpetta.

Me costó reconocer a la periodista televisiva Patty Denver, cuyo rostro atractivo aparecía en carteles por toda la ciudad.

—Las fuentes aseguran que usted considera que ésta es otra víctima de los asesinatos en serie —dijo—. ¿Puede usted confirmarlo? Yo no respondí.

—¿Es verdad que la víctima es una mujer asiática, probablemente prepúber, y que cayó de un camión local? —prosiguió—. ¿Debemos suponer que el asesino está ahora en Virginia?

—¿Ahora el Carnicero mata en Virginia?

—¿Es posible que deliberadamente quiso que los otros cuerpos fueran arrojados aquí?

Levanté una mano para callarlos.

—Éste no es momento para conjeturas —dije—. Lo único que puedo decirles es que tratamos este caso como un homicidio. La víctima es una mujer blanca no identificada. No es prepúber sino una adulta de edad avanzada, y alentamos a las personas que pueden tener alguna información que se dirijan a este oficina o al Departamento de Policía del Condado de Sussex.

—¿Y qué me dice del FBI?

—El FBI está involucrado —contesté.

—Entonces ustedes consideran que esto es obra del Carnicero...

Me volví, ingresé un código en el teclado y la puerta se abrió. No presté atención a las voces que reclamaban respuestas y los nervios me zumbaban de la tensión cuando caminé deprisa por el hall. Cuando entré en mi oficina Wesley ya no estaba y me senté detrás del escritorio. Disqué el número de *pager* de Marino, y él me llamó enseguida.

—¡Por el amor de Dios, estas filtraciones tienen que terminar! —grité por la línea.

—Sabemos perfectamente quién es el culpable de esa filtración —dijo Marino, enojado.

—Ring —dije yo. No cabía ninguna duda pero no podía probarlo.

—Ese tarado debía reunirse conmigo en el basural. Eso fue hace alrededor de una hora —prosiguió Marino.

—Pues parece que la prensa no tuvo ningún problema en encontrarlo.

Le conté lo que las "fuentes" supuestamente les habían informado a los del equipo de televisión.

—¡Maldito imbécil! —exclamó.

—Encuéntralo y dile que mantenga la boca cerrada —dije—. Hoy los periodistas prácticamente nos sacaron de servicio, y ahora en la ciudad todos creerán que entre ellos hay un autor de asesinatos en serie.

—Sí, bueno, lamentablemente, esa parte podría ser verdad —respondió Marino.

—No puedo creer que esto esté pasando. —Yo me enfurecía cada vez más. —Tengo que proporcionar información para corregir esa información equivocada. No pueden ponerme en esta posición, Marino.

—No te preocupes, yo me ocuparé de esto y de mucho más —prometió—. Supongo que no lo sabes.

—¿Qué es lo que no sé?

—Se rumorea que Ring ha estado saliendo con Patty Denver.

—Creí que estaba casada —dije y mentalmente la vi como se me había presentado un momento antes.

—Lo está —dijo él.

Comencé a dictar el caso 1930-97 y traté de concentrar mi atención en lo que decía y lo que leía en mis notas.

—El cuerpo se recibió dentro de una bolsa sellada —dije hacia el grabador, mientras reordenaba los papeles que los guantes de Wingo habían manchado con sangre—. La piel está pastosa. Los pechos son pequeños, atróficos y arrugados. Hay pliegues de piel sobre el abdomen que sugieren una pérdida anterior de peso...

—¿Doctora Scarpetta? —Wingo asomaba la cabeza por la puerta. —Caramba, lo siento —dijo cuando se dio cuenta de lo que yo estaba haciendo—. Supongo que éste no es buen momento.

—Entra —dije con una sonrisa cansada—. ¿Por qué no cierras la puerta?

Lo hizo y también cerró la que comunicaba mi oficina con la de Rose. Con actitud nerviosa, acercó una silla a mi escritorio y era obvio que le costaba mirarme a los ojos.

—Antes de que empieces, deja que yo lo haga. —Me mostré firme pero bondadosa. —Te conozco desde hace muchos años, y tu vida no es ningún secreto para mí. Yo no hago juicios. No pongo rótulos. Para mí, en este mundo hay sólo dos categorías de personas: las buenas y las que no lo son. Pero tú me preocupas porque tu orientación te pone en una posición de riesgo.

73

Él asintió.

—Ya lo sé —dijo, con los ojos brillantes por las lágrimas.

—Si eres inmunodeficiente —continué—, tienes que decírmelo. Probablemente no deberías estar en la morgue, al menos en algunos casos.

—Soy HIV positivo. —Su voz tembló y comenzó a llorar.

Permití que lo hiciera durante un momento; con los brazos se cubrió la cara, como si no pudiera soportar que nadie lo viera. Se le sacudían los hombros, le caían las lágrimas y le corrían por la nariz. Tomé una caja de pañuelos de papel, me puse de pie y me acerqué a él.

—Toma —dije y puse los pañuelos a su alcance—. Está bien. —Lo rodeé con un brazo y lo dejé seguir llorando. —Wingo, quiero que trates de controlarte para que podamos hablar sobre esto. ¿De acuerdo? Él asintió, se sonó la nariz y se secó los ojos. Por un momento apretó la cabeza contra mí y yo lo sostuve como a un niño. Le di tiempo antes de que me mirara apretándose los hombros.

—Éste es el momento del coraje, Wingo —dije—. Veamos qué podemos hacer para luchar contra esta cosa.

—No puedo revelárselo a mi familia —dijo con voz entrecortada—. Mi padre me odia de todos modos. Y cuando mi madre trata de que se reconcilie conmigo, él se pone peor. Con ella.

Acerqué una silla.

—¿Qué me dices de tu amigo?

—Rompimos.

—Pero él sabe.

—Yo lo supe hace apenas un par de semanas.

—Tienes que decírselo, a él y a cualquier otra persona con quien hayas intimado —dije—. Es lo justo. Si alguien te hubiera advertido a ti, tal vez no estarías ahora aquí sentado y llorando.

Él permaneció en silencio, la vista fija en sus manos. Después de respirar hondo, dijo:

—Moriré, ¿no es verdad?

—Todos moriremos —le dije con ternura.

—No así.

—Podría ser así —dije—. Con cada examen físico que me hacen, incluyen una prueba de HIV. Ya sabes a lo que estoy expuesta. Podría pasarme lo mismo que a ti.

Levantó la cabeza y me miró, sus ojos y mejillas en llamas.

—Si contraigo SIDA me mataré.

—No, no lo harás —dije.

Él se echó a llorar de nuevo.

—Doctora Scarpetta, ¡no puedo soportarlo! No quiero terminar en uno de esos lugares, un hospital, en una cama junto a otras personas que agonizan y que yo no conozco. —Mientras sus lágrimas fluían, su rostro se volvió trágico y desafiante. —Estaré completamente solo como siempre lo he estado.

—Escucha. —Esperé hasta que se hubiera calmado. —No pasarás por esto solo. Me tienes a mí.

Una vez más volvió el llanto; se cubrió la cara y sus gemidos fueron tan fuertes que estaba segura de que se oirían en todo el hall. —Yo me ocuparé de ti —le prometí al ponerme de pie—. Ahora quiero que te vayas a tu casa. Quiero que hagas lo que debes hacer y se lo digas a tus amigos. Mañana seguiremos hablando y veremos cuál es la mejor manera de manejar esto. Necesito el nombre de tu médico y que me des permiso para hablar con él o con ella.

—Es el doctor Alan Riley. Trabaja en la Facultad de Medicina de Virginia.

Asentí.

—Lo conozco y quiero que lo llames por teléfono mañana a primera hora. Avísale que me pondré en contacto con él y que tiene tu permiso para hablar conmigo.

—De acuerdo. —Me miró con expresión furtiva. —Pero usted será... No se lo dirá a nadie, ¿verdad?

—Desde luego que no —respondí con vehemencia.

—No quiero que ninguno de los de aquí lo sepan. Ni Marino. No quiero que él lo sepa.

—Nadie lo sabrá —dije—. Al menos no de mis labios.

Lentamente se levantó y caminó hacia la puerta con la inseguridad de alguien que está borracho o atontado.

—¿Verdad que no me despedirá? —Tenía la mano sobre el pomo de la puerta cuando me miró con los ojos inyectados en sangre.

—Wingo, por el amor de Dios —dije con serena emoción—. Espero que tengas una mejor opinión de mí.

Abrió la puerta.

—Pienso en usted más que ninguna otra persona. —De sus ojos volvieron a brotar lágrimas, que él secó con el guardapolvo, dejando al descubierto su vientre delgado y desnudo. —Siempre lo hice.

Sus pasos fueron rápidos en el hall al alejarse casi a la carrera y tocar el timbre del ascensor. Escuché con atención mientras Wingo abandonaba mi edificio y salía a un mundo para el que lo que le pasara a él no importaba en absoluto. Apoyé la frente en el puño y cerré los ojos.

—Dios querido —murmuré—. Por favor, ayúdalo. Ayúdanos.

CAPÍTULO

5

Seguía lloviendo fuerte cuando manejé hacia casa, y el tráfico estaba espantoso porque un accidente había cerrado los carriles en ambas direcciones sobre la I-64. Había camiones de bomberos y ambulancias, equipos de salvamento que abrían portezuelas y corrían con camillas y tablas. Sobre el pavimento mojado brillaban trozos de vidrio roto y los conductores de los autos que pasaban reducían la marcha para mirar a los heridos en el accidente. Un automóvil había dado varias vueltas antes de incendiarse. Vi sangre en el parabrisas destrozado de otro vehículo y también que el volante estaba torcido. Sabía lo que eso significaba y elevé una plegaria por los que viajaban allí adentro. Esperaba no tener que verlos en mi morgue.

En Carytown, me detuve en P.T.Hasting's. Festoneado con redes de pescar y flotadores, vendían los mejores mariscos de la ciudad. Cuando entré, el ambiente era punzante y aromático por la mezcla de olores a pescado y a Old Bay, y los filetes parecían gruesos y frescos adentro, en los escaparates. Las langostas con sus garras reptaban en su tanque de agua y yo no representaba ningún peligro para ellas. Era incapaz de hervir nada que estuviera con vida y jamás tocaba la carne si primero veía los animales con vida. Ni siquiera era capaz de pescar sin arrojar enseguida de vuelta al agua a mis presas.

Trataba de decidir qué compraría cuando Bev emergió de la parte de atrás del local.

—¿Qué me recomiendas hoy? —le pregunté.

—Bueno, miren quién está aquí —exclamó ella con afecto mientras se limpiaba las manos en el delantal—. Usted es casi la única persona que se atreve hoy a desafiar la lluvia, así que tiene de sobra para elegir.

—Estoy un poco apurada y necesito algo fácil y liviano —dije.

Una sombra le cruzó el rostro cuando ella abrió un recipiente con rábano picante.

—Ya me imagino en qué ha andado —dijo—. Lo oí por los noticieros. —Sacudió la cabeza. —Debe de estar agotada. No sé cómo hace para dormir. Permítame que le diga qué debe hacer por usted esta noche.

Se acercó a un mostrador con cangrejos azules helados. Sin consultarme, puso medio kilo en una caja.

—Son frescos, de la isla Tangier. Yo misma los recogí, y después cuénteme si encontró algún rastro de cartílago o de caparazón. No comerá a solas, ¿verdad que no? —preguntó.

—No.

—Me alegro de oírlo.

Me guiñó un ojo. Yo había ido con Wesley algunas veces antes.

Ella tomó seis langostinos grandes, los peló, les quitó las venas y los envolvió. Después colocó sobre el mostrador, junto a la caja registradora, un frasco con su salsa casera.

—Me parece que exageré un poco con los rábanos picantes —dijo—, así que lo más probable es que la hagan llorar, pero eso es bueno. —Comenzó a facturar mis compras. —Lo que tiene que hacer es saltear los langostinos muy rápido, dejar que apenas estén un minuto en la sartén. Después enfriarlos bien y comerlos como aperitivo. A propósito, los langostinos y la salsa son regalo de la casa.

—No tienes por qué...

Ella me hizo callar con un movimiento de la mano.

—En cuanto a los cangrejos, querida, escúcheme con atención. Un huevo apenas batido, media cucharadita de té de mostaza en polvo, uno o dos golpes de salsa inglesa, cuatro galletitas de agua sin sal, desmenuzadas. Pique una cebolla y un pimiento verde. Una o dos cucharaditas de té de perejil, sal y pimienta a gusto.

—Suena fabuloso —dije, agradecida—. Bev, ¿qué haría yo sin ti?

—Después mézclelo todo con suavidad y déles forma de hamburguesas. —Hizo el movimiento con las manos. —Después debe saltearlas en aceite, a fuego moderado, hasta que estén levemente doradas. Como acompañamiento prepare una ensalada o lleve un poco de mi ensalada de col fresca —dijo—. Y esto es lo más que yo haría por mi hombre.

Fue todo lo que yo hice. Empecé no bien llegué a casa y los langostinos se estaban enfriando cuando puse música y me metí en la bañera. Le puse al agua sales de aromaterapia que se suponía reducían el estrés y cerré los ojos mientras el vapor llevaba esencias sedantes a mis senos frontales y mis poros. Pensé en Wingo y mi corazón pareció perder su ritmo como un ave en peligro. Durante un rato lloré. Él había empezado conmigo en esa ciudad, de la que se fue para retomar sus estudios. Ahora se encontraba de vuelta y se moría. Yo no podía soportarlo.

A las siete de la tarde estaba de nuevo en la cocina y Wesley, siempre puntual, detuvo su BMW plateado en el sendero de casa. Todavía llevaba puesto el traje que usaba más temprano; tenía una botella de chardonnay Cakebread en una mano y otra de whisky irlandés Black Bush en la otra. Finalmente la lluvia había cesado y las nubes marchaban hacia otros frentes.

—Hola —dijo cuando abrí la puerta.

—Hiciste un perfil adecuado del tiempo. —Lo besé.

—Por algo me pagan tanto.

—El dinero que tienes viene de tu familia. —Sonreí mientras él me seguía. —Sé muy bien cuánto te paga el FBI.

—Si yo fuera tan astuto para el dinero como tú, no necesitaría el de mi familia.

En mi sala había un bar, y me puse detrás del mostrador porque sabía qué tomaba él.

—¿Black Bush? —pregunté para asegurarme.

—Si tú me lo sirves. Eres tan buena traficante que conseguiste que quedara atrapado en el vicio.

—Siempre y cuando lo traigas de contrabando de Washington D.C., yo te lo serviré todas las veces que quieras —dije.

Preparé nuestras bebidas con hielo y un toque de soda. Después fuimos a la cocina y nos sentamos frente a una mesa junto a un ventanal que daba a mi jardín y al río. Deseé poder hablarle de Wingo y de lo mucho que me apenaba su situación, pero no podía traicionar una confidencia.

—¿Puedo hablarte primero de un asunto de negocios? —Wesley se quitó el saco y lo colgó en el respaldo de una silla.

—Yo también tengo algo para decirte.

—Entonces tú primero. —Tomó un sorbo de su vaso, sus ojos fijos en los míos.

Le conté lo que se había filtrado a la prensa y agregué:

—Ring es un problema que empeora cada vez más.

—Siempre y cuando la causa de la filtración sea él, y yo no estoy diciendo que lo sea o que no lo sea. Lo difícil es conseguir pruebas.

—Yo no tengo ninguna duda.

—Kay, no es suficiente. No podemos echar a alguien de una investigación basándonos sólo en tu intuición.

—Marino oyó decir que Ring tiene una relación con una conocida periodista de los medios. —Y añadí: —Ella trabaja en el mismo canal que dio una información equivocada sobre el caso, diciendo que la víctima era asiática.

Wesley quedó un momento callado. Yo sabía que de nuevo pensaba en la falta de pruebas, y tenía razón. Todo esto me sonó circunstancial incluso cuando se lo decía.

—Ese tipo es muy astuto. ¿Conoces sus antecedentes? —dijo por fin.

—No sé nada de él —contesté.

—Se graduó con honores en William and Mary y tiene una licenciatura en psicología y otra en administración pública. Su tío es Harlow Dershin, el secretario de seguridad pública, un tipo por otra parte honorable. No hace falta que te diga que ésta no es una buena situación para hacer acusaciones, a menos que estés ciento por ciento segura.

El secretario de seguridad pública de Virginia era el superior inmediato del superintendente de policía del estado. El tío de Ring no podía ser un hombre más poderoso a menos que ocupara el cargo de gobernador.

—Lo que me estás diciendo es que Ring es intocable.

—Lo que digo es que sus antecedentes en lo relativo a estudios indican con toda claridad que es un hombre ambicioso. Los tipos así tienen como meta ser jefes, comisionados o políticos. No les interesa ser policías.

—A los tipos así sólo les interesa su propia persona —dije con impaciencia—. A Ring no le importan un cuerno las víctimas o las personas que no tienen idea de qué les sucedió a sus seres queridos. A él no le importa si asesinan a otra persona.

—Pruebas —me recordó—. En justicia, son muchas las personas, incluyendo las que trabajan en el basural, que podrían haber filtrado la información a la prensa.

Yo no tenía ningún buen argumento para ofrecerle, pero nada lograría apartarme de mis sospechas.

—Lo realmente importante es solucionar estos casos —prosiguió Wesley—, y la mejor manera de hacerlo es que cada uno de nosotros siga con lo suyo y no le preste atención a Ring, que es lo que hacen Marino y Grigg. Debemos seguir cada pista que haya y evitar todos los escollos que encontremos en nuestro camino. —Sus ojos eran casi del color del ámbar con la luz del techo y su mirada se dulcificó cuando se cruzó con la mía.

Eché hacia atrás mi silla.

—Tenemos que poner la mesa.

Él sacó los platos y abrió la botella de vino mientras yo colocaba los langostinos fríos en una fuente y ponía una salsa en un bol. Corté limones por la mitad, los envolví en servilletas de papel y preparé pastelillos de cangrejo. Wesley y yo comimos cóctel de langostinos mientras comenzaba a oscurecer y la noche arrojaba su sombra sobre el este.

—He extrañado esto —dijo—. Quizás a ti no te guste oírlo, pero es la verdad.

Yo no dije nada porque no quería iniciar una gran discusión que duraría horas y nos dejaría a los dos agotados.

—Sea como fuere. —Apoyó el tenedor en el plato, como lo hacen las personas corteses cuando terminan de comer. —Gracias. La he extrañado mucho, doctora Scarpetta. —Sonrió.

—Y yo me alegro de que usted esté aquí, agente especial Wesley.

Le devolví la sonrisa y me puse de pie. Encendí una hornalla y calenté aceite en una sartén mientras él retiraba los platos.

—Quiero decirte lo que pensé de la fotografía que te enviaron —dijo—. En primer lugar, tenemos que establecer que, en realidad, se trata de la víctima en la que trabajaste hoy.

—Yo lo estableceré el lunes.

—Suponiendo que así sea —continuó—, implica un cambio muy importante en el modus operandi del homicida.

—Eso y muchas otras cosas más. —Puse los pastelillos en la sartén.

—De acuerdo —dijo él y sirvió la ensalada de rábano picante—. Esta vez es muy evidente, como si él se propusiera refregarnos ese hecho por la nariz. Y, desde luego, también la elección de víctima es distinta. Mmmm, eso parece riquísimo —agregó con respecto a lo que yo estaba cocinando.

Cuando de nuevo estuvimos sentados a la mesa, dije, muy segura:

—Benton, éste no es el mismo individuo.

Él vaciló antes de contestar:

—Tampoco yo creo que lo sea, si quieres que te diga la verdad. Pero no estoy dispuesto a descartarlo por completo. No sabemos qué juego prepara para nosotros en este momento.

Yo comenzaba a sentirme nuevamente frustrada. Era imposible probar nada, pero mi intuición, mis instintos, hablaban con voz muy fuerte.

—Bueno yo no creo que esta mujer vieja asesinada tenga nada que ver con los casos anteriores de aquí o de Irlanda. Alguien quiere que nosotros supongamos que sí. En mi opinión, nos enfrentamos a un copión.

—Lo analizaremos con todos. El jueves. Creo que ésa es la fecha que fijamos para la reunión. —Probó un pastelillo de cangrejo. —Esto está exquisito. Riquísimo. Y también la salsa.

—Alguien trata de disfrazar un crimen cometido por otra razón —dije—. No me des demasiado crédito por la comida. Ésta es la receta de Bev.

—La fotografía me molesta —dijo.

—A mí también.

—Hablé con Lucy al respecto.

Ahora sí que había logrado interesarme.

—Tú dime cuándo quieres que ella venga. —Tomó su copa de vino.

—Cuanto antes, mejor. —Hice una pausa y añadí: —¿Cómo anda en su trabajo? Yo sólo sé lo que ella me cuenta, pero me gustaría oír tu opinión.

Recordé que necesitábamos agua y fui a buscarla. Cuando volví, él me miraba fijo. A veces me resultaba difícil mirarlo a la cara, y mis sentimientos comenzaron a chocar como instrumentos desafinados. Me encantaba su nariz cincelada, con su puente recto; sus ojos, que podían sumergirme en profundidades desconocidas para mí, y su boca, con ese labio inferior tan sensual. Miré por la ventana y ya no pude ver el río.

—Lucy —le recordé—. ¿Qué tal una evaluación de su desempeño para su tía?

—Nadie lamenta haberla contratado —dijo secamente de alguien que todos sabíamos era un genio—. Aunque posiblemente eso sería quedarnos muy cortos. Es maravillosa. La mayoría de los agentes han llegado a respetarla. Quieren tenerla cerca. No digo que no haya problemas. No a todos les gusta que haya una mujer en el ERR.

—A mí sigue preocupándome que ella se esfuerce demasiado —dije.

—Bueno, es muy capaz, de eso no cabe duda.

—A eso me refiero. Ella quiere mantenérseles a la par, cuando en realidad no es posible. Ya sabes cómo es Lucy. —Volví a mirar a Wesley. —Siempre tiene que demostrarse algo. Si los tipos escalan montañas con mochilas de treinta kilos, ella cree que debe hacer lo mismo, cuando debería contentarse con sus habilidades técnicas, sus robots y todo lo demás.

—Olvidas su motivación más grande, su mayor demonio —dijo él.

—¿Cuál?

—Tú. Ella siente que debe demostrarte a ti, Kay, lo que vale.

—No tiene motivos para ello. —Lo que él acababa de decir me dolió. —No quiero creer que yo soy la razón por la que pone su vida en peligro al hacer todas esas cosas peligrosas que siente que debe realizar.

—No se trata de culpa —dijo Wesley y se puso de pie— sino de la naturaleza humana. Lucy te adora. Eres la única figura materna decente que ha tenido en su vida. Quiere ser como tú y tiene la sensación de que la gente la compara contigo; y ésa es una misión nada fácil. Quiere que también tú la admires, Kay.

—Pero si la admiro, por el amor de Dios. —Yo también me levanté y los dos nos pusimos a retirar los platos. —Ahora sí que me preocupaste.

Él comenzó a enjuagarlos y yo cargué el lavaplatos.

—Quizá deberías preocuparte. —Me miró. —Te diré una cosa: Lucy es una de esas perfeccionistas que no quiere escuchar a nadie. Salvo tú, es el ser humano más pertinaz que conozco.

—Muchísimas gracias.

Él sonrió y me rodeó con los brazos, sin importarle que tuviera las manos mojadas.

—¿Podemos sentarnos y hablar un rato? —preguntó, su rostro y su cuerpo muy cerca de los míos—. Después tengo que irme.

—¿Y después de eso?

—Hablaré con Marino por la mañana, y por la tarde tengo otro caso. Es de Arizona. Sé que es domingo, pero no puede esperar.

Siguió hablando mientras llevábamos nuestras copas con vino al living.

—Una chiquilla de doce años secuestrada cuando regresaba a su casa de la escuela, y cuyo cuerpo fue arrojado en el desierto de Sonora —dijo—. Creemos que este individuo ya mató a otros tres chicos.

—Resulta difícil ser muy optimista, ¿verdad? —dije con amargura y nos sentamos en el sofá—. Las muertes nunca cesan.

—No —contestó—. Y me temo que nunca cesarán mientras haya gente en el planeta. ¿Qué piensas hacer con lo que resta del fin de semana?

—Dedicarme a mis papeles.

En un extremo de mi amplio living había puertas corredizas de cristal y, más allá, mi vecindario estaba negro con una luna llena que parecía de oro y nubes leves que flotaban y se desplazaban muy despacio.

—¿Por qué estás tan enojada conmigo? —Su voz fue suave, pero indicaba que mi actitud le dolía.

—No lo sé. —Me negaba a mirarlo.

—Sí que lo sabes. —Me tomó una mano y comenzó a frotarla con el pulgar. —Me encantan tus manos. Parecen los de una pianista, sólo que más fuertes. Como si lo que haces fuera arte.

—Lo es —dije. Wesley con frecuencia hablaba de mis manos. —Creo que tienes un fetiche. Y, como persona especializada en perfiles, me parece que ese hecho debería preocuparte.

Él se echó a reír y me besó los nudillos y los dedos, como lo hacía muchas veces.

—Créeme, no sólo tus manos son un fetiche para mí.

—Benton —lo miré—. Estoy enojada contigo porque me estás arruinando la vida.

Él quedó atónito.

Yo me levanté del sofá y me puse a caminar por la habitación.

—Yo tenía mi vida organizada tal como la quería —dije, mientras mis emociones se intensificaban en un *crescendo*—. Estoy edificando una nueva oficina. Sí, he sido inteligente con mi dinero; hice suficientes inversiones convenientes como para permitirme todo esto —dije y señalé ese ambiente con la mano—. Mi propia casa que yo misma diseñé. Para mí, todo estaba en el lugar indicado hasta que tú...

—¿Realmente fue así? —Me miraba con intensidad y en su voz apareció furia contenida. —¿Te gustaba más cuando yo estaba casado y siempre nos sentíamos mal por ese hecho? ¿Cuando teníamos una aventura y les mentíamos a todos?

—¡Por supuesto que no me gustaba más! —exclamé—. Lo que me gustaba era que mi vida fuera mía.

—Tu problema es que te asustan los compromisos. De eso se trata. ¿Cuántas veces tengo que decírtelo? Creo que deberías buscar ayuda. En serio. Quizá ver a la doctora Zenner. Son amigas y sé que confías en ella.

—No soy yo quien necesita un psiquiatra. —Lamenté esas palabras en el instante en que las pronuncié.

Furioso, él se puso de pie, dispuesto a irse. Ni siquiera eran las nueve de la noche.

—Dios. Estoy demasiado vieja y cansada para esto —murmuré—. Benton, lo siento. Lo que dije no fue justo. Por favor, vuelve a sentarte.

Al principio él no lo hizo, sino que siguió parado frente a las puertas corredizas de cristal, de espaldas a mí.

—Yo no trato de lastimarte, Kay —dijo—. No vine a ver de qué manera puedo arruinarte la existencia, y tú lo sabes. Admiro muchísimo todo lo que haces. Sólo desearía que me dejaras participar un poco más de tu vida.

—Ya lo sé. Lo siento. Por favor, no te vayas.

Reprimiendo las lágrimas, me senté y miré hacia el cielo raso, con sus vigas y marcas de fratacho visibles en el yeso. Hacia donde mirara había detalles elegidos por mí. Por un momento cerré los ojos, mientras las lágrimas me rodaban por las mejillas. No me las sequé y Wesley sabía cuándo no debía tocarme. Sabía cuándo no debía hablar. En silencio se sentó junto a mí.

—Soy una mujer de mediana edad con ideas bien definidas —dije con voz temblorosa—. No puedo evitarlo. Todo lo que tengo es lo que yo construí. No tengo hijos. No puedo tolerar a mi única hermana y ella no me tolera a mí. Durante toda mi niñez, mi padre se lo pasó en cama, agonizando, y se fue cuando yo tenía doce años. Mi madre es una mujer imposible, y ahora se está muriendo con un enfisema. Yo no puedo ser lo que tú quieres, una buena esposa. Ni siquiera sé qué demonios es eso. Sólo sé cómo ser Kay. Y, además, ir a ver a una psiquiatra no cambiará nada.

Él me dijo:

—Y yo estoy enamorado de ti y quiero casarme contigo. Por lo visto, tampoco puedo evitarlo.

Yo no contesté.

Él agregó:

—Y creí que tú estabas enamorada de mí.

Seguí sin poder hablar.

—Al menos solías estarlo —siguió con voz llena de pena—. Me voy.

De nuevo empezó a levantarse y yo le puse una mano en el brazo.

—No así —dije y lo miré—. No me hagas esto.

—¿Que no "te" haga esto? —preguntó, con incredulidad.

Bajé la intensidad de las luces hasta que el ambiente quedó casi en tinieblas, y la luna era una moneda lustrada contra un cielo negro y despejado repleto de estrellas. Busqué más vino y encendí el fuego en la chimenea mientras Wesley observaba todo lo que yo hacía.

—Siéntate más cerca de mí —dije.

Lo hizo y esta vez le tomé las manos.

—Benton, ten paciencia. No me apures —dije—. Por favor. Yo no soy como Connie ni como las demás personas.

—No te estoy pidiendo que lo seas —dijo—. No quiero que lo seas. Tampoco yo soy como las demás personas. Sabemos lo que vemos. Otras personas no lo entenderían. Yo jamás pude hablar con Connie acerca de cómo paso mis días. Pero sí puedo hablarlo contigo.

Me besó con ternura y seguimos adelante, tocándonos las caras, las lenguas, desvistiéndonos y haciendo lo que mejor sabíamos hacer. Él me tomó con la boca y las manos y nos quedamos en el sofá hasta temprano por la mañana, mientras la luz de la luna se volvía fría y débil. Cuando él se hubo ido a su casa, yo recorrí la mía con una copa de vino en la mano y caminé por ella con la música encendida que brotaba de parlantes en cada habitación. Terminé en mi estudio, donde yo era una verdadera experta en el arte de la distracción.

Comencé a repasar periódicos, a recortar artículos que era preciso archivar. Empecé a trabajar en un artículo que debía escribir. Pero no estaba de humor para hacerlo y decidí revisar mi correo electrónico para ver si Lucy me había dejado dicho cuándo vendría a Richmond. AOL me anunció que tenía correspondencia y cuando abrí mi buzón fue como si alguien me hubiera dado un puñetazo. El remitente *docmuert* me esperaba como un desconocido malévolo.

Su mensaje estaba escrito en letras minúsculas, sin ninguna puntuación salvo los espacios entre palabras. Decía: *usted se cree muy lista*. Abrí el archivo adjunto y una vez más vi cómo en la pantalla se iban formando imágenes en color, pies y manos seccionados alineados sobre una mesa cubierta con lo que parecía ser la misma tela celeste. Por un momento me quedé mirando fijo el monitor y preguntándome por qué esa persona me hacía eso. Confiaba en que hubiera cometido una equivocación muy grande y tomé el teléfono.

—¡Marino! —exclamé cuando él apareció en línea.

—¿Eh? ¿Qué sucede? —balbuceó mientras despertaba.

Se lo dije.

—¡Mierda! Son las tres de la mañana. ¿Nunca duermes?

Parecía complacido y sospeché que suponía que yo no lo habría llamado si Wesley estuviera aquí todavía.

—¿Estás bien? —preguntó entonces.

—Escucha. Las manos tienen las palmas hacia arriba —dije—. La fotografía fue tomada a muy poca distancia y se pueden ver muchos detalles.

—¿Qué clase de detalles? ¿Tienen un tatuaje o algo por el estilo?

—Detalle de los relieves —respondí.

Neils Vander era el jefe de la sección huellas dactilares, un hombre mayor con pelo escaso y voluminosos guardapolvos en los que siempre había manchas negras y color púrpura por la ninhidrina y el polvo para tomar huellas. Siempre apurado y preocupado, pertenecía a una familia de clase alta de Virginia. Vander jamás me tuteó ni se refirió a nada mío personal en todos los años en que nos conocíamos. Pero tenía su manera de demostrarme que yo le importaba. A veces era por una rosquilla que dejaba sobre mi escritorio por la mañana o, en verano, tomates Hanover de su jardín.

Famoso por su vista de águila capaz de encontrar correspondencias entre ondas y verticilos a primera vista, era también el residente experto en intensificación de imagen y, de hecho, había recibido su formación en la NASA. A lo largo de los años, él y yo habíamos materializado una cantidad enorme de rostros a partir de imágenes fotográficas borrosas. Habíamos conjurado textos escritos que no estaban allí, leído impresiones y reconstruido rasgos eliminados; el concepto era en realidad muy simple, aunque su ejecución no lo fuera.

Un sistema de procesamiento de imágenes de alta resolución permitía distinguir doscientas cincuenta y seis tonalidades de gris, mientras que el ojo humano sólo lograba diferenciar, en el mejor de los casos, treinta y dos. Por lo tanto, era factible escanear algo en la computadora y que ella viera lo que a nosotros nos resultaba imposible. Quizá *docmuert* me había enviado más de lo que se proponía. Esa mañana, la primera tarea era comparar una fotografía de la morgue del torso con la que recibí vía AOL.

—Pondré allí un poco más de gris —dijo Vander mientras trabajaba con el teclado—. Y ladearé esto apenas.

—Así está mejor —convine.

Estábamos sentados lado a lado, los dos inclinados hacia el monitor de diecinueve pulgadas. Cerca, las dos fotografías estaban sobre el scanner, y una cámara de vídeo nos entregaba sus imágenes en vivo.

—Un poco más de eso. —Otro tono de gris barrió la pantalla. —Y moveré esto más.

Se acercó al scanner y modificó un poco la posición de una de las fotografías. Colocó otro filtro en la lente de la cámara.

—No sé —dije al observar—. Creo que antes resultaba más fácil ver. Tal vez haya que moverla un poco más hacia la derecha —agregué, como si estuviéramos colgando retratos.

—Mejor. Pero todavía hay demasiada interferencia del fondo que quisiera eliminar.

—Ojalá tuviéramos el original. ¿Cuál es la resolución radiométrica de esto? —pregunté, refiriéndome a la capacidad del sistema de diferenciar las distintas tonalidades de gris.

—Es muy superior a la que teníamos antes. Calculo que desde la primera época hemos duplicado el número de pixels que pueden digitalizarse.

Los pixels, como los puntos en la matriz de punto, eran los elementos más pequeños de una imagen vista en la pantalla; las moléculas, los puntos impresionistas de color que forman una pintura.

—Tenemos algunos subsidios, como sabrá. Uno de estos días quiero que pasemos a las imágenes ultravioletas. No tiene idea de lo que yo podría hacer con cianocrilato —y siguió hablando de la Súper Glue, una sustancia capaz de reaccionar a los componentes de la transpiración humana que era excelente para procesar huellas dactilares difíciles de percibir a simple vista.

—Bueno, buena suerte —dije, porque el dinero siempre era escaso, con cualquiera que estuviera en el gobierno.

Vander volvió a modificar la posición de la fotografía, colocó un filtro azul en la lente de la cámara y dilató los elementos más claros del pixel para iluminar más la imagen. Intensificó los detalles horizontales y eliminó los verticales. Ahora dos torsos estaban lado a lado. Aparecían sombras, detalles horripilantes más nítidos y contrastados.

—Se ven los extremos de los huesos —señalé—. La pierna izquierda está seccionada cerca del trocánter menor. La pierna derecha —deslicé un dedo por la pantalla—, alrededor de tres centímetros más abajo, por el hueso.

—Ojalá pudiera corregir el ángulo de la cámara, la distorsión de la perspectiva —murmuró él, hablando para sí, cosa que hacía muy a menudo—. Pero no conozco las medidas de nada. Es una pena que quien haya tomado esta fotografía no haya incluido una linda regla como escala.

—De ser así, realmente me preocuparía a quién nos enfrentamos —comenté.

—Justo lo que necesitamos. Un asesino igual a nosotros. —Definió los bordes de la imagen y cambió una vez más las posiciones de las fotografías. —Veamos qué sucede si las superponemos.

Lo hizo, y el resultado fue sorprendente: los extremos de los huesos y hasta el tejido desparejo que rodeaba el lugar en que fueron seccionados eran idénticos.

—Es suficiente para mí —anuncié.

—Yo no tengo ninguna duda —convino él—. Imprimamos esto.

Apretó la tecla del *mouse* y la impresora láser comenzó a zumbar. Vander sacó las fotografías del scanner, las puso con la de los pies y manos y movió esta última hasta que quedara perfectamente centrada. Cuando comenzó a ampliar las imágenes, el espectáculo se hizo cada vez más grotesco y la sangre manchó la hoja de color rojo brillante, como si acabara de verterse. El asesino había alineado prolijamente los pies como un par de zapatos, las manos a los lados como guantes.

—Debería haberlas puesto con las palmas hacia abajo —dijo Vander—. Me pregunto por qué no lo hizo.

Empleando un filtrado espacial para retener detalles importantes, comenzó a eliminar interferencias, tales como la sangre y la textura del mantel celeste de la mesa.

—¿Puede obtener detalles de relieve? —pregunté y me le acerqué tanto que alcancé a percibir la fragancia de su loción para después de afeitarse.

—Creo que sí —contestó.

Su voz sonó de pronto alegre, porque nada le gustaba más que leer los jeroglíficos de dedos y pies. Debajo de su aspecto bondadoso y distraído, era un hombre que había enviado a miles de personas a la cárcel y a docenas a la silla eléctrica. Amplió la fotografía y asignó colores arbitrarios a distintas intensidades de gris, para que pudiéramos verlas mejor. Los pulgares eran pequeños y pálidos, como un pergamino viejo. Había relieves.

—Los otros dedos no nos servirán —dijo, mirando fijo la imagen, como en trance—. Están demasiado curvados para que yo los vea. Pero los pulgares están bastante bien. Captemos esto. —Con un clic del *mouse* entró en un menú y grabó la imagen en el disco rígido de la computadora. —Voy a querer trabajar en esto un buen rato.

Ésa era la clave para que yo me fuera, y eché hacia atrás mi silla.

—Si consigo algo, lo procesaré enseguida por SAIHD —dijo, refiriéndose al Sistema Automático de Identificación de Huellas Dactilares, capaz de comparar impresiones latentes desconocidas con un banco de datos de millones.

—Eso sería maravilloso —dije—. Y yo comenzaré con SREH.

Me miró con curiosidad, porque el Sistema de Rastreo y Evaluación de Homicidios era una base de datos de Virginia perteneciente a la policía del estado en conjunción con el FBI. Era el lugar para empezar si sospechábamos que el caso era local.

—Aunque tenemos razones para sospechar que los otros casos no son de aquí —le expliqué—, creo que deberíamos buscar en todos los lugares posibles. Incluyendo las bases de datos de Virginia.

Vander seguía haciendo ajustes, la vista fija en la pantalla.

—Siempre y cuando yo no tenga que llenar formularios —contestó.

En el pasillo había más cajones y cajas blancas con la leyenda EVIDENCIA a ambos lados y apilados hasta el techo. Los científicos pasaban frente a ellos, preocupados y apurados, con papeles y muestras que podían enviar a alguien a la sala de un juzgado acusado de homicidio. Nos saludamos sin detener la marcha cuando yo me dirigí al laboratorio de fibras y rastros, que era amplio y silencioso. Más científicos con guardapolvo se encontraban inclinados sobre microscopios y trabajando frente a sus escritorios, mostradores negros dispuestos al azar con misteriosos paquetes envueltos en papel marrón. Aarón Koss estaba de pie frente a una lámpara ultravioleta que brillaba con color púrpurarojizo cuando él examinaba un portaobjetos con una lupa para ver qué podían decirle las longitudes de onda larga reflectivas.

—Buen día —le dije.

—Lo mismo para ti. —Koss sonrió.

Moreno y atractivo, parecía demasiado joven para ser experto en fibras microscópicas, residuos, pinturas y explosivos. Esa mañana, usaba jeans desteñidos y zapatillas.

—Por lo visto, hoy no vas a ningún juzgado —dije, porque por lo general era posible saberlo por la forma en que la gente estaba vestida.

—No. Por suerte —dijo—. Apuesto a que tienes curiosidad por tus fibras.

—Andaba por aquí —dije—, y por eso vine.

Yo era famosa por hacer rondas de evidencia y, en general, los científicos soportaban con paciencia mi vehemencia y, al final, se mostraban agradecidos. Yo sabía que los presionaba cuando estaban tapados de trabajo, pero cuando la gente era asesinada y desmembrada, era preciso examinar las pruebas ya mismo.

—Bueno, me has dado un respiro de mi trabajo con nuestro amigo, el que se dedica a poner bombas —dijo con otra sonrisa.

—No tuvimos suerte con eso —supuse.

—Tuvieron otra anoche. En la I-195 Norte, cerca de Laburnum, bajo las narices de Operaciones Especiales. ¿Puedes creerlo? Donde solía estar la Seccional Tercera.

—Esperemos que esa persona se limite con destruir señales de tránsito —dije.

—Esperemos. —Se alejó de la lámpara ultravioleta y se puso serio. —Esto es lo que descubrí hasta ahora en lo que me mandaste. Fibras de restos de tela incrustados en hueso. Cabello. Y restos que estaban adheridos a sangre.

—¿Cabello de ella? —pregunté, perpleja, porque no le había mandado los pelos largos y entrecanos a Koss. No era su especialidad.

—El que vi por el microscopio no me pareció humano —contestó—. Quizá pertenezca a dos tipos diferentes de animales. Los envié a Roanoke.

El estado sólo tenía un experto en cabello, y trabajaba fuera de los laboratorios forenses del distrito occidental.

—¿Qué me dices del rastro? —pregunté.

—En mi opinión, terminarán siendo desechos del basural. Pero quiero mirarlos por el microscopio electrónico. Lo que ahora tengo bajo la luz ultravioleta son las fibras —continuó—. En realidad debería decir que son fragmentos a los que les di un baño ultrasónico en agua destilada para eliminar la sangre. ¿Quieres echarles un vistazo?

Me hizo lugar para que espiara por la lente y yo olí a colonia Obsession. No pude evitar sonreír, porque recordé haber tenido su edad y la energía necesaria para emperifollarme. Había tres fragmentos montados que brillaban con luz fluorescente como luces de neón. La tela era blanca o casi blanca, una de ellas manchada con lo que parecían vetas iridiscentes doradas.

—¿Qué demonios es esto? —pregunté y lo miré.

—Visto por el estereoscopio, parece tela sintética —contestó—. Los diámetros son regulares, como si la tela hubiera sido moldeada por eyección, en lugar de ser naturales e irregulares. Digamos, como el algodón.

—¿Y las vetas fluorescentes? —pregunté sin dejar de mirar.

—Ésa es la parte interesante —dijo—. Aunque todavía tengo que hacer más pruebas, a primera vista parece pintura.

Callé un momento para imaginarlo.

—¿De qué clase? —pregunté.

—No es lisa y fina como la de los automóviles. Ésta es arenosa y granular. Parecer ser clara, color cáscara de huevo. Tengo la impresión de que es estructural.

—¿Ésos son los únicos fragmentos y fibras que examinaste?

—Apenas empiezo a hacerlo. —Se acercó a otro mostrador y apartó un banquillo. —Los he observado a todos bajo luz ultravioleta, y diría que alrededor del cincuenta por ciento de ellos tiene esta sustancia de tipo pintura embebida en el material. Y aunque no puedo decir con seguridad cuál es la tela, sí sé que todas las muestras que me diste son del mismo tipo y, probablemente, del mismo origen.

Colocó otro portaobjetos en la platina de un microscopio polarizador, el cual, como los anteojos Ray-Ban para sol, reducía los reflejos y separaba la luz en ondas diferentes con diferentes valores de índices de refracción, para darnos otra pista en cuanto a la identidad del material.

—Ahora bien —dijo, mientras ajustaba el foco y miraba por la lente sin pestañear—, éste es el fragmento mayor recuperado, aproximadamente del tamaño de una moneda de diez centavos. Tiene dos caras.

Se apartó y yo observé esas fibras que evocaban cabellos rubios con pequeñas vetas color rosado y verde.

—Muy compatible con poliéster —explicó Koss—. Las vetas son agentes químicos utilizados en el proceso de fabricación, para que el material no quede brillante. También creo que tiene mezclado un poco de rayón. Basándome en todo esto diría que lo que tenemos aquí es una tela muy común que podría usarse en casi cualquier cosa, desde blusas a cubrecamas. Pero hay un problema grande.

Abrió un frasco de solvente líquido y, con unas pinzas, quitó el portaobjetos y con mucho cuidado dio vuelta el fragmento. Vertió encima algunas gotas de xylene, volvió a colocar el portaobjetos y me hizo señas de que me acercara.

—¿Qué ves? —preguntó, y me pareció muy satisfecho consigo mismo.

—Algo grisáceo y sólido. No el mismo material que del otro lado. —Lo miré, sorprendida. —¿Esta tela tiene un revestimiento posterior? —Una suerte de termoplástico. Probablemente una clase de polietileno.

—¿En qué se utiliza? —quise saber.

—Básicamente en revestimiento para botellas de gaseosas. En los *blisters* con que se los empaca.

Me quedé mirándolo, atónita, porque no imaginaba cómo alguno de esos productos podía tener algo que ver con el caso.

—¿Qué más? —pregunté.

Él pensó un momento.

—Materiales fuertes. Algunos, como por ejemplo las botellas, pueden reciclarse y emplearse para fibras de alfombras, material sintético de relleno, casi cualquier cosa.

—Pero no tela para ropa.

Él sacudió la cabeza y dijo, muy seguro:

—De ninguna manera. La tela en cuestión es una mezcla común de poliéster recubierto con un material de tipo plástico. Que yo sepa, decididamente no como nada que pueda usarse para ropa. Además, parece estar saturada de pintura.

—Gracias, Aarón —dije—. Esto cambia todo.

Cuando regresé a mi oficina, me sorprendió e irritó encontrar a Percy Ring instalado en una silla del otro lado de mi escritorio, hojeando un anotador.

—Tenía que estar en Richmond para una entrevista en Canal Doce —dijo con tono inocente—, así que aproveché para venir a verla. Ellos también quieren hablar con usted. —Sonrió.

Yo no le contesté, pero mi silencio fue elocuente cuando me senté en mi silla.

—No creí que usted aceptaría asistir a la entrevista. Y eso fue lo que les dije —prosiguió con tono afable.

—Dígame, ¿qué fue exactamente lo que les dijo esta vez? —Mi tono no fue nada cordial.

—¿Qué? —La sonrisa de Ring se desvaneció y su mirada se endureció. —¿Qué me quiere decir?

—Usted es el investigador. Averígüelo. —Mi mirada fue tan feroz como la suya.

Él se encogió de hombros.

—Les dije lo de siempre. Sólo la información básica sobre el caso y sus similitudes con los otros.

—Investigador Ring, quiero que esto quede bien claro una vez más —dije, sin molestarme en disimular el desprecio que sentía por él—. Este caso no es necesariamente como los otros, y no deberíamos estar hablándolo con los medios.

—Bueno, pues entonces parece que usted y yo tenemos una perspectiva diferente con respecto al caso, doctora Scarpetta.

Apuesto, con traje oscuro, tiradores y corbata de colores vivos y dibujos vistosos, parecía notablemente creíble. No pude evitar recordar lo que Wesley había dicho sobre las ambiciones y conexiones de Ring, y la idea de que ese idiota egocéntrico dirigiría algún día la policía estatal o sería elegido congresal me resultaba intolerable. —Creo que el público tiene derecho a saber si hay un psicópata entre ellos —dijo.

—Y eso fue lo que dijo por televisión. —Mi irritación aumentó. —Que entre ellos hay un loco.

—No recuerdo las palabras exactas. La verdadera razón por la que pasé por aquí es que me preguntaba cuándo me entregarían una copia del informe de la autopsia.

—Todavía no está listo.

—Lo necesito lo antes posible. —Me miró a los ojos. —La abogada de la fiscalía quiere saber qué está sucediendo.

Yo no podía creer lo que estaba escuchando. Él no hablaría con esa persona a menos que tuviera un sospechoso.

—¿Qué está diciendo? —pregunté.

—Tengo a Keith Pleasants en la mira.

Yo no podía creerlo.

—Hay muchos elementos circunstanciales —prosiguió él—, el menor de los cuales no es el hecho de que fuera el único que estuviera operando el tractor cuando el torso fue hallado. ¿Sabía que por lo general él no opera los equipos de movimientos de tierra, a pesar de lo cual se encontraba en el asiento del conductor en ese momento preciso?

—Yo diría que eso lo convierte más en una víctima que en un sospechoso. Si es el asesino —continué—, cabría esperar que se las hubiera ingeniado para estar a kilómetros de distancia del basural cuando encontraran el cuerpo.

—A los psicópatas les gusta estar precisamente allí —dijo, como si supiera—. Fantasean con lo que pasaría si estuvieran en ese lugar cuando la víctima es descubierta. Como ese chofer de ambulancia que asesinaba a mujeres y después las arrojaba en el sector que él cubría. Cuando llegaba el momento de entrar en servicio, llamaba al 911 para ser la persona con la que hablarían las autoridades.

Además de su licenciatura en psicología, era obvio que había asistido a una conferencia relativa a trazar perfiles de las personas. Al parecer lo sabía todo.

—Keith vive con su madre, a la que creo que en el fondo odia —continuó mientras se alisaba la corbata—. Ella lo tuvo cuando ya era bastante grande y ahora ronda los sesenta. Él la cuida.

—Entonces su madre todavía vive y lo podría justificar —dije.

—Correcto. Pero eso no significa que él no haya volcado esa agresión en alguna otra mujer vieja. A lo cual se suma —y sé que le resultará difícil creerlo— que cuando estaba en la secundaria trabajaba en el mostrador de carnicería de un almacén. Era asistente del carnicero.

Yo no le dije que no creía que en este caso se hubiera empleado una sierra para carne, sino que lo dejé hablar.

—Nunca ha sido un hombre sociable, lo cual concuerda con el perfil que tracé de él. —Ring continuó tejiendo su red fantasiosa. —Y entre sus compañeros de trabajo del basural se rumorea que es homosexual.

—¿Basándose en qué?

—En el hecho de que no sale con mujeres o siquiera parece interesado en ellas cuando sus compañeros hacen comentarios o bromas al respecto. Ya sabe cómo son los tipos rudos cuando se juntan.

—Descríbame la casa en que vive Pleasants. —Pensé en las fotografías que me mandaron por correo electrónico.

—Es una casa de madera de dos plantas con tres dormitorios, cocina, living. De clase media camino tirando a pobre. Es posible que al principio, cuando el padre vivía, estuviera muy bien mantenida.

—¿Qué le pasó al padre?

—Abandonó a su esposa antes de que Keith naciera.

—¿Tiene hermanos o hermanas? —pregunté.

—Mucho mayores que él. Calculo que el nacimiento de Keith fue una sorpresa. Sospecho que el señor Pleasants no es el padre, lo cual explicaría por qué desapareció antes de que Keith hiciera su entrada en el mundo.

—¿Y en qué se basa esa sospecha? —pregunté con fastidio.

—En pura intuición.

—Entiendo.

—El lugar donde viven es remoto, a alrededor de dieciséis kilómetros del basural, en zona rural —respondió—. Tienen un terreno bastante amplio y un garaje que está separado de la casa. —Cruzó las piernas e hizo una pausa, como si lo que iba a agregar fuera muy importante. —Allí hay muchas herramientas y un banco grande de trabajo. Keith dice que sabe hacer toda clase de tareas y que usa el garaje cuando necesita arreglar cosas de la casa. Vi una sierra para metales colgada en un tablero perforado, y un machete que dice que usa para cortar kudzú y maleza en el fondo.

Ring se quitó el saco, lo dobló y se lo puso sobre las rodillas mientras continuaba con la recorrida por la vida de Keith Pleasants.

—Por lo visto, usted tuvo acceso a muchos lugares sin necesidad de una orden de allanamiento —comenté.

—Él se mostró muy dispuesto a cooperar —respondió—. Hablemos ahora de lo que ese tipo tiene en la cabeza. —Se tocó la suya. —Primero, es inteligente, muy inteligente, y en su casa hay libros, revistas y periódicos por todas partes. Escuche bien esto. Ha estado grabando en videocasetes todos los informes proporcionados por la prensa en este caso, y también tiene recortes de artículos periodísticos sobre el tema.

—Estoy segura de que la mayor parte de los que trabajan en el basural hacen lo mismo —le recordé.

Pero a Ring no le interesaba nada de lo que yo pudiera decir.

—Lee toda clase de cosas relativas a crímenes. Novelas de suspenso. *El silencio de los inocentes, Dragón rojo*. Obras de autores como Tom Clancy, Ann Rule...

Volví a interrumpirlo porque ya no toleraba seguir escuchándolo.

—Acaba de describir una lista de lectura típica de los norteamericanos. Si bien yo no puedo decirle cómo conducir su investigación, permítame tratar de persuadirlo de que preste atención a las pruebas...

—Eso hago —saltó él—. Es exactamente lo que estoy haciendo.

—Es exactamente lo que no está haciendo. Ni siquiera sabe cuáles pruebas tenemos. No ha recibido ni un solo informe de mi oficina ni de los laboratorios. Tampoco recibió ningún perfil del FBI. ¿Habló en algún momento con Marino o con Grigg?

—Nos hemos estado desencontrando. —Se paró y se puso el saco. —Necesito esos informes. —Sonó como una orden. —La abogada de la fiscalía se pondrá en contacto con usted. A propósito, ¿cómo está Lucy?

Yo no quería que supiera siquiera el nombre de mi sobrina, y sin duda se me notó por la expresión de sorpresa y de furia de mis ojos.

—No sabía que ustedes dos se conocían —fue mi respuesta helada.

—Yo asistí a una de sus clases hace alrededor de un par de meses. Ella hablaba sobre CAIN.

Tomé una pila de certificados de defunción del canasto de artículos entrados y me puse a inicialarlos.

—Después, ella nos llevó al ERR para una demostración de robótica —dijo desde el portal—. ¿Lucy está saliendo con alguien?

Yo no respondí.

—Quiero decir, sé que vive con otro agente. Una mujer. Pero supongo que son sólo compañeras de vivienda, ¿verdad que sí?

La intención de sus palabras era malévola y quedé helada mientras él se alejaba silbando. Furiosa, recogí un montón de papeles y ya me ponía de pie cuando Rose entró en mi oficina.

—Él puede estacionar sus zapatos debajo de mi cama cuando quiera —dijo, refiriéndose a Ring.

—¡Por favor! —No pude tolerarlo. —Creí que eras una mujer inteligente, Rose.

—Me parece que necesita un té caliente —dijo ella.

—Puede ser. —Suspiré.

—Pero tenemos otro asunto primero —dijo con su tono práctico—. ¿Conoce a alguien llamado Keith Pleasants?

—¿Qué ocurre con él? —Por un instante, quedé paralizada.

—Está en el lobby —respondió—. Muy trastornado, se niega a irse hasta que la vea. Yo estuve por llamar a seguridad, pero después pensé que primero debería verificarlo con usted... —La expresión de mi cara hizo que se detuviera en seco.

—Dios mío —exclamé—. ¿Él y Ring se vieron?

—No tengo idea —contestó, ahora perpleja—. ¿Pasa algo malo?

—Todo. —Suspiré y dejé caer los papeles de vuelta sobre el escritorio.

—¿Entonces quiere o no que llame a seguridad?

—No lo hagas. —Pasé junto a ella deprisa.

Mis pisadas eran firmes cuando avancé por el pasillo hacia el frente y, después de doblar una esquina, me dirigí a un lobby que nunca había sido acogedor por mucho que yo lo hubiera intentado. Ninguna cantidad de muebles o de cuadros en las paredes podían disimular las terribles verdades que llevaban a las personas a transponer esas puertas. Al igual que Keith Pleasants, estaban sentadas inmóviles en un sofá tapizado de azul que se suponía resultaría sedante. En estado de shock, tenían la mirada perdida en el vacío o lloraban.

Empujé la puerta para abrirla y él se puso enseguida de pie, los ojos inyectados en sangre. No pude darme cuenta bien de si estaba furioso o lleno de pánico cuando casi se me tiró encima. Por un instante, me pareció que me iba a aferrar con los brazos o comenzaría a sacudirme. Pero dejó caer las manos con torpeza a los costados del cuerpo y me miró fijo, el rostro ensombrecido por la ira.

—¡Usted no tiene ningún derecho de andar por ahí diciendo cosas así sobre mí! —exclamó con los puños apretados—. ¡Usted no me conoce! ¡No sabe nada de mí!

—Tranquilícese, Keith —dije con serenidad pero también con autoridad.

Le hice señas de que se sentara y acerqué una silla para quedar frente a él. Keith respiraba fuerte, temblaba y sus ojos llenos de lágrimas de furia tenían una expresión herida.

—Usted sólo me vio una vez —dijo—, y yo no he dicho ni una palabra de usted. —La voz se le quebraba. —Estoy a punto de perder mi empleo. —Se cubrió la boca con la mano cerrada y apartó la vista mientras trataba de recuperar el control.

—En primer lugar —le aseguré—, yo no dije ni una palabra sobre usted. A nadie.

Me miró.

—No tengo idea de a qué se refiere. —Lo miré fijo y le hablé con una serena confianza que lo hizo vacilar. —Me gustaría que me lo explicara.

Él me observaba con incertidumbre, y las mentiras que le habían dicho sobre mí se reflejaban en sus ojos.

—¿Usted no le habló de mí al investigador Ring? —preguntó.

Yo traté de controlar mi indignación.

—No.

—Esta mañana él vino a casa cuando mi madre todavía estaba en la cama. —Su voz se quebró. —Empezó a interrogarme como si yo fuera un asesino o algo así. Dijo que usted tenía pruebas que me señalaban en forma innegable, así que era mejor que yo confesara.

—¿Pruebas? ¿Cuáles pruebas? —pregunté mientras mi aversión aumentaba.

—Fibras que, según usted, parecían provenir de lo que yo tenía puesto el día en que nos conocimos. Usted dijo que mi tamaño coincidía con el de la persona que descuartizó ese cuerpo. Él dijo que usted aseguró que la presión aplicada con la sierra de quienquiera que lo haya hecho era parecida a la mía. Dijo que usted me pediría toda clase de cosas para poder realizar esas pruebas. ADN. Que yo le parecí un tipo raro cuando la conduje en el vehículo al lugar...

Lo interrumpí.

—Por Dios, Keith. Jamás oí tantas mentiras en toda mi vida. Si hubiese dicho aunque fuera una sola de esas cosas, me despedirían por incompetente.

—Ésa es otra cosa. —Pleasants volvió a saltar, sus ojos casi en llamas. —¡Él estuvo hablando con mis compañeros y ahora todos se preguntan si yo no seré una suerte de asesino con un hacha! Me doy cuenta por la forma en que me miran.

Se echó a llorar y en ese momento las puertas se abrieron y varios policías estatales entraron. No nos prestaron atención y se dirigieron a la morgue, donde Fielding trabajaba en la muerte de un peatón. Pleasants estaba demasiado trastornado como para que yo siguiera hablando con él, y yo me sentía tan furiosa con Ring que no sabía qué más decir.

—¿Tiene abogado? —le pregunté.

Él negó con la cabeza.

—Creo que será mejor que se consiga uno.

—No conozco a ninguno.

—Puedo darle algunos nombres —dije en el momento en que Wingo abría la puerta y quedaba atónito ante el espectáculo de Pleasants que lloraba sentado en el sofá.

—¿Doctora Scarpetta? —dijo Wingo—. El doctor Fielding quiere saber si puede seguir adelante y extenderle a la funeraria un recibo por los efectos personales.

Me acerqué a Wingo, porque no quería que el estado de ánimo de Pleasants empeorara con las actividades que se desarrollaban en ese lugar.

—Los policías ya bajaron para allá —dije en voz baja—. Si ellos no quieren quedarse con los efectos personales, entonces la respuesta es sí. Que extienda el recibo para la funeraria.

Él miraba fijo a Pleasants, como si lo conociera de alguna parte.

—Escucha —le dije a Wingo—. Dale los nombres y números de teléfono de Jameson y Higgins.

Eran dos excelentes abogados de la ciudad a quienes yo consideraba amigos míos.

—Y, después, por favor acompaña al señor Pleasants a la puerta.

Wingo seguía mirándolo fijo, como paralizado.

—¿Wingo? —Lo miré con curiosidad, porque él no parecía haberme escuchado.

—Sí, doctora. —Me miró.

Yo pasé junto a él y me dirigí a la planta baja. Necesitaba hablar con Wesley, pero quizá sería mejor que primero me comunicara con Marino. Al bajar en el ascensor me pregunté si no debería llamar a la abogada de la fiscalía de Sussex y advertirla con respecto a Ring. Al mismo tiempo, sentía una lástima terrible por Pleasants. Temía por él. Por descabellado que pareciera, yo sabía que él podía terminar acusado de homicidio.

En la morgue, Fielding y los policías observaban al peatón en la mesa número uno, y no se oían las chanzas habituales porque se trataba de la hija de nueve años de un concejal de la ciudad. La pequeña caminaba hacia la parada de ómnibus temprano esa mañana, cuando alguien se desvió del camino a alta velocidad. Basándose en la ausencia de marcas de patinadas, la policía había llegado a la conclusión de que el conductor había atropellado a la pequeña desde atrás y ni siquiera había reducido la velocidad.

—¿Cómo vamos? —pregunté cuando me acerqué a ellos.

—Tenemos aquí algo muy difícil —dijo uno de los policías con expresión grave.

—El padre está hecho una furia —me dijo Fielding cuando revisábamos el cuerpo vestido con una lente y recogíamos micropruebas. —¿Algo de pintura? —pregunté, pues con un pequeño trozo de ella era posible identificar la marca y el modelo del vehículo.

—Hasta ahora, no. —Mi asistente estaba de mal humor. Detestaba trabajar en niños.

Recorrí con la vista un par de jeans rotos y ensangrentados y una marca parcial de la parrilla de un automóvil impresa en la tela a la altura de las nalgas. El paragolpes delantero le había golpeado la parte posterior de las rodillas y su cabeza había dado contra el parabrisas. Usaba una pequeña mochila roja. La bolsa con su almuerzo, los papeles y las lapiceras que sacaron de la mochila me destrozaron el corazón. Sentí un gran peso en el alma.

—La marca de la parrilla parece bastante alta —comenté.

—Eso me pareció también a mí —dijo un policía—. Uno lo asocia con las pickups y los vehículos para familias o acampantes. Más o menos a la hora en que ocurrió, en la zona se vio un jeep Cherokee negro que circulaba a toda velocidad.

—El padre de la niña ha estado llamando cada media hora —dijo Fielding y me miró—. Cree que fue algo más que un accidente.

—¿Exactamente qué quiso decir? —pregunté.

—Que es una cuestión política. —Reanudó la tarea de recoger fibras y trozos de residuos. —Un homicidio.

—Dios, esperemos que no —dije y me alejé—. Esto ya es suficientemente malo.

Sobre un mostrador de acero en un rincón alejado de la morgue había una estufa eléctrica portátil en la que descarnábamos y desengrasábamos los huesos. El proceso era francamente desagradable pues requería hervir partes del cuerpo en una solución al diez por ciento de hipoclorito. La enorme olla de acero y el olor eran terribles, y por lo general yo limitaba esta actividad a las noches y fines de semana en que era poco probable que recibiéramos visitas.

El día anterior yo había dejado terminaciones óseas del torso para que hirvieran durante la noche. No requerían mucho tiempo, y yo apagué la estufa. Después de verter el agua humeante y hedionda en una pileta, esperé hasta que los huesos estuvieran suficientemente fríos como para tomarlos. Estaban limpios y blancos, tenían alrededor de cinco centímetros de largo y en ellos resultaban bien visibles los cortes y las marcas de sierra. Cuando examiné cada segmento con atención me inundó una sensación de horrenda incredulidad. No podía distinguir cuáles marcas de sierra las había hecho el asesino y cuáles eran obra mía.

—Jack —dije, llamando a Fielding—. ¿Puedes venir aquí un minuto?

Él interrumpió lo que estaba haciendo y se me acercó.

—¿Qué ocurre? —preguntó.

Le entregué uno de los huesos.

—¿Puedes distinguir cuál de los dos extremos fue cortado por la sierra Stryker?

Él lo examinó de un lado y del otro y frunció el entrecejo.

—¿Lo marcaste?

—Sólo marqué el lado derecho y el izquierdo —respondí—, pero nada más. Debería haberlo hecho. Pero por lo general es tan evidente cuál extremo es cuál, que no resulta necesario.

—Yo no soy ningún experto, pero si no supiera que no es así, diría que los dos cortes se hicieron con la misma sierra. —Me devolvió el hueso y yo lo puse y lo sellé en una bolsa para pruebas. —¿Igual tienes que llevárselo a Canter, verdad?

—Te aseguro que no estará nada contento conmigo —dije.

CAPÍTULO 6

Mi casa de piedra estaba ubicada en un extremo de Windsor Farms, un antiguo vecindario de Richmond con nombres ingleses de calles y elegantes casas estilo Tudor y georgiano que algunos llamarían mansiones. Cuando pasé frente a ellas las ventanas estaban iluminadas y del otro lado del vidrio alcancé a ver muebles finos y arañas y personas que se movían o miraban televisión. Nadie parecía cerrar los cortinados en esa ciudad, salvo yo. Los árboles habían empezado a perder sus hojas. Estaba bien fresco y nublado, y cuando entré con el auto en el sendero de casa, vi que de la chimenea salía humo y que el viejo Suburban verde de mi sobrina se encontraba estacionado frente a la puerta.

—¿Lucy? —grité al cerrar la puerta y desconectar la alarma.

—Estoy aquí adentro —contestó desde el fondo de la casa, donde siempre se hospedaba.

Cuando me dirigí a mi estudio para dejar el portafolio y la pila de papeles que había traído a casa para trabajar por la noche, ella emergió de su dormitorio en el momento en que se pasaba por la cabeza una camiseta naranja del UVA.

—Hola. —Sonriendo, me abrazó y noté que su cuerpo no tenía nada de blando.

La aparté un poco y la observé bien, como siempre lo hacía.

—Caramba, caramba —dijo con tono juguetón—, es la hora de la inspección. Extendió los brazos y giró en redondo, como si yo me propusiera revisarla.

—Muy graciosa —dije.

En realidad, hubiera preferido que pesara un poco más, pero Lucy era bonita y sana, con un pelo cobrizo corto pero bien peinado. Después de todo ese tiempo, yo no podía mirarla sin ver a una criatura precoz y detestable de diez años, que en realidad no tenía en la vida a nadie más que a mí.

—Pasaste el examen —dije.

—Lamento llegar tan tarde.

—Dime de nuevo qué era lo que estabas haciendo —le pedí, porque me había llamado más temprano por teléfono para avisar que no podía llegar hasta la hora de la cena.

—Un asistente del procurador general se apareció con su séquito. Como de costumbre, querían que el ERR ofreciera un espectáculo.

Nos dirigimos a la cocina.

—Yo puse en funcionamiento a Toto y al Hombre de Latón —agregó.

Eran robots.

—Utilicé fibra óptica, realidad virtual. Lo de siempre. Los lanzamos en paracaídas desde un Huey, y yo los maniobré para que atravesaran una puerta metálica con rayos láser.

—Quiero creer que no habrán hecho acrobacias con los helicópteros —dije.

—Los muchachos lo hicieron. Yo hice lo mío desde tierra firme. —No parecía muy feliz por ese hecho.

El problema era que Lucy quería hacer acrobacia con helicópteros. En el ERR había cincuenta agentes. Ella era la única mujer y tendía a reaccionar de manera exagerada cuando no la dejaban hacer cosas peligrosas que, en mi opinión, ella no tenía por qué hacer. Desde luego, yo no era un juez nada objetivo.

—Pues a mí me parece estupendo que te limites a los robots —dije, ya en la cocina—. Algo huele muy bien. ¿Qué exquisitez le preparaste a tu tía vieja y cansada?

—Espinaca fresca salteada con un poco de ajo y aceite de oliva, y filetes que pondré en la parrilla. Es el único día de la semana en que como carne, así que es una pena si a ti no te toca. Hasta traje una botella de vino realmente rico, algo que Janet y yo descubrimos.

—¿Desde cuándo los agentes del FBI pueden darse el lujo de un buen vino?

—Epa —dijo—. A mí no me va tan mal. Además, estoy demasiado ocupada para gastar dinero.

No lo gastaba, por cierto, en ropa. Cada vez que la veía, estaba con la ropa de fajina color caqui o de gimnasia. Cada tanto usaba jeans y una campera maloliente o un blazer, y se burlaba de mí cuando le ofrecía ropa mía. Se negaba de plano a usar mis trajes y blusas de abogada con cuello alto y, francamente, mi figura era más plena que su cuerpo firme y atlético. Lo más probable era que nada de lo que había en mi ropero le quedara bien.

La luna lucía enorme y baja en un cielo nublado y oscuro. Nos pusimos abrigos y nos sentamos en la galería bebiendo vino mientras Lucy cocinaba. Había puesto unas papas al horno, y tardaban bastante en estar listas, así que conversamos. A lo largo de los últimos años, nuestra relación no era tanto la de madre-hija y se iba haciendo más la de colegas y amigas. La transición no era sencilla, porque con frecuencia era ella la que me enseñaba a mí y hasta trabajaba en algunos de mis casos. Yo me sentía extrañamente perdida, sin saber bien ya cuál era mi papel y mi ascendiente en su vida.

—Wesley quiere que yo rastree esa cosa de AOL —decía—. Sussex decididamente quiere la ayuda de UEAS.

—¿Conoces a Percy Ring? —le pregunté, furiosa de nuevo al pensar en lo que él había dicho en mi oficina.

—Estaba en una de mis clases y era insufrible, se negaba a quedarse callado. —Tomó la botella de vino. —Un verdadero pavo real. Comenzó a llenarnos las copas. Levantó la tapa de la parrilla y pinchó las papas con un tenedor.

—Creo que están listas —dijo, complacida.

Un momento después emergía de la casa con los filetes que chisporrotearon cuando los puso sobre la parrilla.

—No sé cómo, pero se dio cuenta de que eres mi tía. —De nuevo hablaba sobre Ring. —No es ningún secreto, pero me lo preguntó en una oportunidad después de clase. ¿Sabes?, fue como si diera a entender que tú me aleccionabas, me ayudabas con mis casos; como si yo no pudiera hacer por mi cuenta lo que estoy haciendo y esa clase de cosas. Creo que me fastidia porque soy un agente nuevo y una mujer.

—Debe de ser el error de juicio más grande que cometió en su vida —dije.

—También quiso saber si estaba casada. —Tenía los ojos en sombras porque las luces del porche le iluminaban sólo un lado de la cara.

—Me preocupa saber qué es lo que realmente le interesa —comenté.

Ella me miró mientras cocinaba.

—Lo de siempre. —Se encogió de hombros, porque estaba rodeada de hombres y no prestaba atención a sus comentarios ni a sus miradas.

—Lucy, él se refirió a ti hoy en mi oficina —dije—. Hizo una referencia velada.

—¿A qué?

—A tu condición. A tu compañera de vivienda.

Por delicada que fuera la forma en que tocábamos ese tema, ella siempre se enojaba y se impacientaba.

—Sea o no cierto —dijo, y el chisporroteo de la parrilla parecía armonizar con su tono—, igual seguiría habiendo rumores porque yo soy un agente. Es ridículo. Conozco mujeres casadas y con hijos, y los tipos creen que todas ellas son gay, sólo porque son policías, agentes o pertenecen al servicio secreto. Algunas personas hasta lo creen también de ti. Por la misma razón. Por tu posición, por el poder que tienes.

—Esto no tiene que ver con acusaciones —le recordé con suavidad— sino con la posibilidad de que alguien te lastime. Ring es un individuo muy lisonjero y entrador y parece una persona creíble. Supongo que le fastidia que tú estés en el FBI y el ERR, y él no.

—Creo que eso ya lo demostró. —La voz con que lo dijo fue dura.

—Espero que a ese imbécil no se le haya ocurrido invitarte a salir.

—Sí, ya lo hizo. Por lo menos media docena de veces. —Lucy se sentó. —Hasta invitó a Janet a salir, si puedes creerlo. —Se echó a reír. —No va a conseguir nada.

—El problema es que sí lo consigue —dije—. Me da la impresión de que está tratando de reunir pruebas contra ti.

—Bueno, que lo haga —dijo, y puso punto final al tema—. Cuéntame qué otra cosa pasó hoy.

Le hablé de lo que había averiguado en los laboratorios y hablamos de fibras incrustadas en hueso y del análisis que Koss había hecho de ellas mientras llevábamos adentro los bifes y el vino. Nos sentamos frente a la mesa de la cocina, sobre la que había una vela encendida, y nos pusimos a digerir información que pocas personas servirían con la comida.

—La cortina de la habitación de un motel barato tendría un revestimiento como ése —dijo Lucy.

—Eso o algo así como una funda, debido a esa sustancia parecida a la pintura —contesté—. La espinaca está maravillosa. ¿Dónde la conseguiste?

—En Ukrops. Daría cualquier cosa por tener una tienda así en mi vecindario. ¿De modo que esta persona envolvió a la víctima en una funda y después la desmembró a través de la tela? —preguntó mientras cortaba su filete.

—Así parece.

—¿Qué dice Wesley? —preguntó y me miró a los ojos.

—Todavía no tuve oportunidad de hablar con él. —No era del todo cierto, desde luego. Yo ni siquiera lo había llamado.

Por un momento, Lucy permaneció callada. Se levantó y trajo a la mesa una botella de Evian.

—¿Hasta cuándo piensas esquivarlo?

Yo simulé no oírla, con la esperanza de que no insistiera.

—Sabes bien que eso es lo que estás haciendo. Estás asustada.

—Éste no es un tema que debiéramos discutir —dije—. Sobre todo cuando estamos pasando una velada tan agradable.

Lucy tomó su copa de vino.

—A propósito, es un vino excelente —dije—. A mí me gusta el pinot *noir* porque es liviano y no pesado como el merlot. En este momento no estoy de ánimo de nada pesado. Así que tu elección fue muy acertada.

Ella cortó otro pedazo de su filete.

—Dime cómo andan los cosas con Janet —continué—. ¿Se dedica sobre todo a los crímenes de empleados en D.C.? ¿O pasa ahora más tiempo en el CII?

Lucy miró hacia la luna por la ventana mientras lentamente hacía girar el vino en su copa.

—Debería empezar a trabajar en tu computadora.

Mientras yo despejaba la mesa y lavaba, ella desapareció en mi estudio. No la molesté por un buen rato, sino por otra razón, porque sabía que estaba molesta conmigo. Ella deseaba una actitud completamente abierta, algo que no estaba en mi naturaleza y que no había hecho con nadie. Me sentía mal, como si hubiera decepcionado a todos los que amaba. Por un momento me quedé sentada en la cocina, hablando por teléfono con Marino. También llamé para tener noticias de mi madre. Preparé café descafeinado y llevé dos jarros al hall.

Lucy estaba muy atareada frente al tablero de mi computadora, los anteojos puestos, el entrecejo levemente fruncido por la concentración. Puse el café sobre el escritorio y por encima de su cabeza miré lo que estaba escribiendo. Como de costumbre, para mí no tenía sentido.

—¿Cómo vas? —pregunté.

Alcanzaba a ver mi cara reflejada en el monitor cuando ella volvió a apretar la tecla *enter* para ejecutar otro comando UNIX.

—Bien y no bien —contestó con un suspiro impaciente—. El problema con aplicaciones como AOL es que es imposible rastrear los archivos hasta que se entra en el lenguaje original de programación. Es allí donde estoy ahora. Y es como seguir miguitas de pan por un universo con más capas que una cebolla.

Interrumpió lo que estaba haciendo, se sacó los anteojos y los puso sobre el escritorio. Se frotó la cara con las manos y se masajeó las sienes como si tuviera dolor de cabeza.

—¿Tienes Tylenol? —preguntó.

—No. —Abrí el cajón y le ofrecí un frasco de Motrin.

—En primer lugar —dijo y sacó dos tabletas—, esto no habría sido nada fácil si tu nombre de pantalla no fuera igual al tuyo real: KSCARPETTA.

—Lo elegí fácil a propósito, para que mis colegas me envíen correspondencia —expliqué por enésima vez.

—Así conseguiste que fuera fácil para cualquiera mandarte correspondencia. —Me miró con expresión acusadora. —¿Alguna vez antes recibiste correspondencia descabellada?

—Creo que esto va más allá de ser correspondencia chiflada.

—Por favor, responde mi pregunta.

—Bueno, algunas cosas, pero nada como para preocuparme. —Hice una pausa y luego proseguí. —Por lo general después de mucha publicidad debido a un caso importante, un juicio sensacional o lo que fuere.

—Deberías cambiar tu nombre de usuario.

—No —dije—. *Docmuert* podría querer enviarme algo más. No puedo cambiármelo ahora.

—Fantástico. —Volvió a ponerse los anteojos. —Así que ahora quieres que él sea un amigo epistolar.

—Lucy, por favor —dije en voz baja. También a mí me estaba dando dolor de cabeza. —Las dos tenemos un trabajo que hacer.

Ella permaneció un momento en silencio y después se disculpó.

—Supongo que me estoy poniendo sobreprotectora contigo, tal como tú siempre lo fuiste conmigo.

—Y lo sigo siendo. —Le palmeé la rodilla. —De acuerdo, así que él consiguió mi nombre de pantalla del directorio de suscriptores a AOL, ¿correcto?

Ella asintió.

—Hablemos de tu perfil en AOL.

—No hay nada en él sino mi título profesional y el número de teléfono y la dirección de mi oficina —respondí—. Jamás ingresé detalles personales tales como estado civil, fecha de nacimiento, hobbies, etcétera. Soy suficientemente sensata como para hacerlo.

—¿Revisaste el perfil de él? —preguntó—. ¿El de *docmuert*?

—Francamente, no se me ocurrió que podía tenerlo —dije.

Deprimida, pensé en marcas de sierra que no era capaz de diferenciar y sentí que ese día había cometido un error más.

—Ya lo creo que lo tiene —dijo Lucy, de nuevo tecleando—. Él quiere que sepas quién es. Por eso lo escribió.

Lucy entró en el Directorio de Miembros y, cuando abrió el perfil de *docmuert*, no pude creer lo que apareció ante mis ojos. Escaneé palabras clave que podían ser buscadas por cualquiera interesado en encontrar otros usuarios a quienes se les aplicaran.

Abogado, autopsia, Jefa de Médicos Forenses, Cornell, cadáver, muerte, desmembramiento, FBI, *forense, Georgetown, italiana, Johns Hopkins, judicial, asesino, médica, patóloga, buceo, Virginia, mujer.*

La lista continuaba con información profesional y personal y hobbies, y todo me describía a mí.

—Es como si *docmuert* dijera que eres tú —dijo Lucy.

Yo estaba atónita y de pronto sentí mucho frío.

—Esto es una locura.

Lucy echó hacia atrás su silla y me miró.

—Él tiene tu perfil. En el ciberespacio, en la World Wide Web, ustedes dos son la misma persona con dos diferentes nombres de pantalla.

—No somos la misma persona. No puedo creer que lo hayas dicho. —La miré, escandalizada.

—Las fotografías son tuyas y tú te las mandaste a ti misma. Sencillamente las escaneaste en tu computadora. No es muy complicado. Se pueden conseguir scanners color portátiles por cuatrocientos o quinientos dólares. Unir el archivo al mensaje *diez*, que envías a KSCARPETTA, te lo envías a ti misma, en otras palabras...

—Lucy —la interrumpí—. Por el amor de dios, es suficiente.

Ella calló y su rostro permaneció impávido.

—Esto es una afrenta. No puedo creer lo que estás diciendo. —Disgustada, me puse de pie.

—Si tus huellas dactilares están en el arma homicida —me contestó—, ¿no preferirías que yo te lo dijera?

—Mis huellas dactilares no están sobre ninguna cosa.

—Tía Kay, lo único que trato de decirte es que alguien te acecha, te personifica en Internet. Por supuesto que tú no hiciste nada. Pero lo que trato de hacerte entender es que cada vez que alguien realiza una búsqueda por sujeto porque necesitan la ayuda de una persona experta como tú, también conseguirá el nombre de *docmuert*.

—¿Cómo pudo él conocer toda esa información sobre mí? —proseguí—. No está en mi perfil. Allí yo no tengo nada sobre adónde estudié abogacía o medicina ni que soy descendiente de italianos.

—Tal vez de cosas escritas sobre ti a lo largo de los años.

—Supongo que sí. —Tuve la sensación de estar a punto de enfermarme. —¿Quieres beber algo antes de acostarte? Yo me siento muy cansada.

Pero ella ya estaba inmersa nuevamente en el espacio oscuro del entorno UNIX, con sus extraños símbolos y comandos como *cat, :q!* y *vi*.

—Tía Kay, ¿cuál es tu contraseña para AOL? —preguntó.

—La misma que uso para todo lo demás —confesé, sabiendo que ella volvería a enojarse conmigo.

—¡Mierda! No me digas que sigues usando la palabra *Simbad*. —Levantó la cabeza y me miró.

—El gato de mi madre nunca ha sido mencionado en nada escrito sobre mí —me defendí.

La observé mientras tecleaba el comando *contraseña* e ingresaba *Simbad*.

—¿Cambias tu contraseña por lo menos una vez por mes?

—No —respondí.

—¿Quién más conoce tu contraseña?

—Rose la conoce. Y, desde luego, ahora tú —dije—. *Docmuert* no tiene cómo saberla.

—Siempre hay una manera. Podría utilizar un programa de encriptación de contraseñas de UNIX para encriptar cada palabra en un diccionario. Y, después, comparar cada palabra encriptada con tu contraseña...

—No fue tan complicado —dije sin convicción—. Apuesto a que quien hace esto no sabe nada de UNIX.

Lucy cerró lo que estaba haciendo y me miró con curiosidad después de girar la silla.

—¿Por qué lo dices?

—Porque él podría haber lavado el cuerpo primero para que las micropruebas no se adhirieran a la sangre. No debería habernos proporcionado una fotografía de las manos de la víctima. Ahora, es posible que tengamos sus huellas dactilares. —Yo estaba apoyada contra el marco de la puerta y me sostenía la cabeza dolorida. —No es tan inteligente.

—Quizá no cree que esas huellas sean importantes —dijo Lucy y se puso de pie—. A propósito —dijo mientras se alejaba—, cualquier manual de computación te dirá que es una estupidez elegir una contraseña que es el nombre de tu otro significativo o de tu gato.

—Simbad no es mi gato. Yo jamás tendría un siamés miserable que me mira con recelo y me acecha cada vez que entro en la casa de mi madre.

—Bueno, debe de gustarte un poco o no habrías querido pensar en él cada vez que entras en tu computadora —dijo desde el hall.

—Pues no le tengo ninguna simpatía —dije.

A la mañana siguiente, el aire era fresco y limpio como una manzana de otoño, el cielo estaba cubierto de estrellas y el tráfico se encontraba compuesto en su mayor parte por camiones con acoplados. Doblé en la 64 Este, justo después de los terrenos estatales para ferias, circos, etcétera y minutos después estaba en el estacionamiento del Aeropuerto Internacional de Richmond. Elegí un espacio en S porque sabía que me resultaría más fácil recordarlo, y volví a acordarme de mi contraseña y de otros actos de descuido obvio causados por agotamiento.

Cuando sacaba la valija del baúl, oí pisadas detrás de mí y enseguida giré sobre mis talones.

—No dispares —dijo Marino y levantó las manos. Estaba suficientemente fresco como para que yo pudiera percibir su aliento.

—Desearía que silbaras o hicieras algo así cuando te acercas a mí en la oscuridad —dije y cerré con un golpe el baúl del auto.

—¡Ah! Y las personas malas no silban. Sólo lo hacen los tipos buenos como yo. —Me sacó la valija de las manos. —¿Quieres que lleve también eso?

Extendió el brazo hacia el estuche rígido y negro que yo llevaba conmigo a Memphis, donde ya había estado muchas veces antes. Contenía vértebras y huesos humanos, pruebas de las que yo no me separaba.

—Esto lo llevo esposado al brazo —dije, y lo tomé junto con mi valija—. De veras lamento decepcionarte, Marino. ¿Estás seguro de que es necesario que vengas?

Ya habíamos discutido ese punto muchas veces antes, y yo opinaba que no debía acompañarme. Para mí, no tenía sentido.

—Como te dije, alguna rata está jugando contigo —dijo—. Yo, Wesley, Lucy y todos en el FBI piensan que debería acompañarte. En primer lugar, porque has hecho este viaje en cada uno de los casos, así que es algo ya predecible. Y en los periódicos salió que trabajas con este tipo del UT.

Los lugares de estacionamiento estaban bien iluminados y llenos de automóviles, y yo no pude evitar notar que muchas personas pasaban conduciendo el auto con lentitud en busca de un lugar que no estuviera a kilómetros de la terminal. Me pregunté qué más sabría *docmuert* de mí y deseé haber llevado puesto algo más que un impermeable. Tenía frío y había olvidado los guantes.

—Además —agregó Marino—, yo nunca estuve en Graceland.

Al principio pensé que bromeaba.

—Está en mi lista —continuó.

—¿Cuál lista?

—La que tengo desde que era chico. Alaska, Las Vegas y el Grand Ole Opry —dijo como si la sola idea lo llenara de alegría—. ¿Tú no tienes un lugar al que irías si pudieras hacer lo que quisieras?

Ahora estábamos en la terminal, y él me sostuvo abierta la puerta.

—Sí —contesté—. Mi propia cama en mi propia casa.

Enfilé hacia el mostrador de Delta, recogí nuestros pasajes y subí por las escaleras. Típico de esa hora, nada estaba abierto salvo seguridad. Cuando coloqué mi estuche rígido en la cinta transportadora para que pasara por rayos X sabía lo que sucedería a continuación.

—Señora, tendrá que abrir ese maletín —dijo la guardia femenina.

Le quité la llave y le solté los soportes. Adentro acomodadas en espuma de goma, había bolsas plásticas con rótulos que contenían los huesos. Los ojos de la guardia se abrieron de par en par.

—Yo ya pasé antes por aquí con esto —le expliqué con paciencia.

Ella extendió la mano para tomar una de las bolsas plásticas.

—Por favor, no toque nada —le advertí—. Se trata de pruebas de un homicidio.

Detrás de mí había ahora varios viajeros, quienes escuchaban con atención cada una de mis palabras.

—Bueno, yo debo mirar lo que contiene.

—No puede hacerlo. —Saqué mi insignia de bronce de médica forense y se la mostré. —Si usted llega a tocar algo de lo que llevo aquí adentro, tendré que incluirla en la cadena de pruebas cuando esto se presente ante un juzgado. Recibirá una citación para que comparezca.

Ésa fue toda la explicación que necesitaba, y me dejó pasar.

—Es una tonta rematada —murmuró Marino mientras caminábamos.

—Se limitaba a cumplir con su trabajo —le contesté.

—Mira —dijo él—. No regresamos hasta mañana por la mañana, lo cual quiere decir que, a menos que te pases todo el día mirando huesos, nos debería quedar algún tiempo libre.

—Puedes ir a Graceland por tu cuenta. Yo tengo suficientes cosas que hacer. Además, estoy en una zona de no fumadores. Así que si quieres fumar, tendrás que ir allá —dije y señalé.

Marino observó a los pasajeros que, como nosotros, esperaban abordar el avión. Después me miró.

—¿Sabes una cosa, Doc? —dijo—. El problema es que te revienta divertirte.

Yo saqué el periódico de la mañana de mi portafolio y lo abrí.

Él se sentó junto a mí.

—Apuesto a que nunca escuchaste a Elvis.

—¿Cómo podía no escuchar a Elvis? Está en la radio, en la televisión, hasta en los ascensores.

—Es el rey.

Miré a Marino por encima del periódico.

—Su voz, todo lo que tiene que ver con él. Jamás hubo nadie como él —continuó Marino como si estuviera enamorado de Elvis—. Quiero decir, es como la música clásica y esos pintores que tanto te gustan. Creo que las personas así sólo aparecen cada doscientos años.

—De modo que ahora lo comparas con Mozart y Monet. —Pasé la página del periódico, aburrida con la política local y los negocios.

—A veces eres una maldita esnob. —Se puso de pie, gruñón. —Y quizá por una vez en la vida podría pensar en ir a un lugar que a mí me gusta. ¿Alguna vez me viste jugar al bowling? —Me fulminó con la mirada y sacó un paquete de cigarrillos. —¿Alguna vez dijiste algo agradable sobre mi camión? ¿Alguna vez fuiste a pescar conmigo? ¿Alguna vez vienes a comer a mi casa? No, yo tengo que ir a la tuya porque vives en la parte correcta de la ciudad.

—Si cocinas para mí, iré —dije mientras leía.

Él se alejó, enojado, y sentí la mirada de desconocidos en nosotros. Supuse que daban por sentado que Marino y yo éramos pareja y que hacía años que nos llevábamos mal. Sonriendo para mí, pasé a la página siguiente. No sólo lo acompañaría a Graceland sino que planeaba convidarlo esa noche con un asado.

Puesto que parecía que nadie podía volar en forma directa de Richmond a ninguna parte, salvo a Charlotte, tomamos un vuelo a Cincinnati, donde cambiamos de avión. Llegamos a Memphis al mediodía y nos registramos en el Peabody Hotel. Yo había conseguido que nos cobraran una tarifa para miembros del gobierno de setenta y tres dólares por noche y Marino paseó la vista por el lugar y quedó boquiabierto frente al enorme lobby con vitrales y una fuente con patos silvestres.

—Diablos —dijo—, nunca vi un hotel que tuviera patos vivos. Están en todas partes.

Nos dirigíamos al restaurante, que como corresponde se llamaba Patos Silvestres y que en sus vitrinas exhibía objetos de arte que tuvieran que ver con patos. En las paredes había pinturas con patos y también había esas aves en los chalecos y corbatas verdes del personal.

—Tienen un palacio para patos en el techo —dije—. Y despliegan una alfombra roja para ellos dos veces por día cuando vienen y van a John Philip Sousa.

—No jodas.

Le dije a la camarera que queríamos una mesa para dos.

—En un sector de no fumadores —agregué.

El restaurante estaba repleto de hombres y mujeres que usaban enormes tarjetas de identificación de una convención de agentes de bienes raíces que se llevaba a cabo en el hotel. Estábamos sentados tan cerca de las demás personas que yo alcanzaba a leer los informes que estudiaban y a oír sus conversaciones de negocios. Pedí una fuente de fruta fresca y café, mientras que Marino optó por su habitual hamburguesa completa a la parrilla.

—Apenas vuelta y vuelta, más bien cruda —le dijo a la camarera.

—A media cocción —lo corregí y miré a Marino.

—Sí, bueno, está bien. —Se encogió de hombros.

—Recuerda el bacilo E.coli, que produce enterohemorragias —le dije cuando la camarera se alejó—. Créeme, no vale la pena correr ese riesgo.

—¿Nunca sientes ganas de hacer cosas que te hacen mal? —preguntó.

Parecía deprimido y de pronto viejo cuando tomó asiento frente a mí en ese lugar bellísimo, donde la gente estaba muy bien vestida y mejor pagada que un capitán de la policía de Richmond. El pelo de Marino se había vuelto ralo y convertido en un fleco que formaba un círculo por encima de sus orejas como un halo plateado. No había perdido ni un gramo desde que yo lo conocía y su vientre se elevaba por sobre el cinturón y rozaba el borde de la mesa. No pasaba un solo día en que yo no temiera por su vida. No podía imaginar que no trabajara junto a mí para siempre.

A la una y media abandonamos el hotel en un automóvil alquilado. Conducía él porque Marino no habría aceptado que fuera de otra manera, y llegamos a la avenida Madison, la seguimos hacia el este y nos alejamos del río Misisipi. El edificio de ladrillos de la universidad estaba tan cerca que podríamos haber ido caminando, y el Centro Forense Regional se encontraba calle por medio con una gomería y el Centro de Donantes de Sangre. Marino estacionó en la parte de atrás, cerca de la entrada para el público de la oficina de médicos forenses.

El servicio había sido fundado por el condado y su tamaño era más o menos el de mi oficina en el distrito central de Richmond. Había tres patólogos forenses y también dos antropólogos forenses, lo cual era envidiable y muy poco habitual, y confieso que a mí me habría encantado tener en mi equipo a alguien como el doctor David Canter. Pero Memphis tenía otra característica que decididamente no era envidiable: su jefe se había visto envuelto en dos de los casos más infames del país. Había practicado la autopsia de Martin Luther King y había presenciado la de Elvis.

—Si no tienes inconveniente —me dijo Marino cuando nos apeamos del auto—, creo que yo haré unos llamados mientras tú te ocupas de lo tuyo.

—De acuerdo. Estoy seguro de que te darán una oficina para que lo hagas con tranquilidad.

Entrecerró los ojos al mirar el cielo azul de otoño y después observó en todas direcciones.

—No puedo creer que esté aquí —dijo—. Éste es el lugar al que lo enviaron.

—No —dije, porque sabía exactamente a qué se refería—. Elvis Presley fue enviado al Baptist Memorial Hospital. Nunca estuvo aquí, aunque debería haber estado.

—¿Cómo es eso?

—Lo trataron como una muerte por causas naturales —contesté.

—Bueno, así fue. Murió de un ataque cardíaco.

—Es verdad que el estado de su corazón era espantoso —dije—. Pero eso no fue lo que lo mató. Su muerte se debió a su abuso de polidrogas.

—Su muerte se debió al Coronel Parker —farfulló Marino como si quisiera matar a esa persona.

Lo miré cuando entramos en el edificio.

—Elvis tenía diez drogas en el cuerpo. Su muerte debió haber sido declarada accidental. Es una pena.

—¿Y sabemos que se trataba realmente de él? —dijo entonces Marino.

—¡Por el amor de Dios, Marino!

—¿Qué? ¿Acaso viste las fotos? ¿Lo sabes de manera fehaciente? —continuó.

—Las vi. Y, sí, lo sé —dije al detenerme frente al mostrador de recepción.

—Entonces, ¿qué hay en ellas? —Él estaba decidido a no callarse.

Una mujer joven llamada Shirley, que me había atendido antes, esperó a que Marino y yo dejáramos de discutir.

—No es asunto tuyo —le dije con dulzura—. Shirley, ¿cómo estás?

—¿Por aquí de nuevo? —Me sonrió.

—Y no precisamente con buenas noticias, me temo —contesté.

Marino comenzó a cortarse las uñas con un cortaplumas y a mirar en todas direcciones como si Elvis pudiera aparecer en cualquier momento.

—El doctor Canter la espera —dijo ella—. Acompáñeme. La llevaré adonde está.

Mientras Marino se alejaba por el hall para hacer llamados telefónicos, a mí me condujeron a la oficina modesta de un hombre que yo conocía desde su época de residente en la Universidad de Tennessee. Canter era tan joven como Lucy ahora cuando yo lo vi por primera vez.

Admirador del antropólogo forense doctor Bass, el creador de un centro en Knoxville para investigar la descomposición del cuerpo humano, conocido como La Granja de Cadáveres, Canter había tenido como mentores a la gran mayoría de los grandes. Se lo consideraba el experto mundial más sobresaliente de marcas de sierras, y yo no sabía qué tenía ese estado, famoso por Daniel Boone, para reunir a los más importantes expertos en tiempo de la muerte y huesos humanos.

—Kay. —Canter se puso de pie y me tendió la mano.

—Dave, siempre eres tan amable en aceptar verme sin una cita previa. —Me senté en una silla, frente a su escritorio.

—Bueno, odio por lo que estás pasando.

Tenía pelo oscuro peinado hacia atrás, así que cada vez que miraba hacia abajo se le caía sobre la frente. Todo el tiempo se lo tenía que apartar. Su cara era joven y angular, con ojos bastante juntos y nariz y mandíbula fuertes.

—¿Cómo están Jill y los chicos? —pregunté.

—Muy bien. Esperamos otro.

—Felicitaciones. ¿O sea que serán tres?

—No, cuatro. —Su sonrisa se ensanchó.

—No sé cómo lo haces —dije con sinceridad.

—Hacerlo es la parte más fácil. A ver, ¿qué me trajiste?

Después de poner el estuche rígido sobre el borde del escritorio, lo abrí y saqué las secciones de hueso envueltas en plástico. Se las entregué y él sacó primero el fémur. Lo estudió con su lente debajo de una lámpara y lentamente lo fue haciendo girar.

—Mmmm —dijo—. De modo que no marcaste el extremo que tú cortaste. —Me miró.

No era un reto sino sólo una descripción, y yo volví a enojarme conmigo misma. Por lo general era tan cuidadosa. En todo caso, tenía fama de ser cautelosa hasta el punto de la obsesión.

—Hice una conjetura y me equivoqué —dije—. No esperaba descubrir que el asesino había usado una sierra con características muy similares a la mía.

—Por lo general no utilizan sierras para autopsias. —Empujó hacia atrás su silla y se puso de pie. —Yo nunca tuve un caso así. Sólo estudié esa clase de marca de sierra en teoría, aquí, en el laboratorio...

—De manera que es eso. —Él acababa de confirmar mis sospechas.

—No puedo decirlo con total certeza hasta que lo examine con el microscopio. Pero los dos extremos parecen haber sido cortados con una sierra Stryker.

Recogió las bolsas con los huesos y yo lo seguí al hall mientras mis temores se acrecentaban. No sabía qué íbamos a hacer si él no conseguía diferenciar las marcas de sierra. Un error como ése era suficiente para arruinar un caso en la corte.

—Ahora bien, sé que lo más probable es que no me dirás muchas cosas sobre las características óseas de las vértebras —dije, porque era trabeculado, menos denso que el otro hueso y, por lo tanto, no era una buena superficie para distinguir marcas de herramientas.

—Igual valía la pena que trajeras esto. Tal vez tendremos suerte —dijo cuando entramos en su laboratorio.

No había ni un centímetro de espacio vacío. Enormes tambores de ciento treinta y cinco litros de desengrasante y esmalte de poliuretano se encontraban estacionados en cualquier parte donde cupieran. Estantes del piso al cielo raso estaban repletos de huesos empaquetados, y en cajas y carros, había toda clase de sierras conocidas por el hombre. Los desmembramientos eran poco frecuentes, y yo conocía sólo tres motivaciones obvias para seccionar a una víctima. El transporte del cuerpo era más sencillo. La identificación se hacía más lenta, si no imposible. O, simplemente, el asesino era un sádico.

Canter acercó un banquillo a un microscopio equipado con una cámara. Apartó una bandeja con costillas fracturadas y un cartílago de tiroides en los que sin duda estaba trabajando antes de mi llegada.

—A este tipo lo patearon en el cuello, entre otras cosas —dijo con aire ausente mientras se ponía guantes quirúrgicos.

—Vaya mundo hermoso en que vivimos —comenté.

Canter abrió la bolsa Ziploc que contenía el fragmento de fémur derecho. Como no podía calzarlo en la platina del microscopio sin cortar una sección que fuera suficientemente delgada para montarla, me hizo sostener los cinco centímetros de largo del hueso contra el borde de la mesa. Después dirigió un haz luminoso de fibra óptica de potencia veinticinco hacia una de las superficies serradas.

—Decididamente una sierra Stryker —dijo al observar por las lentes—. Hay que tener un movimiento rápido y alternado para crear un lustre como éste. Si casi parece piedra bruñida. ¿Ves?

Se apartó y yo miré. El hueso estaba levemente chanfleado, como agua congelada en ondas suaves, y brillaba. A diferencia de otras sierras eléctricas, la Stryker tenía una hoja oscilante que no tenía un movimiento muy amplio. No cortaba piel sino sólo la superficie dura contra la que se la

128

presionaba, como hueso o un yeso que un traumatólogo cortaba después de reparar una extremidad.

—Obviamente —dije—, los cortes transversales a lo largo del hueso son míos. Para extraer médula espinal para un ADN.

—Pero las marcas de cuchillo no lo son.

—No, absolutamente no.

—Bueno, no creo que tengamos mucha suerte con ellas.

Por lo general los cuchillos cubrían sus propias huellas, a menos que el hueso o cartílago de la víctima hubiese sido apuñalado o hachado.

—Pero la buena noticia es que tenemos algunos intentos fallidos, un tajo más amplio y DPP —dijo y modificó el foco del microscopio mientras yo seguía sosteniendo el hueso.

Yo no solía saber nada sobre sierras hasta que comencé a pasar mucho tiempo con Canter. El hueso es una superficie excelente para las marcas de herramientas, y cuando los dientes de una sierra se clavan en él, se forma una muesca o acanaladura. Al examinar con un microscopio las paredes y el fondo de una muesca es posible determinar el lado donde la sierra salió del hueso. La determinación de las características de cada diente individual, el número de dientes por pulgada (DPP), el espacio que hay entre cada uno y las estrías pueden revelar la forma de la hoja.

Canter inclinó la luz óptica para hacer más visibles las estrías y los defectos.

—Puedes ver la curva de la hoja. —Señaló varios intentos fallidos sobre el hueso, allí donde alguien había oprimido la hoja de la sierra contra el hueso y después realizado otro intento en otro lugar.

—No es la mía —dije—. Al menos espero ser más capaz que eso.

—Puesto que éste es también el extremo donde están la mayoría de los cortes de cuchillo, estoy de acuerdo en que no fuiste tú. Quienquiera hizo esto tuvo que cortar primero con otra cosa, puesto que una hoja oscilante no corta carne.

—¿Qué me puedes decir de la hoja de la sierra? —pregunté, porque yo sabía cómo era la que yo usaba en la morgue.

—Los dientes son largos y hay diecisiete por pulgada. De modo que esto será una hoja redonda para autopsias. Démoslo vuelta.

Lo hice y él dirigió la luz hacia el otro extremo, donde no había intentos fallidos. La superficie estaba lustrosa y chanfleada como la otra, pero no era idéntica para el ojo entrenado de Canter.

—Se trata de una sierra eléctrica de hoja grande para autopsias —dijo—. Es un corte multidireccional, puesto que el radio de la hoja es demasiado pequeño para cortar la totalidad del hueso en un solo golpe. Así que quien lo hizo sólo cambió de dirección y lo fue realizando desde ángulos diferentes con gran habilidad. Tenemos una leve torcedura de las muescas. Una rebaba mínima de salida. Una vez más, esto indica gran habilidad con una sierra. Aumentaré la potencia un poco para ver si logramos acentuar las armónicas.

Se refería a la distancia entre los dientes de la sierra.

—La distancia entre dientes es de punto cero seis. Dieciséis dientes por pulgada —contó—. La dirección es de avance y retroceso, con un burilado de tipo dientes. Voto por que esto lo hiciste tú.

—Me pescaste —dije con alivio—. Admito mi culpa.

—Me imagino. —Seguía observando. —Estoy seguro de que tú no usarías para nada una hoja redonda.

Las hojas grandes y redondeadas para autopsias eran pesadas, giraban en forma continua y destruían más hueso. Por lo general ésa era la clase de hoja que se usaba en laboratorios o en consultorios médicos para cortar yesos.

—La rara ocasión en que es posible que yo utilice una hoja redondeada es sobre animales —dije.

—¿De la variedad de dos o cuatro patas?

—He extraído proyectiles del cuerpo de perros, aves, gatos y, en una ocasión, una pitón a la que le dispararon en un raid antidrogas —contesté.

Canter examinaba otro hueso.

—Y yo que creía que era el único en divertirme realmente...

—¿Te parece insólito que alguien emplee una sierra para carne en cuatro desmembramientos, y de pronto cambie a una sierra eléctrica para autopsias? —pregunté.

—Si tu teoría es correcta con respecto a los casos de Irlanda, entonces son nueve casos con una sierra para carne —dijo—. ¿Qué tal si me sostienes bien esto para que yo pueda tomar una fotografía?

Sostuve la sección del fémur izquierdo con la punta de los dedos y él oprimió el disparador de la cámara.

—Para responder a tu pregunta —dijo—, me parecería sumamente extraño. Lo que tienes son dos perfiles diferentes. La sierra para carne es manual, física, por lo general de diez dientes por pulgada. Atraviesa los tejidos y se come mucho hueso con cada pasada; las marcas de sierra tienen un aspecto más tosco, más indicativo de alguien hábil y fuerte. Y también es importante recordar que en cada uno de los casos anteriores, quien lo hizo cortó por las articulaciones y no por los huesos, lo cual es también poco común.

—No es la misma persona —dije una vez más con creciente convencimiento.

Canter me quitó el hueso de la mano y me miró.

—Ése es también mi voto.

Cuando regresé al lobby de la oficina de médicos forenses, Marino seguía hablando por teléfono en la otra punta del hall. Esperé un rato y después salí porque necesitaba respirar aire fresco. Necesitaba sentir el sol y ver cosas que no fueran salvajes. Transcurrieron alrededor de veinte minutos antes de que él finalmente saliera y se reuniera conmigo junto al automóvil.

—No sabía que estabas aquí —dijo—. Si alguien me lo hubiera dicho, habría dejado de hablar por teléfono.

—Está bien. Es un día espléndido.

Metió la llave en la cerradura del vehículo y la abrió.

—¿Cómo fue? —preguntó y se deslizó en el asiento del conductor.

Le hice un resumen de lo ocurrido mientras permanecíamos sentados en la playa de estacionamiento sin ir a ninguna parte.

—¿Quieres volver al Peabody? —me preguntó y se puso a golpetear el volante con el pulgar.

Yo sabía exactamente qué quería hacer Marino.

—No —respondí—. Graceland podría ser justo lo que me ordenó el médico.

Él puso en marcha el motor del vehículo y no pudo disimular una gran sonrisa.

—Tenemos que tomar la Autopista Fowler —dije, porque había estudiado bien el mapa.

—Ojalá pudieras conseguirme un informe de su autopsia —insistió con el tema—. Quiero ver con mis propios ojos lo que le ocurrió. Entonces lo sabré y no me seguirá carcomiendo.

—¿Qué es lo que quieres saber? —Lo miré.

—Si fue como ellos dijeron. ¿Murió en el baño? Eso siempre me molestó mucho. ¿Sabes cuántos casos así he visto? —Me miró. —No importa si se es un holgazán cualquiera o el presidente de los Estados Unidos. Igual se termina con un aro alrededor del trasero. Espero que no me pase a mí.

—A Elvis lo encontraron en el piso de su cuarto de baño. Estaba desnudo y, sí, se cree que se deslizó de su inodoro de porcelana negra. —¿Quién lo encontró? —Marino parecía sumido en un inquietante estado de trance.

—Una novia que se hospedaba en la habitación contigua. Por lo menos ésa fue la información —dije.

—¿Quiere decir que él entra en el baño, está bien, se sienta en el inodoro y páfate? ¿Ninguna señal de alarma ni nada?

—Lo único que sé es que a primera hora de la mañana había estado jugando al racquetball y parecía bien —dije.

—Bromeas. —La curiosidad de Marino era insaciable.
—Yo nunca había oído esa parte. No sabía que jugaba al racquetball.

Avanzamos por una zona industrializada, con trenes y camiones y, después, por casas rodantes en venta. Graceland se erguía en medio de tiendas y moteles baratos, y no parecía tan imponente con ese entorno. La mansión blanca, con sus columnas, estaba completamente fuera de lugar, como una broma o el decorado de una mala película.

—Que me parta un rayo —dijo Marino cuando entramos en el estacionamiento—. Mira eso. Increíble.

Y siguió así, como si lo que tenía delante fuera Buckingham Palace, mientras estacionaba junto a un ómnibus.

—¿Sabes? Ojalá lo hubiera conocido —dijo con nostalgia.

—Tal vez lo habrías podido hacer, si él se hubiera cuidado mejor. —Abrí la portezuela mientras él encendía un cigarrillo.

Durante las siguientes dos horas deambulamos por dorados a la hoja y espejos, alfombras de pelo áspero y vitrales con pavos reales, mientras la voz de Elvis nos seguía por ése su mundo. Cientos de admiradores habían llegado en varios ómnibus, y su pasión por este hombre se leía en sus rostros cuando recorrían el lugar escuchando una casete con las explicaciones de la gira. Muchos de ellos colocaban flores, tarjetas y cartas sobre su tumba. Algunos lloraban como si lo hubieran conocido bien.

Caminamos alrededor de sus Cadillac, sus Stutz y sus Blackhawk de color púrpura y rosado y su museo con otros automóviles. Allí estaban sus aviones y su polígono de tiro, y el Salón del Oro, con vitrinas en las que se exhibían discos de oro y de platino y también trofeos y otros premios que hasta a mí me sorprendieron. El salón tenía por lo menos veinticuatro metros de largo. Yo no podía apartar la vista de esos espléndidos trajes de oro y lentejuelas, y de fotografías de lo que era un ser humano realmente extraordinario y sensual. Marino estaba boquiabierto, una expresión casi apenada en su rostro que me recordaba a un amor adolescente mientras avanzábamos con lentitud por las habitaciones.

—¿Sabes?, ellos no querían que él se mudara aquí cuando compró este lugar —anunció Marino, y ahora estábamos afuera, y el atardecer era fresco y luminoso—. Algunos de los esnob de esta ciudad nunca lo aceptaron. Creo que eso en cierto modo lo apenó, y tal vez fue lo que en definitiva lo mató. Me refiero a la razón por la que tomaba tantos calmantes.

—Tomó algo más que calmantes —volví a señalar mientras caminábamos.

—Si tú hubieras sido la forense, ¿habrías practicado su autopsia? —Sacó un atado de cigarrillos.

—Absolutamente sí.

—¿Y no le habrías tapado la cara? —Pareció indignado cuando accionó el encendedor.

—Desde luego que no.

—Juro que yo no querría estar en la sala —dijo Marino, sacudió la cabeza y aspiró una bocanada de humo.

—Ojalá hubiera sido mi caso —dije—. Yo no habría dictaminado que murió por causas naturales. El mundo debería saber la verdad, para que otras personas lo piensen dos veces antes de tomar Percodan.

Estábamos ya frente a una de las tiendas de regalos y adentro la gente estaba reunida frente a los televisores, mirando vídeos de Elvis. Por los altoparlantes de afuera, en ese momento cantaba *Kentucky Rain*, y su voz era fuerte y juguetona, distinta de cualquier otra que hubiera oído en mi vida. Eché a andar de nuevo y confesé la verdad.

—Yo soy admiradora suya y tengo una colección bastante grande de sus CD, si quieres saberlo —le dije a Marino.

Él no podía creerlo. Estaba entusiasmado.

—Y te agradecería mucho que no lo difundieras.

—¿Te conozco hace tantos años y nunca me lo dijiste? —exclamó—. No me estás mintiendo, ¿verdad? Jamás lo habría imaginado. Ni en un millón de años. Así que ahora sabes que tengo buen gusto.

Esto continuó mientras aguardábamos a un vehículo que nos llevara de vuelta al estacionamiento, y después siguió en el automóvil.

—Recuerdo haberlo visto una vez por televisión, cuando yo era un chiquillo en Nueva Jersey —decía Marino—. Mi viejo llegó borracho, como de costumbre, y se puso a gritarme que cambiara de canal. Jamás lo olvidaré.

Redujo la marcha y dobló hacia el Peabody Hotel.

—Fue en julio de 1956 y Elvis cantaba *Hound dog*. Lo recuerdo porque era mi cumpleaños. Mi padre entra, lanzando imprecaciones, y apaga el televisor; yo me pongo de pie y vuelvo a encenderlo. Él me golpea en la cabeza y vuelve a apagarlo. Yo lo enciendo de nuevo y me acerco a mi padre. Fue la primera vez en la vida que le puse la mano encima. Lo aplasto contra la pared, le golpeo la cara y le digo al hijo de puta que si vuelve a tocar a mi madre o a mí lo mataré.

—¿Y él lo hizo? —pregunté mientras el valet abría mi portezuela.

—¡Mierda! No.

—Entonces hay que agradecérselo a Elvis —dije.

CAPÍTULO 7

Dos días más tarde, el jueves 6 de noviembre, inicié temprano el trayecto de noventa minutos en auto de Richmond a la Academia del FBI en Quantico, Virginia. Marino y yo viajamos en autos separados, porque nunca sabíamos cuándo podía pasar algo que nos enviara a alguna parte. En mi caso, podía ser un accidente de aviación o el descarrilamiento de un tren, y él debía enfrentarse con el gobierno de la ciudad y distintos niveles de autoridades. No me sorprendió oír que sonaba el teléfono de mi automóvil cuando me acercaba a Fredericksburg. El sol salía y se escondía detrás de las nubes y hacía suficiente frío como para que comenzara a nevar en cualquier momento.

—Scarpetta —dije por el micrófono.

La voz de Marino resonó en mi automóvil.

—El concejo municipal está que arde —dijo—. El pequeño hijo de McKuen fue atropellado por un auto. Además, por la televisión y los diarios aparecieron más disparates sobre tu caso. Puedes escucharlos por la radio.

En los últimos dos días se habían producido más filtraciones. La policía tenía un sospechoso de asesinatos en serie que incluía cinco casos en Dublín. Un arresto era inminente.

—¿Puedes creer toda esta mierda? —exclamó Marino—. ¿De quién hablamos? ¿De alguien de poco más de veinte años, que de alguna manera estuvo en Dublín los últimos años? La explicación es que el concejo decidió de pronto tener un foro

137

público sobre esta situación, probablemente porque creen que está por solucionarse. Y tienen que apoderarse de ese crédito y hacer que los ciudadanos piensen que, por una vez, hicieron algo positivo. —Tenía cuidado con lo que decía, pero echaba chispas. —Así que tengo que pegar la vuelta y estar en el ayuntamiento a las diez. Además, el jefe quiere verme.

Me quedé mirando las luces de cola de su vehículo que se aproximaban a una salida. La I-95 estaba congestionada esta mañana con camiones y las personas que viajaban todos los días a D.C. Por muy temprano que saliera, cada vez que enfilaba hacia el norte, el tráfico parecía terrible.

—En realidad, es bueno que vayas a estar allí, así podrás cubrirme las espaldas —le dije—. Me comunicaré contigo más tarde y te contaré lo que pasó.

—De acuerdo. Cuando veas a Ring, retuércele el pescuezo —dijo él.

Llegué a la Academia, y el guardia de la garita me hizo señas de que pasara porque a esa altura ya conocía mi automóvil y mi chapa patente. La playa de estacionamiento estaba tan repleta que prácticamente terminé estacionada en los bosques. El entrenamiento con armas de fuego ya se había iniciado en los polígonos de tiro del otro lado del camino, y los agentes de la DEA se encontraban camuflados, empuñando fusiles de asalto y con rostros implacables. El pasto estaba empapado con rocío y me mojó los zapatos cuando tomé un atajo hasta la entrada principal del edificio color ladrillo llamado Jefferson.

En el lobby, había equipaje apilado cerca de los sillones y de las paredes, porque siempre parecía haber policía de la Academia Nacional, o N.A. de viaje hacia alguna parte. El display de vídeo frente al mostrador del frente les deseaba a todos un buen día y les recordaba que usaran la placa de identificación de manera bien visible. La mía seguía en la cartera, y la saqué y me pasé la larga cadena por el cuello. Después de insertar una tarjeta magnética en una ranura, abrí una puerta de cristal donde estaba grabado el sello del Departamento de Justicia y avancé por un corredor cubierto de vidrio.

Estaba enfrascada en mis pensamientos y casi no conocía a los nuevos agentes con ropa azul oscuro y caqui, y a los estudiantes de N.A. de verde. Ellos inclinaban la cabeza y sonreían al pasar junto a mí y yo también me mostré cordial, pero sin prestarles demasiada atención. Pensaba en el torso, en las enfermedades y la edad de esa mujer, en la bolsa dentro de la cual estaba en el refrigerador, donde permanecería durante varios años o hasta que supiéramos su nombre. Pensé en Keith Pleasants, en *docmuert*, en sierras y hojas filosas.

Olí solvente Hoppes cuando giré hacia la sala de limpieza de armas de fuego, con sus hileras de mostradores negros y compresores que soplaban con fuerza, aire por la parte interior de revólveres, pistolas y fusiles. Yo nunca podía percibir ese olor u oír esos sonidos sin pensar en Wesley y en Mark. Se me apretó el corazón con sentimientos demasiado intensos para mí, cuando una voz conocida pronunció mi nombre.

—Parece que vamos en la misma dirección —dijo el investigador Ring.

Impecablemente vestido con un traje azul marino, esperaba el ascensor que nos llevaría cerca de veinte metros más abajo del nivel del suelo, donde Hoover había construido su refugio antibombas. Pasé mi pesado portafolio a la otra mano y sostuve la caja de diapositivas debajo del brazo.

—Buenos días —dije con tono insulso.

—Permítame que la ayude con algo de lo que lleva.

Extendió una mano cuando las puertas del ascensor se abrieron, y advertí que tenía las uñas lustradas.

—Estoy bien así —dije, porque no necesitaba su ayuda.

Ambos entramos en el ascensor y mantuvimos la mirada hacia adelante mientras iniciábamos el descenso a un nivel sin ventanas del edificio, directamente debajo del polígono interior de tiro. Ring había estado allí antes en una conferencia, durante la cual tomó abundantes notas, ninguna de las cuales hasta el momento terminó publicada en los medios. Era demasiado astuto para hacerlo. Por cierto, si la información divulgada durante una conferencia en el FBI se filtraba, resultaría muy fácil rastrear su origen. Éramos pocos quienes podíamos ser la fuente.

—Quedé consternada por la información a la que de alguna manera la prensa tuvo acceso —dije cuando salimos del ascensor.

—Entiendo lo que quiere decir —dijo Ring con expresión sincera.

Él sostuvo abierta la puerta que conducía a un laberinto de corredores que comprendían lo que había empezado siendo Ciencia de la Conducta y ahora era UEAS. Los nombres habían cambiado, pero no los casos. Hombres y mujeres con frecuencia llegaban a trabajar en la oscuridad y se iban cuando de nuevo estaba oscuro, y pasaban días y años estudiando los detalles de monstruos, cada marca de dientes y cada huella en el barro, y también la forma en que pensaban, olían y odiaban.

—Cuanta más información se filtre, peor es —prosiguió Ring cuando nos aproximábamos a otra puerta que daba a una sala de reuniones donde yo pasaba por lo menos varios días por mes—. Una cosa es proporcionar detalles que podrían contribuir a que el público nos ayudara...

Siguió hablando, pero yo no lo escuchaba. En la sala, Wesley ya se encontraba sentado a la cabecera de una mesa lustrada y tenía puestos los anteojos de leer. Observaba fotografías muy ampliadas en cuyo dorso estaba estampado el nombre de Departamento de Policía del Condado de Sussex. El detective Grigg estaba varias sillas más allá de Wesley, con una pila de papeles enfrente, y estudiaba una suerte de bosquejo. Frente a él se encontraba Frankel, del Programa de

Detención de Criminales Violentos o VICAP, y en el otro extremo de la mesa, mi sobrina. Tecleaba en ese momento en una computadora laptop y me miró pero no me saludó.

Yo ocupé mi silla habitual a la derecha de Wesley, abrí mi portafolio y comencé a arreglar las carpetas. Ring estaba sentado frente a mí y continuó con nuestra conversación.

—Debemos aceptar como un hecho que este tipo está siguiendo todo por los noticieros —dijo—. Para él, es parte de la diversión.

Se había asegurado la atención de los presentes, todas las miradas estaban fijas en él y en el recinto reinaba un silencio total, salvo por el sonido de su propia voz. Se mostraba razonable y sereno, como si su única misión fuera transmitir la verdad sin atraer sobre su persona una atención indebida. Ring era un perfecto embaucador, y lo que dijo a continuación frente a mis colegas me enfureció más de lo imaginable.

—Por ejemplo, y tengo que ser sincero sobre esto —me dijo—, no creo que fue buena idea revelar la raza, la edad y todo lo referente a la víctima. Bueno, quizás esté equivocado. —Paseó la vista por el salón. —Pero me parece que, en este momento, cuanto menos se diga, mejor será.

—Yo no tuve otra opción —dije, y no pude ocultar el fastidio en mi voz—, puesto que ya alguien había filtrado información equivocada.

—Pero eso sucederá siempre, y no creo que debería forzarnos a revelar detalles antes de que estemos listos —dijo con el mismo tono de sinceridad.

—No nos ayudará si el público se concentra en una prepúber asiática del sexo femenino que ha desaparecido. —Lo miré fijo a los ojos, mientras los demás nos observaban.

—Estoy de acuerdo —dijo Frankel, de VICAP—. Empezaríamos a recibir legajos de personas desaparecidas de todo el país. Un error así debe corregirse.

—Un error así nunca debería haber ocurrido en primer lugar —dijo Wesley mientras espiaba a todos por encima de sus anteojos, algo que siempre hacía cuando no estaba de buen humor—. Esta mañana están con nosotros el detective Grigg de Sussex y el agente especial Farinelli. —Miró a Lucy. —Ella es la analista técnica del ERR, el Equipo de Rescate de Rehenes, maneja la Red Informática de Inteligencia Artificial para la Identificación de Criminales que todos conocemos con el nombre de CAIN, y está aquí para ayudarnos con una situación relativa a computación.

Mi sobrina no levantó la vista y siguió tecleando, con una expresión de profunda concentración. Ring la miraba fijo como si quisiera comérsela.

—¿Cuál situación de computación? —preguntó mientras seguía devorándola con los ojos.

—Ya llegaremos a ese punto —dijo Wesley y continuó con brusquedad—. Permítanme hacer un resumen y después pasaremos a los temas específicos. La elección de la víctima en este caso más reciente del basural es tan diferente de los cuatro anteriores —o nueve, si incluimos los de Irlanda— que me hace llegar a la conclusión de que nos enfrentamos a un asesino diferente. La doctora Scarpetta hará un repaso de sus hallazgos médicos que creo demostrará en forma fehaciente que este *modus operandi* es totalmente atípico.

Continuó con su exposición y estuvimos hasta el mediodía repasando mis informes, diagramas y fotografías. Me hicieron muchas preguntas, sobre todo Grigg, quien deseaba realmente entender cada faceta y matiz de los desmembramientos en serie para poder discernir mejor que el que pertenecía a su jurisdicción era diferente del resto.

—¿Cuál es la diferencia entre cortar por las articulaciones y cortar por los huesos? —me preguntó.

—Cortar por las articulaciones es más difícil —respondí—. Requiere conocimientos de anatomía y, quizás, alguna experiencia previa.

—Como si alguien fuera carnicero o trabajara en una planta empacadora de carne.

—Sí —contesté.

—Bueno, supongo que eso coincidiría con una sierra para carne —añadió.

—Así es. Lo cual es muy diferente de una sierra para autopsias.

—¿Exactamente en qué consiste esa diferencia? —Ring fue el que lo preguntó.

—Una sierra de carnicero es una sierra de mano diseñada para cortar carne, cartílago y hueso —proseguí, dirigiéndome a todos—. Por lo general tiene alrededor de unos treinta y cinco centímetros de largo y una hoja muy delgada, con diez dientes de tipo cincel por pulgada. Se acciona empujando y requiere cierto grado de fuerza por parte de quien la usa. La sierra para autopsias, en cambio, no corta a través de los tejidos, que deben primero apartarse con algo parecido a un cuchillo.

—Lo cual fue precisamente lo que se usó en este caso —me dijo Wesley.

—Hay cortes hasta el hueso que concuerdan con las características de un cuchillo. Una sierra para autopsias —continué con mi explicación— está diseñada para trabajar sólo sobre superficies duras al utilizar un movimiento que es básicamente hacia adelante y hacia atrás, o sea que va comiendo de a poco por vez. Sé que todos están familiarizados con ella, pero traje algunas fotografías.

Abrí un sobre y saqué fotos de tamaño dieciocho por veinticuatro de las marcas de sierra que el asesino había dejado en los extremos de hueso y que yo había llevado a Memphis. Le pasé una a cada persona.

—Como pueden ver —dije—, el patrón de la sierra es aquí multidireccional, con un lustre intenso.

—A ver si entendí bien —dijo Grigg—. Ésta es una sierra igual que la que usted usa en la morgue.

—No, no exactamente igual —respondí—. Por lo general utilizo una hoja más larga que la empleada aquí.

—Pero esto es de una especie de sierra médica. —Él levantó la fotografía.

—Correcto.

—¿Dónde podría conseguir una cosa así una persona común y corriente?

—En el consultorio de un médico, en el hospital, la morgue, una compañía de suministros médicos —contesté—. En una serie de lugares. Su venta no está restringida.

—De modo que él podría haberla ordenado sin pertenecer a la profesión médica.

—Con toda facilidad —dije.

Ring dijo:

—O podría haberla robado. Quizás esta vez haya decidido hacer algo diferente para despistarnos.

Lucy lo miraba y no era la primera vez que veía esa expresión en sus ojos. Ella pensaba que Ring era un imbécil.

—Si nos enfrentamos al mismo homicida —dijo ella—, entonces ¿por qué de pronto comienza a enviar archivos por Internet cuando tampoco eso lo había hecho antes?

—Un buen punto —dijo Frankel.

—¿Qué archivos? —preguntó Ring.

—Ya llegaremos a eso. —Wesley reinstauró el orden. —Tenemos un *modus operandi* distinto. Tenemos una herramienta que es diferente.

—Sospechamos que la víctima tiene una lesión en la cabeza —dije y deslicé por la mesa los diagramas de autopsia y las fotografías recibidas por correo electrónico. Esto puede o no ser diferente de los otros casos, puesto que no conocemos las causas de muerte de las víctimas. Sin embargo, los hallazgos tanto radiológicos como antropológicos indican que esta víctima es de mucha más edad que las anteriores. También recuperamos fibras que indican que estaba cubierta con algo parecido a una funda cuando fue desmembrada; otro dato que lo diferencia de los casos anteriores.

Expliqué en más detalle lo de las fibras y la pintura, todo el tiempo muy consciente de Ring, quien observaba a mi sobrina y tomaba notas.

—De modo que lo más probable es que haya sido desmembrada en el taller o garaje de alguna persona.

—No sé —respondí—. Y como vieron por las fotos que me enviaron por correo electrónico, lo único que sabemos con seguridad es que ella está en una habitación con paredes color masilla y una mesa.

—Permítanme señalar una vez más que Keith Pleasants tiene un terreno detrás de su casa que él usa como taller —nos recordó Ring—. Tiene allí un gran banco de trabajo y las paredes son de madera sin pintar. —Me miró. —Que podría pasar por pintada de color masilla.

—En mi opinión, le resultaría muy difícil eliminar toda esa sangre —musitó Grigg con tono de duda.

—Una funda con revestimiento de goma podría explicar la ausencia de sangre —dijo Ring—. En eso consiste todo. Así nada se filtra.

Todos me miraron para ver qué diría yo.

—Sería muy difícil no ensangrentar todo en un caso como éste —contesté—. Sobre todo puesto que la mujer todavía tenía presión sanguínea cuando fue decapitada. En todo caso, cabría esperar al menos sangre en el grano de la madera y en las rajaduras de la mesa.

—Podríamos intentar hacer algunas pruebas químicas para averiguarlo. —Ahora Ring era un científico forense. —Como el luminol. Si hay algo de sangre, reaccionará a esa sustancia y resplandecerá en la oscuridad.

—El problema del luminol es que es destructivo —respondí—. Y vamos a querer hacer pruebas de ADN para ver si podemos conseguir una coincidencia. Así que ciertamente no queremos arruinar la poca sangre que podamos encontrar.

—De todos modos, no tenemos razones valederas para entrar en el taller de Pleasants y comenzar a hacer una serie de pruebas. —La mirada que Grigg le lanzó a Ring por sobre la mesa fue de confrontación.

—Pues a mí me parece que las tenemos —dijo Ring.

—No a menos que las reglas hayan cambiado de pronto. —Grigg lo dijo con mucha lentitud.

Wesley observaba todo esto y evaluaba a cada persona y cada palabra como siempre lo hacía. Él tenía su opinión, y lo más probable era que fuera acertada. Pero permaneció callado mientras la discusión continuaba.

—Yo pensé... —intentó acotar Lucy.

—Una posibilidad muy viable es que se trate de un imitador —dijo Ring.

—Sí, yo creo que lo es —dijo Grigg—. Pero no me convence su teoría sobre Pleasants.

—Déjenme terminar. —La mirada penetrante de Lucy recorrió las caras de los hombres. —Me proponía darles información sobre cómo se enviaron esos dos archivos vía América Online a la dirección de correo electrónico de la doctora Scarpetta.

Siempre me sonaba raro que se refiriera a mí por mi nombre profesional.

—Pues yo siento mucha curiosidad. —Ring tenía ahora la barbilla apoyada en una mano y observaba con atención a Lucy.

—En primer lugar, hace falta un scanner —continuó ella—. Eso no es difícil. Algo con posibilidades de color y una resolución decente, tan baja como setenta y dos puntos por pulgada. Pero esto me parece que tiene una resolución más alta, digamos de trescientos puntos por pulgada. Podríamos estar hablando de algo tan simple como un scanner manual de un precio aproximado de trescientos noventa y nueve dólares a un scanner para diapositivas de treinta y cinco milímetros que puede valer varios miles...

—¿Y a qué clase de computadora lo conectaría? —preguntó Ring.

—Ya iba a eso. —Lucy estaba cansada de ser interrumpida por él. —Requisitos de sistema: un mínimo de ocho megas de memoria RAM, monitor color, software como FotoTouch o ScanMan y modem. Podría ser una Macintosh, una Performa 6116CD o incluso algo más antiguo. Lo cierto es que escanear archivos en la computadora y enviarlos por Internet es algo muy accesible para la persona común y corriente, razón por la cual los delitos que se realizan por telecomunicaciones nos mantienen tan ocupados en la actualidad.

—Como ese importante caso de pornografía infantil y paidofilia que ustedes acaban de desbaratar —dijo Grigg.

—Sí, fotos enviadas a través de la World Wide Web, donde los chicos pueden volver a hablar a desconocidos —dijo ella—. Lo que es interesante en la situación que nos ocupa es que escanear una foto en blanco y negro no es nada difícil. Pero cuando se pasa a color, la cosa es más sofisticada. Además, los bordes de las fotografías enviadas a la doctora Scarpetta tienen bastante definición y no hay demasiado ruido de fondo.

—Tengo la impresión de que se trataba de alguien que sabía lo que estaba haciendo —dijo Grigg.

—Así es —convino ella—. Pero no necesariamente un analista de sistemas ni un artista gráfico. De ninguna manera.

—En la actualidad, si se tiene acceso al equipo y a algunos manuales de instrucción, cualquiera puede hacerlo —dijo Frankel, quien también trabajaba con computadoras.

—Está bien, las fotos se escanearon en el sistema —le dije a Lucy—. ¿Y después, qué? ¿Cuál es el camino que las hizo llegar a mis manos?

—Primero se carga el archivo, que en este caso es un archivo gráfico o GIF —replicó—. Por lo general, para poder enviarlo con éxito es preciso determinar el número de data bits y de bits de parada, el bit de paridad y cuál es la configuración apropiada. En este punto no es un procedimiento amigable para el usuario. Pero AOL hace todo eso por uno. De modo que en este caso, enviar los archivos fue sencillo. Basta con cargarlos y allá van. —Me miró.

—Y esto se hizo básicamente por teléfono —dijo Wesley.

—Correcto.

—¿Qué posibilidades hay de rastrearlo?

—La Escuadra Diecinueve ya se ocupa de ello. —Lucy se refería a la unidad del FBI que investigaba usos ilegales de Internet.

—No estoy seguro de cuál sería el delito en este caso —señaló Wesley—. Obscenidad, si las fotos son trucadas y, lamentablemente, eso no es ilegal.

—Las fotografías no son trucadas —dije.

—Es difícil probarlo. —Me sostuvo la mirada.

—¿Qué pasa si no son trucadas? —preguntó Ring.

—Entonces son pruebas —contestó Wesley. Y agregó después de una pausa: —Una violación del Artículo Dieciocho, Sección Ocho-setenta y seis. Enviar comunicaciones amenazadoras.

—¿Amenazas contra quién? —quiso saber Ring.

Wesley siguió mirándome.

—Obviamente, hacia quien las recibió.

—No ha habido una amenaza manifiesta —le recordé.

—Lo único que queremos es que haya suficiente material para una orden de arresto.

—Primero debemos encontrar a la persona —dijo Ring mientras se desperezaba y bostezaba en su silla como un gato.

—Estamos esperando que él vuelva a entrar en el programa —replicó Lucy—. Estamos haciendo un monitoreo de veinticuatro horas por día. —Siguió apretando teclas de su laptop y verificando el flujo constante de mensajes. —Pero si imaginan un sistema telefónico global con alrededor de cuarenta millones de usuarios, y sin directorio ni operadores ni asistencia de directorio, eso es lo que tenemos con

Internet. No hay lista de miembros, y tampoco la tiene AOL, a menos que uno voluntariamente elija llenar un perfil. En este caso, lo único que tenemos es el nombre falso de *docmuert.*

—¿Cómo supo él dónde enviarle correspondencia a la doctora Scarpetta? —preguntó Grigg y me miró.

Se lo expliqué y después le pregunté a Lucy:

—¿Todo esto se hace por tarjeta de crédito?

Ella asintió.

—Hasta allí conseguimos rastrearlo. Una tarjeta American Express a nombre de Ken L. Perley. Un maestro de escuela secundario jubilado. Norfolk. Setenta años, vive solo.

—¿Tenemos idea de cómo pudo alguien tener acceso a su tarjeta? —preguntó Wesley.

—No parece que Perley usara mucho sus tarjetas de crédito. La última vez fue en un restaurante de Norfolk, el Red Lobster. Esto sucedió el dos de octubre, cuando él y su hijo salieron a cenar. La cuenta fue de veintisiete dólares con treinta centavos, incluyendo la propina, que él pagó con AmEx. Ni él ni el hijo recuerdan nada fuera de lo común esa noche. Pero cuando llegó el momento de pagar la cuenta, la tarjeta de crédito se dejó sobre la mesa a plena vista de todos durante un intervalo bastante prolongado porque el restaurante estaba lleno de gente. En algún momento, mientras la tarjeta estaba allí, Perley fue al cuarto de baño y el hijo salió un momento a fumar. —Dios. Qué inteligente. ¿Algunos de los camareros vieron que alguien se acercaba a la mesa? —le preguntó Wesley a Lucy.

—Como ya dije, esa noche había mucha actividad en el restaurante. Estamos revisando todas las cuentas de esa noche para formar una lista de clientes. El problema van a ser las personas que pagaron en efectivo.

—Y supongo que es demasiado pronto para que los cargos de AOL hayan aparecido en la cuenta de American Express de Perley —dijo él.

—Correcto. Según AOL, la cuenta se había abierto hacía poco. Una semana después de la cena en el Red Lobster, para ser exacta. Perley se ha mostrado muy dispuesto a cooperar con nosotros —agregó Lucy—. Y AOL dejará la cuenta abierta sin cargo por si el individuo quiere enviarnos algo más.

Wesley asintió.

—Aunque no podemos darlo por sentado, deberíamos pensar que el asesino, al menos en el caso del basural Atlantic, puede haber estado en Norfolk hace tan poco como un mes.

—Decididamente, este caso parece ser local —dije una vez más.

—¿Es posible que algunos de los cuerpos hayan estado refrigerados? —preguntó Ring.

—No éste —se apresuró a contestar Wesley—. Absolutamente no. Este tipo no podía tolerar mirar a su víctima. Tuvo que cubrirla, cortar por entre la tela y, en mi opinión, no se alejó demasiado para librarse de ella.

—Reminiscencias de *El corazón delator* —comentó Ring.

Lucy leía algo en la pantalla de su laptop y en silencio oprimía teclas, el rostro tenso.

—Acabamos de recibir algo de la Escuadra Diecinueve —dijo—. *Docmuert* entró en el programa hace cincuenta y seis minutos. —Levantó la cabeza y nos miró. —Le envió correo electrónico al Presidente.

El correo electrónico se envió directamente a la Casa Blanca, lo cual no era un hecho demasiado insólito porque la dirección era pública y estaba a disposición de cualquier usuario de Internet. Una vez más, el mensaje curiosamente estaba escrito con letras minúsculas y usaba los espacios como signos de puntuación. Decía así: *discúlpese o empezaré en Francia.*

—Las implicaciones son muchas —me decía Wesley en el momento en que los disparos procedentes del polígono de tiro de arriba resonaron como si se estuviera librando una guerra distante y amortiguada. —Y todas me hacen sentir muy nervioso por ti.

Se detuvo junto a la fuente de agua.

—Yo no creo que esto tenga nada que ver conmigo —dije—. Tiene que ver con el presidente de los Estados Unidos.

—Eso es sólo simbólico, si quieres saber mi opinión. No literal. —Comenzamos a caminar. —Creo que este asesino está muy enojado y piensa que cierta persona en posición de poder o, quizá, las personas que ocupan el poder son responsables por los problemas que él tiene en la vida.

—Como el Unabomber —dije cuando tomamos el ascensor hacia arriba.

—Muy similar. Tal vez hasta se inspiró en él —dijo Wesley y consultó su reloj—. ¿Puedo convidarte con una cerveza antes de que te vayas?

—No a menos que alguien más conduzca mi auto. —Sonreí. —Pero sí me puedes invitar con un café.

Atravesamos la sala de limpieza de armas de fuego, donde docenas de agentes del FBI y de la DEA desarmaban sus armas, las limpiaban y hacían pasar aire por sus partes. Nos miraron con expresión curiosa y yo me pregunté si habrían oído los rumores. Mi relación con Wesley había sido un tema de conversación durante bastante tiempo en la Academia, y me molestaba más de lo que yo demostraba. Todo parecía indicar que la mayoría de las personas seguían creyendo que su esposa lo había abandonado por mi culpa, cuando, en realidad, lo hizo para irse con otro hombre.

Arriba, la cola era larga en el PX, donde una maniquí modelaba las camisetas y pantalones de fajina de última moda, y en las vidrieras había las habituales calabazas y pavos para el Día de Acción de Gracias. Más allá, en el Boardroom, el sonido del televisor era alto y algunas personas ya bebían cerveza y comían pochoclo. Nos sentamos lo más lejos posible de todos y bebimos café.

—¿Qué piensas de la conexión francesa? —pregunté.

—Evidentemente, este individuo es inteligente y lee las noticias. Nuestras relaciones con Francia son muy tensas desde los ensayos de armas nucleares que hicieron ellos. Puedes recordar la violencia, el vandalismo y el boicot a los vinos y otros productos franceses. Hubo muchas protestas frente a las embajadas de ese país, y los Estados Unidos estuvieron muy involucrados.

—Pero eso fue hace un par de años.

—No importa. Las heridas cicatrizan despacio. —Wesley comenzó a mirar por los ventanales el exterior que comenzaba a oscurecerse. —Y, concretamente, Francia no apreciaría nada que les exportáramos un autor de asesinatos en serie. Sólo puedo suponer lo que *docmuert* está implicando. Hace años que a la policía de Francia y de otras naciones les preocupa la posibilidad de que nuestro problema se convirtiera con el tiempo en el de ellos. Como si la violencia fuera una enfermedad que puede propagarse.

—Y lo es.

Él asintió y tomó otro sorbo de café.

—Tal vez eso tendría más sentido si creyéramos que la misma persona mató a diez personas aquí y en Irlanda —dije.

—Kay, no podemos descartar nada. —Su voz sonó cansada cuando lo dijo una vez más.

Yo sacudí la cabeza.

—Él toma crédito por los homicidios de otra persona y ahora nos amenaza a nosotros. Lo más probable es que no tenga idea de lo diferente que es su *modus operandi* de lo que hemos visto en el pasado. Desde luego, no podemos descartar nada, Benton. Pero yo sólo sé lo que me dicen mis hallazgos, y creo que identificar a esta última víctima será la clave de todo.

—Es lo que siempre crees.—Sonrió y se puso a jugar con la cucharita de café.

—Yo sé para quién trabajo. En este momento, trabajo para esa pobre mujer cuyo torso está en mi cámara refrigeradora.

Ya había oscurecido por completo y el Boardroom comenzaba a llenarse rápidamente de hombres y mujeres de aspecto saludable y limpio ataviados con ropa de fajina. El ruido dificultaba la conversación y yo necesitaba ver a Lucy antes de irme.

—A ti no te gusta Ring. —Wesley giró y tomó el saco de su traje que había colocado en el respaldo de la silla. —Es un hombre despierto y parece sinceramente motivado.

—Decididamente equivocaste el perfil en esta última parte —dije mientras me ponía de pie—. Pero tienes razón en lo primero. No me gusta.

—Me pareció bastante obvio por tu actitud.

Avanzamos por entre gente que buscaba sillas y depositaba sus picheles de cerveza.

—Creo que es peligroso.

—Es vanidoso y quiere forjarse un nombre —dijo Wesley.

—¿Y eso no te parece peligroso? —dije y lo miré.

—Describe a casi todas las personas con las que he trabajado.

—Salvo a mí, espero.

—Tú, doctora Scarpetta, eres una excepción a todo lo que puedo pensar.

Caminábamos por un largo corredor, nos dirigíamos al lobby y yo no quería separarme de él todavía. Me sentía sola y no sabía bien por qué.

—Me encantaría que cenáramos juntos —dije—, pero Lucy tiene algo que quiere mostrarme.

—¿Qué te hace pensar que yo no tengo ya planes para esta noche? —Me sostuvo abierta la puerta.

Esa idea me molestaba, aunque supiera que era sólo una broma.

—Esperemos a que yo me pueda ir de aquí —dijo; ahora nos dirigíamos a la playa de estacionamiento—. Quizá durante el fin de semana podremos distendernos un poco más. Sólo que esta vez cocinaré yo. ¿Dónde tienes el auto?

—Allá —contesté y señalé con la llave del control remoto.

Las puertas se abrieron y la luz interior del vehículo se encendió. Como es natural, no nos tocamos. Jamás lo hacíamos cuando existía la posibilidad de que alguien nos viera.

—Hay momentos en que detesto esto —dije al entrar en mi coche—. Está bien hablar de partes del cuerpo, de violación y de asesinato el día entero, pero no abrazarse ni tomarse de la mano... Dios no permita que alguien vea una cosa así. —Puse en marcha el motor. —¿Te parece normal? No es como si todavía tuviéramos una aventura o cometiéramos un delito. —Me abroché el cinturón de seguridad. —¿Existe en este sentido alguna regla de silencio del FBI de la que nadie me ha hablado?

—Sí.

Me besó en los labios en el momento en que un grupo de agentes pasaban cerca de nosotros.

—Así que no se lo cuentes a nadie —dijo.

Un momento después yo estacionaba el auto frente al Centro de Investigaciones en Informática, o CII, un edificio enorme y de aspecto antiguo donde el FBI realizaba sus investigaciones y desarrollos técnicos clasificados. Si Lucy estaba al tanto de todo lo que ocurría allí adentro, no me lo había dicho, y eran pocos los sectores del edificio donde me estaba permitido entrar, incluso escoltada por ella. Lucy me esperaba en la puerta del frente cuando yo dirigí el control remoto hacia mi vehículo, que no me estaba respondiendo.

—No funcionará aquí —me dijo.

Miré hacia la selva de antenas comunes y satelitales que poblaban los techos y suspiré mientras cerraba manualmente las puertas del vehículo con la llave.

—Cualquiera diría que debería recordarlo después de todo este tiempo —murmuré.

—Ring, tu investigador amigo, trató de acompañarme hasta aquí después de la reunión —dijo y escaneó el pulgar en una cerradura biométrica que había junto a la puerta.

—No es mi amigo —le dije.

El lobby tenía un cielo raso muy alto y en él había exhibidores de vidrio con los equipos radiales y electrónicos ineficientes empleados por las fuerzas del orden antes de que el CII se construyera.

—Volvió a invitarme a salir —dijo Lucy.

Los corredores eran monocromáticos y parecían interminables, y siempre me impresionaban el silencio y la sensación de que no había nadie allí. Los científicos y los ingenieros trabajaban detrás de puertas cerradas en espacios suficientemente amplios como para que en ellos cupieran automóviles, helicópteros y aviones pequeños. Cientos de integrantes del personal del FBI trabajaban en el CII, a pesar de lo cual no tenían virtualmente ningún contacto con ninguno de los que estábamos calle por medio. Ni siquiera conocíamos sus nombres.

—Estoy segura de que debe de haber como un millón de personas a las que les gustaría invitarte a salir —dije cuando entramos en un ascensor y Lucy volvió a escanear su pulgar.

—Por lo general, no después de frecuentarme demasiado tiempo —dijo ella.

—No lo sé, yo todavía no conseguí librarme de ti.

Pero Lucy estaba muy seria.

—En cuanto me pongo a hablar de mi trabajo, los tipos se hacen humo. Pero a él le gustan los desafíos, si conoces a esa clase de personas.

—Las conozco demasiado bien.

—Ese hombre quiere algo de mí, tía Kay.

—¿Quieres que arriesgue una conjetura? Y, a propósito, ¿adónde me llevas?

—No lo sé. No puedo evitar sentirlo. —Abrió una puerta que daba al laboratorio de realidad virtual y agregó: —Tengo una idea bastante interesante.

Las ideas de Lucy eran siempre más que interesantes. Por lo general daban miedo. La seguí a una habitación con procesadores de sistema virtual y computadoras gráficas apilados unos encima de otros, y mostradores repletos de herramientas, teclados de computación y periféricos como DataGloves y displays montados en cascos. Los cables eléctricos estaban enrollados y atados lejos del amplio piso de linóleo donde en forma rutinaria Lucy se perdía en el ciberespacio.

Ella tomó un control remoto y dos displays de vídeo parpadearon y yo reconocí las fotografías que *docmuert* me había enviado. Se veían grandes y en colores en las pantallas, y empecé a sentirme nerviosa.

—¿Qué haces? —le pregunté a mi sobrina.

—La cuestión básica siempre fue ésta: ¿la inmersión en un medio mejora en realidad el desempeño de un operador? —dijo y comenzó a tipear comandos en la computadora—. Tú nunca tuviste oportunidad de sumergirte en este medio: la escena del crimen.

Las dos nos quedamos mirando los muñones sanguino-lentos y las partes del cuerpo alineados en los monitores, y sentí que un escalofrío me recorría de la cabeza a los pies.

—Pero por un momento supongamos que pudieras hacerlo ahora —continuó Lucy—. ¿Qué pasaría si pudieras estar en el interior del cuarto de *docmuert*?

Traté de interrumpirla, pero ella no me lo permitió.

—¿Qué otra cosa verías? ¿Qué otra cosa podrías hacer? —dijo, y cuando estaba así se ponía muy loca—. ¿Qué descubriríamos sobre la víctima y sobre él?

—No sé si sería capaz de usar algo como esto —protesté.

—Por supuesto que puedes hacerlo. Lo que yo no tuve tiempo de hacer es agregar sonido sintético. Bueno, sólo faltan las típicas respuestas enlatadas del público. De modo que un chapoteo es algo que se abre, un clic es un interruptor de algo que se enciende o se apaga, un tañido por lo general significa que acabas de tropezar con algo.

—Lucy —dije cuando ella me tomó el brazo izquierdo—, ¿de qué demonios hablas?

Ella me puso con cuidado un DataGlove en la mano izquierda y se aseguró de que me quedara bien calzado.

—Usamos gestos para la comunicación humana. Y podemos usar gestos, o posiciones como los llamamos, también para comunicarnos con la computadora —explicó.

El guante era de Lycra negro, con sensores de fibra óptica montados en la parte de atrás, conectados a un cable que conducía a la computadora central de alta performance en la que Lucy había estado tipiando. A continuación ella tomó un casco en el que estaba montado un display conectado a otro cable, y sentí que temblaba cuando ella se acercó a mí.

—Esto es un VPL Eyephone HRX —dijo alegremente—. Igual al que usan en el Centro Ames de Investigación de la NASA, que es donde lo descubrí. —Comenzó a ajustar cables y correas. —Tiene trescientos cincuenta mil elementos cromáticos, una resolución superior y un campo de visión muy amplio.

Me puso el casco en la cabeza. Lo sentí pesado y me cubría los ojos.

—Lo que ves en este momento son displays de cristal líquido, o LCD, tus básicos displays de vídeo. Placas de vidrio, electrodos y moléculas que hacen toda clase de cosas. ¿Cómo lo sientes?

—Como si estuviera a punto de caerme y asfixiarme.

Yo comenzaba a experimentar el mismo pánico que sentí durante la primera clase de buceo con tanques de oxígeno.

—No te pasará ninguna de las dos cosas. —Lucy se mostraba muy paciente y me sostenía con la mano. —Serénate.

Es normal sentir un poco de fobia al principio. Yo te diré qué debes hacer. Ahora quédate parada muy quieta y haz varias inspiraciones profundas. Te conectaré.

Hizo algunas modificaciones, me ajustó más el casco y después volvió junto a la computadora host. Yo estaba ciega y con la sensación de haber perdido el equilibrio, y tenía un televisor diminuto frente a cada ojo.

—Bueno, aquí vamos —dijo—. No sé si servirá de algo, pero no perdemos nada con intentarlo.

Se oyó ruido de interruptores y de pronto me encontré inmersa en esa habitación. Lucy empezó a decirme qué debía hacer con la mano para volar hacia adelante o más rápido, o en sentido contrario, y cómo soltar y aferrar. Moví el dedo índice, hice varios movimientos de tipo clic, llevé el pulgar cerca de la palma de la mano y moví el brazo por sobre el pecho mientras comenzaba a transpirar. Pasé unos buenos cinco minutos en el cielo raso y atravesando paredes. En determinado momento estuve sobre la mesa donde yacía el torso sobre la tela azul ensangrentada, y pisé las pruebas y la mujer muerta.

—Creo que voy a vomitar —dije.

—Aguanta todavía un minuto más —dijo Lucy—. Trata de contener la respiración.

Hice un gesto y traté de decir algo más e instantáneamente estaba en el piso virtual, como si hubiera caído desde el aire.

—Por eso te dije que te quedaras inmóvil —dijo Lucy mientras por los monitores miraba lo que yo hacía—. Ahora mueve la mano y señala con los dos primeros dedos hacia donde oyes que procede mi voz. ¿Está mejor así?

—Sí, mejor —contesté.

Yo estaba de pie en el suelo de la habitación, como si la fotografía hubiera cobrado vida, fuera tridimensional y enorme. Miré en todas direcciones y de hecho no vi nada que no hubiera visto antes cuando Vander hizo la intensificación de imagen. Pero la situación me hizo sentir algo, y lo que sentí modificó lo que veía.

Las paredes eran del color de la masilla, con leves decoloraciones que hasta ahora yo había atribuido a daños por agua o humedad, algo que cabía esperarse en un sótano o garaje. Pero ahora me parecían diferentes, distribuidas de manera más uniforme, y algunas tan leves que casi resultaba imposible verlas. En algún momento esa pintura color masilla de las paredes había estado cubierta con papel para empapelar. Después quitaron el empapelado pero no lo reemplazaron, como sí hicieron con el cajón de la sobrepuerta o la varilla para el cortinado. Encima de una ventana cubierta con persianas venecianas cerradas había pequeños orificios donde antes había ménsulas.

—No fue aquí donde ocurrió —dije mientras el corazón me latía con fuerza.

Lucy permanecía callada.

—Después de hacerlo la trajeron aquí para tomarle la fotografía. Aquí no se produjo el asesinato ni el desmembramiento.

—¿Qué es lo que ves? —preguntó mi sobrina.

Yo moví la mano y me acerqué más a la mesa virtual. Señalé las paredes virtuales para mostrarle a Lucy lo que veía.

—¿Dónde enchufó la sierra para autopsias? —pregunté.

Sólo vi un enchufe, en la base de la pared.

—¿Y la funda pertenece también a esta habitación? —continué—. No armoniza con todo lo demás. No hay pintura ni herramientas. —Seguí observando. —Y mira el piso. La madera es más clara en el borde, como si en otra época hubiera habido una alfombra. ¿Quién pone alfombras en un taller? ¿Quién tiene paredes empapeladas y cortinas? ¿Dónde están los enchufes para las herramientas eléctricas?

—¿Qué sientes? —me preguntó ella.

—Siento que éste es un cuarto de la casa de una persona, del que se sacaron todos los muebles. Salvo que hay una especie de mesa, que fue cubierta con algo. Tal vez una cortina de baño. No lo sé. Me produce una sensación doméstica.

—Extendí la mano y traté de tocar el borde de la tela que cubría la mesa, como si pudiera levantarla y ver qué había debajo, y cuando recorrí el lugar con la mirada los detalles me resultaron tan claros que me pregunté cómo pude antes pasarlos por alto. En el cielo raso, directamente sobre la mesa, había cables eléctricos al aire, como si alguna vez de ellos hubiera colgado una araña o algún otro elemento de iluminación.

—¿Qué puedes decirme de mi percepción de colores en este momento? —pregunté.

—Debería ser la misma.

—Entonces hay otra cosa. Estas paredes. —Las toqué. —El color se aclara en esta dirección. Hay una abertura. Quizás un portal, con luz que pasa por él.

—En la fotografía no hay ningún portal —me recordó Lucy—. Tú sólo puedes ver lo que está allí.

Era extraño, pero por un momento me pareció oler sangre, el olor punzante de carne vieja que ha estado muerta desde hace días. Recordé la textura pastosa de la piel de la mujer y las peculiares erupciones que había en ella y que me hacían preguntarme si no padecería de herpes.

—Ella no fue una víctima accidental —dije.

—Y las otras sí lo fueron.

—Los otros casos no tienen nada que ver con éste. Estoy recibiendo una imagen doble. ¿Puedes arreglarlo?

—Es una disparidad de imagen vertical.

Entonces sentí su mano en mi brazo.

—Por lo general desaparece al cabo de quince o veinte minutos —dijo—. Llegó el momento de que te tomes un descanso.

—No me siento demasiado bien.

—Tiene que ver con la rotación de imágenes. Algo está desalineado. Fatiga visual, mareo por simulación, cibermareo o lo que quieras llamarlo —dijo Lucy—. Provoca un empañamiento de la imagen, lágrimas, hasta cierta sensación de fastidio.

Estaba impaciente por sacarme el casco, y me encontraba de nuevo sobre la mesa, cabeza abajo sobre la sangre, antes de que pudiera alejarme el LCD de los ojos.

Las manos me temblaban cuando Lucy me ayudó a sacarme el guante. Me senté en el piso.

—¿Estás bien? —me preguntó ella con tono afectuoso.

—Fue espantoso —dije.

—Entonces fue positivo. —Volvió a poner el casco y el guante sobre una mesada. —Estuviste inmersa en el medio. Eso es lo que debe pasar.

Me dio varios pañuelos de papel y yo me sequé con ellos la cara.

—¿Qué me dices de la otra fotografía? ¿Quieres que hagamos lo mismo con ella? —me preguntó—. ¿La que tiene las manos y los pies?

—Ya estuve suficiente tiempo en ese cuarto —respondí.

CAPÍTULO 8

Conduje el auto de vuelta a casa sintiéndome muy perturbada. Yo me había pasado la mayor parte de mi vida profesional yendo a escenas del crimen, pero nunca una escena había venido hacia mí. La sensación de estar adentro de esa fotografía, de imaginar que podía oler y sentir lo que quedaba de ese cuerpo, me había sacudido con fuerza. Era casi medianoche cuando entré con el auto en mi garaje y me apresuré a abrir con la llave la puerta de casa. Una vez adentro desconecté la alarma y volví a encenderla el instante en que cerré la puerta y le eché llave. Paseé la vista por el lugar para asegurarme de que todo estuviera en su sitio.

Encendí el fuego, me preparé una copa y volví a extrañar un cigarrillo. Puse música para no sentirme tan sola y después entré en mi estudio para ver qué me esperaba allí. Tenía varios fax y mensajes telefónicos, y otra comunicación vía correo electrónico. Esta vez, todo lo que *docmuert* tenía para mí era repetir *usted se cree tan lista.* Yo lo estaba imprimiendo y me preguntaba si la Escuadra 19 lo habría visto cuando me sobresaltó la campanilla del teléfono.

—Hola —dijo Wesley—. Sólo quería estar seguro de que habías llegado bien.

—Hay más correspondencia —dije y le conté en qué consistía.

—Grábalo y métete en la cama.

—Me cuesta no pensar en todo esto.

—Lo que él quiere es que te pases toda la noche despierta y pensando. Ésa es su fuerza. Ése es su juego.

—¿Por qué yo? —Estaba enojada y todavía sentía cierta zozobra.

—Porque tú eres un desafío, Kay. Incluso para la gente agradable como yo. Vete a dormir. Hablaremos mañana. Te amo.

Pero no llegué a dormir mucho. Pocos minutos después de las cuatro de la mañana mi teléfono volvió a sonar. Esta vez era el doctor Hoyt, un médico de familia de Norfolk, donde trabajó de médico forense nombrado por el estado durante los últimos veinte años. Le faltaba poco para cumplir setenta, pero estaba activo y lúcido. Jamás lo había visto alarmado por nada, así que enseguida me desconcertó su tono.

—Doctora Scarpetta, lo siento —dijo, y hablaba muy rápido—. Estoy en la isla Tangier.

Curiosamente, en lo único que pude pensar en ese momento fue en pasteles de cangrejo.

—¿Qué demonios hace allí?

Me puse varias almohadas en la espalda y busqué papel y lapicera.

—Ayer me llamaron tarde y he estado aquí mitad de la noche. La Guardia Costera tuvo que traerme, y a mí no me gustan nada los barcos ni el agua. A lo cual se sumó que hacía un frío terrible.

Yo no tenía idea de qué estaba hablando.

—La última vez que vi algo parecido fue en Texas, en el año 1949 —continuó, siempre hablando muy rápido—, cuando hacía mi residencia y estaba a punto de casarme...

Tuve que interrumpirlo.

—Tranquilícese, Fred —dije—. Cuénteme qué ocurrió.

—Una mujer de Tangier de cincuenta y dos años. Probablemente muerta desde hacía veinticuatro horas en su dormitorio. Tiene severas erupciones cutáneas en grupos, está prácticamente cubierta por ellas, incluso en las palmas de las manos y las plantas de los pies. Por disparatado que suene, parece viruela.

—Tiene razón. Es un disparate —dije mientras se me secaba la boca—. ¿No podría ser varicela? ¿Existe alguna posibilidad de que esa mujer fuera inmunodeficiente?

—No sé nada sobre ella, pero jamás vi varicela que tuviera este aspecto. Estas erupciones siguen el diseño de la viruela. Están en grupos, como ya dije, todos más o menos de la misma edad, y cuanto más lejos están del centro del cuerpo, más densos son. Así que son confluentes en la cara y en las extremidades.

Yo pensaba en el torso, en esa pequeña zona de erupciones que supuse eran herpes, y el corazón se me llenó de miedo. No sabía dónde había muerto esa víctima, pero creía que en alguna parte de Virginia. La isla Tangier también estaba en Virginia; era una pequeña isla barrera en la bahía de Chesapeake, cuya economía se basaba en la pesca de cangrejos.

—En la actualidad hay allá una cantidad de virus extraños —decía él.

—Sí, así es —convine—. Pero el Hanta, el Ébola y el HIV, el dengue, etcétera, no provocan los síntomas que acaba de describirme. Lo cual no significa que no se trate de alguna otra cosa que desconocemos.

—Yo conozco la viruela. Tengo edad suficiente para haberla visto con mis propios ojos. Pero no soy experto en enfermedades infecciosas, Kay. Y seguro que no sé tanto como usted. Pero lo cierto es que la mujer está muerta y que lo que la mató fue alguno de los virus que causan erupciones pustulosas o *poxvirus*.

—Obviamente vivía sola.

—Sí.

—¿Y cuándo fue la última vez que la vieron con vida?

—El jefe está trabajando en eso.

—¿Cuál jefe? —pregunté.

—El departamento de policía de Tangier tiene un oficial a cargo. Él es el jefe. En este momento estoy en su casa rodante y hablo por su teléfono.

—Quiero creer que no está escuchando esta conversación.

—No, no. Está afuera, hablando con los vecinos. Hice todo lo posible para conseguir información, pero sin mucha suerte. ¿Alguna vez estuvo aquí?

—No.

—Deben de haber quizá sólo tres apellidos en toda la isla. Es bastante difícil entender lo que dicen. Es un dialecto que no se escucha en ningún otro rincón del mundo.

—Que nadie la toque hasta que tengamos una idea más aproximada de a qué nos enfrentamos —dije mientras me desabotonaba el pijama.

—¿Qué quiere que haga? —me preguntó.

—Pídale al jefe de policía que custodien la casa. Que nadie entre ni se acerque hasta que yo lo diga. Vuélvase a su casa. Yo lo llamaré más tarde.

Los laboratorios todavía no habían completado la microbiología del torso, y ahora yo ya no podía esperar. Me vestí deprisa mientras me movía con torpeza, como si mi habilidad motora me hubiera abandonado por completo. Conduje el auto a toda velocidad por calles desiertas y cerca de las cinco estacionaba en el lugar que tenía asignado detrás de la morgue. Al entrar en el patio sobresalté al agente de seguridad nocturna y él me sobresaltó a mí.

—¡Por el amor de Dios, doctora Scarpetta! —dijo Evans, quien custodiaba el edificio por lo menos desde que yo trabajaba allí.

—Lo siento —dije, con el corazón golpeándome con fuerza en el pecho—. No fue mi intención asustarlo.

—Yo sólo hacía mis rondas. ¿Está todo bien?

—Espero que sí —contesté.

—¿Está por llegar algo?

Me siguió por la rampa. Yo abrí la puerta que me conducía adentro y lo miré.

—Nada que yo sepa —contesté.

Ahora él estaba completamente confundido, pues no entendía por qué yo estaba allí a semejante hora si no nos estaban por enviar ningún caso. Comenzó a sacudir la cabeza al dirigirse una vez más hacia la puerta que daba a la playa de estacionamiento. Desde allí iría al lobby contiguo de Consolidated Labs, donde se sentaría y observaría la pantalla de un televisor hasta que llegara el momento de volver a hacer sus rondas. Evans nunca pisaba la morgue. No entendía cómo alguien podía hacerlo, y yo sabía que me tenía miedo.

—No me quedaré aquí abajo mucho tiempo —le dije—. Después estaré arriba.

—Sí, señora —dijo, sin dejar de mover la cabeza—. Usted sabe dónde estaré yo.

A mitad de camino por el corredor, en la suite para autopsias, había un cuarto en el que no solía entrar casi nadie, y allí me detuve primero y lo abrí con la llave. Adentro había tres cámaras refrigeradoras muy distintas de las que se ven normalmente. Eran de acero inoxidable y de gran tamaño, cuyas temperaturas se exhibían digitalmente en las puertas. En cada una había una lista de los números de casos que indicaban a las personas no identificadas que había adentro.

Abrí una puerta y una niebla densa brotó mientras una bocanada de aire helado me mordía la cara. Ella estaba dentro de una bolsa, sobre una bandeja, y yo me puse bata, guantes, capucha con visor y todas las capas de protección que teníamos. Sabía que lo más probable era que me estuviera metiendo en problemas, y el solo hecho de pensar en Wingo y en su condición vulnerable me llenó de miedo cuando saqué la bolsa y la puse sobre una mesa de acero inoxidable que había en el centro de la habitación. Abrí el cierre, expuse el torso al aire ambiente, salí y abrí la suite para autopsias.

Después de tomar un escalpelo y portaobjetos limpios, me bajé el barbijo quirúrgico para que me tapara la nariz y la boca, volví al cuarto con las cámaras refrigeradoras y cerré la puerta. La capa exterior de piel del torso estaba húmeda cuando empezó el descongelamiento, y utilicé toallas tibias y mojadas para apresurar el proceso antes de descubrir las vesículas o las erupciones agrupadas sobre la cadera y en los bordes desparejos de las amputaciones.

Con el escalpelo raspé los lechos vesiculares y los puse extendidos en los portaobjetos. Volví a cerrar la bolsa, la marqué con las etiquetas color naranja que indican riesgo biológico y casi no pude llevar el cuerpo de vuelta a su estante helado por lo mucho que me temblaban los brazos por el esfuerzo. No había nadie que pudiera ayudarme fuera de Evans, así que me las arreglé sola y coloqué más advertencias en la puerta.

Me dirigí entonces al segundo piso y abrí con mi llave un pequeño laboratorio que podría tener el aspecto de cualquier otro si no fuera por la existencia de varios instrumentos utilizados sólo para el estudio microscópico de tejidos, o histología. Sobre un mostrador había un procesador de tejidos, que fijaba y deshidrataba muestras de hígado, riñón, bazo, y después las infiltraba con parafina. Desde allí los bloques iban al centro de fijación y después al micrótomo, donde se los afeitaba hasta convertirlos en cintas delgadas. El producto final era lo que me mantenía inclinada sobre mi microscopio en el piso de abajo.

Mientras los extendidos se secaban con aire, yo deambulé alrededor de estantes: me puse a separar tinturas de color anaranjado fuerte, azul y rosado y a sacar iodo Gram para las bacterias, Oil Red para la grasa del hígado, nitrato de plata, Biebrach Scarlet y Acridine Orange mientras pensaba en la isla Tangier, donde yo nunca había tenido un caso antes.

Tampoco había allí muchos crímenes, según me dijeron, sólo borracheras, que era algo común cuando los hombres están solos en el mar. Pensé de nuevo en cangrejos y no sé por qué de pronto deseé que Bev me hubiera vendido róbalo o atún.

Después de encontrar el frasco de tintura de Nicolaou, sumergí un gotero y con mucho cuidado deposité una cantidad muy pequeña de ese fluido rojo en cada portaobjetos y después terminé mi tarea cubreobjetos. Los aseguré en una carpeta de cartón fuerte y bajé hasta mi piso. A esa altura, ya la gente empezaba a llegar para trabajar, y todos me miraron con expresión extraña cuando me acerqué por el hall y subí al ascensor con bata quirúrgica, barbijo y guantes. En mi oficina, Rose recogía los jarros de café sucios que había sobre mi escritorio. Se paralizó al verme.

—¿Doctora Scarpetta? —dijo—. ¿Qué demonios está pasando?

—No estoy segura, pero espero que nada —contesté al sentarme frente a mi escritorio y quitarle la funda a mi microscopio.

Ella se quedó parada junto a la puerta y me observó poner un portaobjetos debajo. Por mi actitud, si no por otra cosa, supo que algo estaba muy mal.

—¿Qué puedo hacer para ayudar? —preguntó con serenidad.

El extendido que estaba en el portaobjetos entró en foco, aumentado cuatrocientas cincuenta veces, y entonces le apliqué una gota de aceite. Observé las olas de inclusiones eosinofílicas color rojo vivo dentro de las células epiteliales infectadas, o los cuerpos citoplasmáticos Guarnieri indicativos de un virus de tipo pox. Le coloqué una MicroCam Polaroid al microscopio y tomé fotografías instantáneas color de alta resolución de lo que yo sospechaba había matado con crueldad a esa mujer anciana. La muerte no le había proporcionado ninguna elección humana, pero, en su lugar, yo habría preferido una pistola o una hoja afilada.

—Llama a la Facultad de Medicina de Virginia y averigua si Phyllis ya entró a trabajar —le dije a Rose—. Dile que la muestra que le envié el sábado no puede esperar.

En menos de una hora, Rose me había dejado en la intersección de las calles Onceava y Marshall, donde estaba situada la Facultad de Medicina de Virginia o FMV, donde yo había hecho mi residencia en patología forense cuando no era mucho mayor que los estudiantes que ahora asesoraba y frente a los que dictaba importantes conferencias a lo largo del año. El Sanger Hall era de un estilo arquitectónico de los años sesenta, con una fachada de llamativos azulejos color azul fuerte que se divisaban desde muchos kilómetros de distancia. Subí a un ascensor con otros médicos que conocía y con alumnos que les tenían miedo.

—Buenos días.

—Lo mismo para ti. ¿Vienes a dictar una clase?

Sacudí la cabeza, rodeada por gente de guardapolvos blancos.

—Necesito llevarme prestado el MTE.

—¿Supiste de la autopsia que tuvimos abajo el otro día? —me preguntó un especialista en pulmones cuando las puertas se abrieron—.Una neumoconiosis provocada por polvo mineral. Específicamente una beriliosis. ¿Con cuánta frecuencia se ve por aquí una cosa así?

En el cuarto piso me dirigí deprisa al Laboratorio de Patología con Microscopia Electrónica, que poseía el único microscopio de transmisión de electrones, o MTE, de la ciudad. Típicamente, los carritos y las superficies no tenían ni un centímetro libre porque estaban llenos de microscopios de todo tipo y otros instrumentos esotéricos para el análisis del tamaño de las células, y elementos para revestir extendidos con carbono para un microanálisis con rayos X.

Por lo general, el MTE se reservaba para las personas vivas, con frecuencia para las biopsias renales y los tumores específicos, rara vez para virus y casi nunca para especímenes de autopsias. En términos de mis actuales necesidades y pacientes ya muertos, me resultaba difícil entusiasmar a científicos y médicos cuando las camas de los hospitales estaban llenas de personas que esperaban recibir la noticia de que un subsidio les permitiría retrasar un final trágico. Así que nunca le había insistido a la microbióloga doctora Phyllis Crowder que me dispensara una atención rápida las veces que la necesité. Pero ella sabía que esto era diferente.

Desde el hall reconocí su acento británico cuando la oí hablar por teléfono.

—Ya lo sé. Lo entiendo —decía cuando yo llamé a su puerta abierta—. Pero tendrá que cambiar la fecha o hacerlo sin mí. Algo más se ha presentado. —Sonrió y me hizo señas de que entrara.

Yo la había conocido durante mi época de residente y siempre creí que los elogios en boca de una docente como ella tuvieron mucho que ver con mi nombramiento cuando quedó vacante el cargo de jefe de médicos forenses en Virginia. Ella tenía más o menos mi edad y nunca se había casado, su pelo corto era del mismo color gris de sus ojos y usaba siempre la misma cadena con una cruz de oro que parecía antigua. Sus padres eran norteamericanos, pero ella nació en Inglaterra, donde recibió su formación y trabajó en su primer laboratorio.

—Malditas reuniones —se quejó al colgar el tubo—. No hay nada que odie más. Una serie de personas sentadas alrededor de una mesa, que no hacen más que hablar en lugar de hacer.

Tomó guantes de una caja y me entregó un par. Y luego un barbijo.

—Hay un guardapolvo adicional detrás de la puerta —agregó.

La seguí al pequeño cuarto oscuro donde estaba trabajando antes de que sonara la campanilla del teléfono. Me puse el guardapolvo y busqué una silla mientras ella observaba una pantalla fosforescente verde en el interior de esa inmensa sala. El MTE parecía más un instrumento para oceanografía o astronomía que un microscopio normal. Ese recinto siempre me recordaba el casco de inmersión de un traje de buzo por el que se ven imágenes fantasmales y misteriosas en un mar iridiscente.

A través de un grueso cilindro metálico, que se extendía desde la recámara hasta el cielo raso, un rayo de cien mil voltios caía sobre mi muestra, que en este caso era hígado afeitado hasta tener un grosor de seiscientas o setecientavas partes de un micrón. Las muestras como las que yo había visto con mi microscopio de luz eran sencillamente demasiado gruesas para que el rayo de electrones las atravesara.

Como yo lo sabía al hacer la autopsia, fijé secciones de hígado y bazo en glutaraldehído, una sustancia que penetra los tejidos con mucha rapidez. Y se las envié a Crowder, quien yo sabía las haría fijar en plástico y cortar con el ultramicrótomo y, después, con el cuchillo de diamante, antes de montarlas en una diminuta grilla de cobre y teñirlas con iones de uranio y de plomo.

Lo que ninguna de las dos esperaba era lo que veíamos ahora al espiar hacia el recinto a la sombra verde de una muestra aumentada casi cien mil veces. Se oyó ruido a perillas cuando ella modificó la intensidad, el contraste y el aumento. Vi partículas de virus de ADN con forma de ladrillo, de un tamaño de doscientos cincuenta nanómetros. Sin pestañear observé la viruela.

—¿Qué opinas? —dije, con la esperanza de que ella me demostrara que yo estaba equivocada.

—Sin la menor duda, es un tipo de *poxvirus* —respondió—. El asunto es saber cuál. El hecho de que las erupciones no seguían ningún patrón nervioso. El hecho de que la varicela no es común en alguien de esta edad. El hecho de que es posible que ahora tengas otro caso con estas mismas manifestaciones me preocupa mucho. Es preciso hacer otras pruebas, pero yo trataría esto como una crisis médica. —Me miró. —Una emergencia internacional. Yo llamaría al CCPE.

—Es justo lo que voy a hacer —contesté y tragué fuerte.

—¿Qué sentido le encuentras a que esto esté asociado con un cuerpo desmembrado? —preguntó mientras hacía más ajustes y espiaba dentro de la cámara.

—No le encuentro ningún sentido —respondí, me puse de pie y me sentí muy débil.

—Autores de asesinatos en serie aquí, en Irlanda, que violan y cortan en pedazos a la gente.

La miré.

Ella suspiró.

—¿Alguna vez desearías haber seguido con patología hospitalaria?

—Los asesinos a los que tú te enfrentas son más difíciles de ver —contesté.

La única manera de llegar a la isla Tangier era por agua o por aire. Puesto que no había allí grandes posibilidades turísticas, los ferries eran pocos y no operaban después de mediados de octubre. Entonces era preciso ir en auto a Crisfield, Maryland o, en mi caso, viajar más de doscientos kilómetros hasta Reedville, donde la Guardia Costera me recogería. Abandoné la oficina en el momento en que la mayoría de las personas pensaban en el almuerzo. La tarde estaba desapacible; el cielo, nublado, y el viento era fuerte y frío.

Yo le había dejado instrucciones a Rose de que llamara al Centro de Control y Prevención de Enfermedades (CCPE) en Atlanta, porque cada vez que intentaba comunicarme con ellos me hacían esperar. Ella debía también comunicarse con Marino y con Wesley y avisarles adónde iba yo y decirles que los llamaría no bien pudiera hacerlo. Tomé la 64 Este en dirección a la 360 y muy pronto me encontré en zona rural.

Los campos estaba de color marrón con los rastrojos de maíz, y los halcones bajaban y subían en una parte del mundo en la que las iglesias bautistas tenían nombres como *Fe*, *Victoria*, y *Sión*. Los árboles usaban kudzú como cota de mallas y del otro lado del río Rappahannock, en el Northern Neck, las viviendas eran viejas mansiones señoriales que sus dueños de la generación presente no podían darse el lujo de mantener. Pasé junto a más campos y mirtos y, después, por el edificio de tribunales de Northumberlad que había sido construido antes de la Guerra Civil.

En Heathsville había cementerios con flores de plástico y lotes bien cuidados, y un ancla pintada en un terreno. Pasé por bosques densos de pinos y maizales tan cerca de ese camino estrecho que si sacaba el brazo por la ventanilla podría haber tocado los tallos marrones. En el muelle de Buzzard's Point había muchos veleros amarrados y el barco de turismo *Chesapeake Breeze*, pintado de rojo, blanco y azul, no iba a ninguna parte hasta la próxima primavera. No tuve problemas en encontrar lugar para estacionar y no había nadie en la cabina de tickets para pedirme una moneda.

En el muelle me esperaba un barco blanco de los guardacostas. Los integrantes de la Guardia Costera usaban overoles de protección de color anaranjado intenso, conocidos como trajes mustang, y en ese momento uno de los hombres trepaba hasta el muelle. Era mayor que los otros, tenía ojos y pelo oscuro y una Beretta de nueve milímetros sobre la cadera.

—¿Doctora Scarpetta? —Portaba con facilidad su autoridad, pero allí estaba.

—Sí —contesté. Tenía varias valijas, incluyendo un pesado estuche rígido que contenía mi microscopio y mi MicroCam.

—Permítame que la ayude con todo eso. —Extendió una mano. —Soy Ron Martínez, el jefe de estación de Crisfield.

—Gracias. De veras les estoy muy agradecida —dije.

—Bueno, nosotros también.

La distancia entre el muelle y el barco patrullero de doce metros de eslora se agrandaba y estrechaba cada vez que el oleaje empujaba la embarcación contra el muelle. Me aferré de la barandilla y abordé. Martínez bajó por una escalera muy empinada y yo lo seguí hasta una bodega llena con equipo de rescate, mangueras para incendio y enormes rollos de soga, y el aire estaba pesado con vapores diésel. Colocó mis pertenencias en un lugar seguro y las ató. Después me entregó un traje mustang, un chaleco salvavidas y guantes.

—Tendrá que ponerse todo eso por si nos vamos a pique. No es un pensamiento agradable, pero puede suceder. La temperatura del agua es de alrededor de diez grados. Su mirada se demoró en mi persona. —Es posible que desee quedarse aquí abajo —agregó mientras el barco golpeaba contra el muelle.

—Yo no me mareo, pero soy claustrofóbica —le dije; me senté en un reborde angosto y me saqué las botas.

—Como prefiera, pero será bravo.

Subió por la escalerilla y yo comencé a luchar para meterme en el traje, que era un verdadero ejercicio de cierres automáticos y Velcro, y estaba lleno de cloruro de polivinilo para mantenerme con vida si el barco naufragaba. Volví a ponerme las botas, después el chaleco salvavidas, con su cuchillo y silbato, señales y luces de bengala. Subí de nuevo a la cabina porque de ninguna manera pensaba quedarme allí abajo. La tripulación cerró la tapa del motor en cubierta y Martínez se ató a la silla del piloto.

—El viento sopla del noroeste a veintidós nudos —dijo un guardacostas—. Las olas son de alrededor de un metro veinte.

Martínez comenzó a alejar el barco del muelle.

—Ése es el problema con la bahía —me dijo—. Las olas están demasiado cerca unas de otras, así que uno nunca consigue un buen ritmo como lo tiene en mar abierto. Estoy seguro de que usted sabe que podríamos tener que desviarnos. No hay ningún otro barco patrullero allá afuera, así que si algo sucediera tendríamos que acudir nosotros.

Lentamente empezamos a pasar por casas antiguas con canchas de bochas.

—Si alguien llega a necesitar rescate, allá vamos —prosiguió mientras un miembro de la tripulación verificaba los instrumentos.

Vi pasar a un bote pesquero, en el que un hombre de edad con botas altas hasta la cadera permanecía de pie mientras timoneaba el motor fuera de borda. Nos miró como si fuéramos la peste.

—Así que usted podría terminar en cualquier parte. —A Martínez parecía divertirle esa posibilidad.

—No sería la primera vez —dije y empecé a detectar un olor muy nauseabundo.

—De una manera o de otra la llevaremos a destino, tal como hicimos con el otro médico. Nunca supe cómo se llamaba. ¿Cuánto hace que usted trabaja para él?

—El doctor Hoyt y yo nos conocemos desde hace mucho —respondí.

Delante de nosotros había pesquerías de las que se elevaban columnas de humo, y a medida que nos acercamos alcancé a ver cintas transportadoras con una inclinación muy pronunciada hacia el cielo, que transportaban millones de sábalos que se procesarían para lograr fertilizantes y aceite. Las gaviotas revoloteaban en círculos y aguardaban con avidez desde los pilotes mientras veían pasar esos pescados diminutos y hediondos. Pasamos también frente a otras plantas procesadoras convertidas ya en ladrillos que se desmoronaban en la ensenada. El hedor era ahora intolerable y tuve que echar mano a todo mi estoicismo.

—Es comida para gatos —comentó un guardacostas con una mueca.

—Y después hablan del mal aliento de los gatos.

—Yo sí que no viviría por aquí.

—El aceite de pescado es realmente valioso. Los indios algonquinos lo utilizaban como fertilizante del maíz.

Martínez aumentó la velocidad y los motores rugieron y la proa de la embarcación se hundió. Navegamos por entre boyas que marcaban la ubicación de las jaulas para cangrejos, mientras los arcos iris nos seguían en el agua pulverizada de nuestra estela. Martínez volvió a incrementar la velocidad a veintitrés nudos y cortamos el agua color azul oscuro de la bahía, donde ese día no había ningún bote de excursión o de recreo sino sólo un transatlántico que parecía una montaña oscura en el horizonte.

—¿A qué distancia queda la isla? —le pregunté a Martínez aferrada al respaldo de su silla y agradecida de tener el mustang puesto.

—A un total de alrededor de treinta kilómetros. —Tuvo que levantar la voz para responder, mientras cabalgaba sobre las olas como un surfista, hacía que el barco se deslizara hacia uno u otro lado, la vista siempre fija hacia adelante. —En circunstancias normales, el trayecto no toma demasiado tiempo. Pero hoy la situación es peor que de costumbre. En realidad, mucho peor.

Su tripulación seguía verificando los detectores de profundidad y dirección, mientras el GPS señalaba el camino por satélite. Ahora no se veía nada más que agua, grandes ondas que se elevaban delante de nosotros y, atrás, olas que aplaudían fuerte como manos a medida que la bahía nos atacaba desde todos los flancos.

—¿Qué me puede decir del lugar al que nos dirigimos? —Casi tuve que gritar al preguntarlo.

—Tiene una población de alrededor de setecientas personas. Hasta hace unos veinte años, ellos generaban su propia electricidad, tenían una pequeña pista de aterrizaje construida con material de dragado. Maldición. —El barco se sacudió con fuerza entre dos grandes olas. —Estuvimos cerca. Una cosa así es capaz de dar vuelta el barco.

Su cara tenía una expresión intensa al timonear por la bahía como si domara un potro, y los hombres de su tripulación estaban impávidos pero alertas mientras se sostenían de cualquier cosa que estuviera cerca.

—La economía se basa en la pesca de cangrejos azules, cangrejos de caparazón blanda, que envían a todo el país —continuó Martínez—. De hecho, los hombres ricos van allá todo el tiempo en sus aviones privados sólo para comprar cangrejos.

—O eso es lo que dicen que compran —comentó alguien.

—Tenemos un problema con la embriaguez, la falsificación y contrabando de licores, las drogas —prosiguió Martínez—. Abordamos sus barcos para revisar el estado de sus chalecos salvavidas y comprobar si llevan drogas, y ellos lo llaman ser *palpados*. —Me sonrió.

—Sí, y nosotros somos *los guardias* —acotó un guardacostas—. Cuidado, ahí vienen *los guardias*.

—Usan el lenguaje como se les antoja —dijo Martínez mientras remontaba otra ola—. Es posible que tenga problemas en entenderlos.

—¿Cuándo termina la temporada de los cangrejos? —pregunté, más preocupada por lo que ellos exportaban que por la forma en que los habitantes de Tangier hablaban.

—En esta época del año dragan el fondo en busca de cangrejos. Lo seguirán haciendo todo el invierno, trabajando catorce o quince horas por día, a veces desaparecen por toda una semana seguida.

A estribor, a lo lejos, un casco oscuro emergía del agua como una ballena. Uno de los de la tripulación me pescó observándolo.

—Es el barco Liberty de la Segunda Guerra Mundial que encalló —dijo—. La Marina lo usa para las prácticas de tiro al blanco.

Finalmente reducíamos la marcha al acercarnos a la costa occidental, donde se había construido un muro de contención con rocas, barcos destrozados, heladeras y automóviles oxidados y otras cosas inservibles, para impedir que el agua siguiera erosionando la isla. La tierra se encontraba casi al mismo nivel que la bahía, sólo unos treinta centímetros por encima del nivel del mar en su sector más alto. Las casas, la aguja de una iglesia y una torre azul de agua se proyectaban en el horizonte de esa isla diminuta y yerma en la que la gente soportaba lo peor del clima con la menor cantidad posible de tierra bajo los pies.

Avanzamos lentamente por entre marismas y bajíos. Sobre viejos muelles semidestruidos había pilas de jaulas para cangrejos hechas con alambre y provistas de boyas de colores, y botes averiados de madera con la popa redondeada o cuadrada estaban amarrados pero no ociosos. Martínez hizo sonar la sirena y el sonido rasgó el aire mientras avanzábamos. Los nativos de Tangier, con caras ásperas e inexpresivas, nos miraron fijo como lo hace la gente cuando tiene opiniones privadas que no son siempre cordiales. Se movían en sus casuchas y trabajaban en sus redes cuando llegamos a puerto cerca de los expendedores de combustible.

—Como casi todos los demás aquí, el apellido del jefe es Crockett —dijo Martínez mientras la tripulación amarraba el barco—. Davy Crockett. No se ría. —Con la mirada recorrió el muelle y un *snack bar* que no parecía abierto en esa época del año. —Venga conmigo.

Lo seguí y bajé del barco, y el viento que soplaba del mar era tan frío que parecía enero. No habíamos andado mucho cuando una pequeña pickup giró en una esquina y sus neumáticos chirriaron en la grava. Frenó y un joven tenso se apeó. Su uniforme eran jeans azules, una campera oscura de invierno y una gorra que decía *Policía de Tangier*, y su mirada iba y venía entre Martínez y yo. Observó con atención lo que yo llevaba.

—Bueno —dijo Martínez—, la dejaré con Davy. —A Crockett, agregó: —Ésta es la doctora Scarpetta.

Crockett asintió.

—Vengan.

—Sólo la señora irá.

—Yo la llevaré.

Yo había oído ese dialecto antes, en caletas de montañas donde las personas no parecen ser de este siglo.

—La estaremos esperando aquí —me prometió Martínez y se dirigió de vuelta a su barco.

Seguí a Crockett a su vehículo. Calculé que lo limpiaba adentro y afuera quizás una vez por día, y que le gustaba el Armor All incluso más que a Marino.

—Supongo que usted ha estado en el interior de la casa —le dije mientras él encendía el motor.

—No. El que entró fue un vecino. Y cuando me avisaron yo llamé a Norfolk.

Comenzó a dar marcha atrás y vi que una cruz de peltre colgaba del llavero. Miré por la ventanilla pequeños restaurantes blancos de madera con carteles pintados a mano y gaviotas de plástico colgadas en las ventanas. Un camión que transportaba recipientes con cangrejos se acercaba en dirección contraria y tuvo que apartarse para dejarnos pasar. La gente andaba en bicicletas que no tenían frenos de mano ni velocidades, y el modelo favorito de transporte parecían ser los *scooters*.

—¿Cómo se llama la muerta? —Comencé a tomar notas.

—Lila Pruitt —respondió, sin prestar atención al hecho de que la portezuela de mi lado casi rozaba la cerca de alambre tejido. —Una señora viuda, no sé de qué edad. Vendía recibos para los turistas. Pastelillos de cangrejo y cosas así.

Lo escribí, no muy segura de lo que él me estaba diciendo cuando pasamos frente a la Escuela Mixta de Tangier y a un cementerio. Las lápidas estaban inclinadas en todas direcciones, como desparramadas por un ventarrón.

—¿Cuándo la vieron con vida por última vez? —pregunté.

—En Daby's, allí estuvo. —Asintió—. Tal vez junio.

Ahora sí que yo no entendía nada.

—Lo siento —dije—. ¿Fue vista por última vez en un lugar llamado Daby's hace tanto como el mes de junio?

—Sí. —Asintió para confirmar su respuesta.

—¿Qué es Daby's y quién la vio allí?

—La tienda. Daby's e Hijo. Puedo llevarla allá. —Me miró y yo sacudí la cabeza. —Yo estaba allí de compras y la vi. En junio, creo.

—¿Qué puede decirme de sus vecinos? ¿Alguno de ellos la vio? —pregunté.

—No desde hace días.

—¿Entonces quién la encontró? —pregunté.

—Nadie.

Lo miré, confundida.

—Sucedió que la señora Bradshaw fue en busca de una receta, entró y sintió el olor.

—¿Esta tal señora Bradshaw subió?

—Dijo que no. —Sacudió la cabeza. —Fue derecho a buscarme.

—¿Cuál es la dirección de la muerta?

—Aquí estamos —dijo mientras reducía la marcha—. La calle School.

En diagonal a la Iglesia Metodista Swain Memorial, la casa de madera de chilla blanca era de dos plantas, con ropa todavía colgada en la soga y una casita para vencejos sobre un poste en el patio de atrás. Un viejo bote de remos de madera y recipientes para cangrejos estaban en un terreno repleto de caparazones de ostras, y una serie de hortensias amarronadas tapizaban una cerca donde había una curiosa hilera de casillas pintadas de blanco que enfrentaban la calle sin pavimentar.

—¿Qué son esas cosas? —le pregunté a Crockett.

—Para los recibos que ella vendía. Veinticinco centavos cada uno. Había que meter la moneda en una ranura. —Señaló. —La señora Pruitt no se trataba mucho con nadie.

Finalmente comprendí que él hablaba de recetas, y abrí mi portezuela.

—Estaré aquí esperando —dijo.

La expresión de su rostro me rogó que no le pidiera que me acompañara al interior de la casa.

—Ocúpese de mantener alejada a la gente —dije y me apeé del vehículo.

—No se preocupe por eso.

Paseé la vista por otras casas pequeñas y trailers en los patios de suelo arenoso. Algunas familias tenían sepulturas familiares, los muertos estaban enterrados allí donde había terreno alto, las lápidas se encontraban desgastadas como tiza e inclinadas o derrumbadas. Ascendí por los escalones del frente de la casa de Lila Pruitt y advertí más lápidas entre las sombras de enebros en un rincón de su jardín.

La puerta mosquitero estaba herrumbrada en algunas partes y los resortes protestaron con fuerza cuando entré en un porche cerrado inclinado hacia la calle. Había una mecedora tapizada en plástico floral y, junto a ella, una pequeña mesa de plástico, y la imaginé allí meciéndose y bebiendo té helado mientras observaba a los turistas que le compraban recetas por veinticinco centavos. Me pregunté si habría espiado para asegurarse de que pagaran.

La puerta cancel se encontraba sin llave y a Hoyt se le había ocurrido pegarle un cartel casero que advertía: ENFERMEDAD: ¡NO ENTRAR! Supuse que pensó que la gente de Tangier podría no saber lo que era un riesgo biológico, pero logró su propósito. Entré en un vestíbulo en penumbras, donde un cuadro de Jesús orando a Su Padre colgaba de una pared, y percibí el hedor de carne humana en descomposición.

En el living había señales de que alguien no se había sentido bien por un tiempo. Almohadas y mantas estaban

182

desordenadas y sucias sobre el sofá, y en la mesa ratona había gasas, un termómetro, frascos de aspirinas, linimento y tazas y platos sucios. Ella se había sentido afiebrada. Había tenido dolores y había ido allí para ponerse cómoda y mirar televisión.

Tiempo después no había logrado levantarse de la cama, y fue allí donde la encontré, en un cuarto del piso superior con empapelado con un diseño de pimpollos de rosas y un sillón hamaca junto a la ventana que daba a la calle. El espejo de cuerpo entero estaba cubierto con una sábana, como si la mujer ya no soportara ver su reflejo. Hoyt, como buen médico anticuado que era, respetuosamente le había cubierto el cuerpo con las cobijas sin mover ninguna otra cosa. Sabía que no debía tocar nada en una escena, sobre todo si su visita sería seguida por la mía. Permanecí de pie en el medio de la habitación y me tomé el tiempo necesario. El hedor parecía hacer que las paredes se cerraran y que el aire se volviera negro.

Mi mirada se demoró en el cepillo y el peine baratos que había sobre el tocador, en las pantuflas peludas que había debajo de una silla que estaba cubierta con ropa que ella no había tenido la energía suficiente para guardar o lavar. En la mesa de noche había una Biblia con una funda de cuero negro que estaba seca y descascarada, y una muestra de spray facial Vita de aromaterapia que imaginé había usado en vano para refrescar el ardor de su fiebre. Apilados en el piso había docenas de catálogos para compras por correo, con páginas con la esquina doblada para marcar sus elecciones.

En el cuarto de baño, el espejo que había sobre el lavatorio había sido cubierto con una toalla, y otras toallas sobre el piso de linóleo estaban sucias y ensangrentadas. Se le había acabado el papel higiénico, y la caja de bicarbonato de sodio que vi al costado de la bañera me indicó que ella había intentado su propio remedio para aliviar su problema. Dentro del botiquín no encontré ninguna droga recetada, sólo hilo dental, Jergens, preparaciones contra las hemorroides y una crema de primeros auxilios. Sus dientes postizos estaban en una caja plástica sobre el lavatorio.

Pruitt había sido una mujer vieja y solitaria, con muy poco dinero, y probablemente pocas veces en su vida salió de la isla. Supuse que no había intentado pedirle ayuda a cualquiera de sus vecinos porque no tenía teléfono y por miedo de que, si alguien la veía, saliera corriendo horrorizado. Ni siquiera yo estaba demasiado preparada para lo que vi cuando aparté el cobertor.

Estaba cubierta de pústulas, grises y duras como perlas, la boca desdentada y hundida, y el pelo teñido de rojo, desgreñado. Aparté más la ropa de cama, le desabroché el camisón y advertí que la densidad de las erupciones era mayor en sus extremidades y cara que en el tronco, tal como Hoyt me había dicho. La picazón la había llevado a rascarse con fuerza los brazos y las piernas, donde llegó a sangrarse y a tener infecciones secundarias que estaban cubiertas de costras e hinchadas.

—Que Dios te ayude —murmuré, apenada.

La imaginé con terrible escozor y dolores, ardiendo de fiebre y temerosa de su propia imagen de pesadilla en el espejo.

—Qué terrible —dije en voz alta y de pronto me encontré pensando en mi madre.

Perforé con la lanceta una pústula, hice un extendido en un portaobjetos y después fui a la cocina e instalé mi microscopio sobre la mesada. Ya estaba convencida de lo que encontraría. Eso no era varicela ni herpes. Todos los indicadores señalaban hacia la devastadora y desfiguradora enfermedad *variola major*, más comúnmente llamada viruela. Encendí el microscopio, coloqué el portaobjetos, gradué el aumento a cuatrocientos, ajusté el enfoque y entonces entraron en foco el centro denso y los cuerpos citoplasmáticos de Guarnieri. Tomé más Polaroids de algo que no podía ser cierto.

Aparté la silla y me puse a caminar por la habitación mientras desde la pared brotaba el tictac fuerte del reloj.

—¿Cómo contrajiste esto? ¿Cómo? —le hablé a la mujer en voz alta.

Volví al lugar donde Crockett se encontraba estacionado en la calle, pero no me acerqué demasiado a su vehículo.

—Tenemos un verdadero problema —le dije—. Y no estoy ciento por ciento segura de lo que haré al respecto.

Mi dificultad inmediata era encontrar un teléfono seguro, cosa que finalmente decidí no era posible. No podía llamar de ninguna de las tiendas locales y, por cierto, tampoco de las casas de los vecinos ni del trailer del jefe. Quedaba entonces sólo mi teléfono celular portátil, que por lo común jamás habría usado para hacer un llamado semejante. Pero no me quedaba otra opción. A las tres y cuarto, una mujer atendió el teléfono en el Centro de Investigaciones Médicas de Enfermedades Infecciosas del Ejército de los Estados Unidos, o CIMEI, en Fort Detrick, Frederick, Maryland.

—Necesito hablar con el coronel Fujitsubo —dije.

—Lo siento, está en una reunión.

—Es muy importante.

—Señora, tendrá que llamar mañana.

—Al menos comuníqueme con su asistente, su secretaria...

—Por si no se enteró, todos los empleados federales no imprescindibles están de licencia forzosa.

—¡Dios Santo! —exclamé, frustrada—. Estoy clavada en una isla con un cadáver infectado. Puede producirse aquí un brote. ¡No me diga que tendré que esperar hasta que esa maldita licencia forzosa finalice!

—¿Perdón?

Oí que en segundo plano sonaban todo el tiempo las campanillas de los teléfonos.

—Estoy en un teléfono celular. La batería puede agotarse en cualquier momento. ¡Por el amor de Dios, interrumpa esa reunión y páseme enseguida con él! ¡Ya!

Fujitsubo estaba en el Edificio Russell del Capitolio, adonde le pasaron mi comunicación. Sabía que se encontraba en la oficina de algún senador, pero no me importó y procedí a explicarle rápidamente la situación mientras trataba de controlar el pánico que sentía.

—Eso es imposible —dijo él—. ¿Estás segura de que no se trata de varicela, amígdalas...?

—No. Y, al margen de lo que sea, debería controlarse, John. No puedo enviar este cuerpo a mi morgue. Tú tienes que manejarlo.

El CIMEI era el más grande laboratorio de investigaciones médicas del Programa de Investigación sobre Defensa Biológica de los Estados Unidos, y su finalidad era proteger a los ciudadanos de la posible amenaza de una guerra biológica. Más concretamente, el CIMEI tenía el más grande laboratorio de Bio Nivel 4 del país.

—No puedo hacerlo a menos que se trate de terrorismo —me dijo Fujitsubo—. Los brotes de epidemia van al CCPE. Creo que es allí donde debes dirigirte.

—Y estoy segura de que con el tiempo lo haré —dije—. Y estoy segura de que también allí todos estarán de licencia forzosa, que es la razón por la que no pude comunicarme antes. Pero están en Atlanta, y tú estás en Maryland, no lejos de aquí, y necesito sacar el cuerpo de este lugar lo antes posible.

Él permaneció en silencio.

—Nadie desea más estar equivocado que yo —continué y sentí un sudor frío—. Pero si no lo estoy y no hemos tomado las precauciones adecuadas...

—Entiendo, entiendo —se apresuró a decir—. Maldición. En este momento somos un equipo esquelético. Está bien, danos unas pocas horas. Llamaré al CCPE. Desplegaremos un equipo de gente. ¿Cuándo fue la última vez que te vacunaste contra la viruela?

—Cuando era demasiado joven para recordarlo.

—Tú vendrás con el cuerpo.

—Sí, el caso me pertenece.

Pero sabía qué me quiso decir. Ellos querrían ponerme en cuarentena.

—Saquémosla de la isla y preocupémonos después de lo demás —añadí.

—¿Dónde estarás?

—La casa de la mujer está en el centro de la ciudad, cerca de la escuela.

—Dios, qué mala suerte. ¿Tienes idea de cuántas personas pueden haber estado expuestas?

—Ni idea. Cerca hay una iglesia metodista con un campanario muy alto. Según el mapa existe otra iglesia, pero no tiene campanario. Hay una pista de aterrizaje, pero cuanto más te puedas acercar a la casa, mejor será, para que no tengamos que transportarla por donde la gente pueda vernos.

—Correcto. Lo último que necesitamos es que entren en pánico. —Hizo una pausa y su voz se suavizó un poco. —¿Estás bien?

—Eso espero. —Sentí que los ojos se me llenaban de lágrimas y que me temblaban las manos.

—Quiero que te calmes, que trates ahora de distenderte y que dejes de preocuparte. Nosotros nos ocuparemos de que te atiendan —dijo, en el momento en que mi teléfono dejaba de funcionar.

Siempre había sido una posibilidad teórica el que, después de todos los homicidios y la locura que había visto en mi carrera, al final lo que me matara fuera una enfermedad. Yo nunca sabía a qué me exponía cuando abría un cadáver, manipulaba su sangre y respiraba el aire. Tenía mucho cuidado con respecto a cortes y pinchaduras de agujas, pero existían más motivos de preocupación que la hepatitis y el HIV. Todo el tiempo se descubrían nuevos virus, y con frecuencia me preguntaba si algún día ellos nos gobernarían y ganarían así una batalla que libraban con nosotros desde el comienzo de los tiempos.

Durante un rato me quedé sentada en la cocina escuchando el tictac del reloj mientras la luz cambiaba del otro lado de la ventana y el día comenzaba a irse. Cuando estaba casi en pleno ataque de pánico, de pronto la voz de Crockett me llamó desde afuera.

—¿Señora? ¿Señora?

Cuando salí al porche vi en el escalón superior una pequeña bolsa de papel marrón y una bebida con tapa y pajita. Las entré mientras Crockett volvía a subir a su camión. Había desaparecido el tiempo suficiente para conseguirme algo para almorzar, algo que si bien no fue astuto, sí fue bondadoso de su parte. Le hice señas con el brazo como si él fuera mi ángel guardián, y me sentí un poco mejor. Me senté en la mecedora, que balanceé hacia adelante y hacia atrás, y bebí té helado y dulce de Fisherman's Corner. El sándwich era de lenguado frito en pan blanco, con una guarnición de escalopes fritos. En ese momento me pareció que jamás había comido nada tan exquisito y fresco.

Me balanceé y bebí el té mientras observaba la calle a través de la tela mosquitero herrumbrada y el sol descendía por la aguja de la iglesia formando una bola roja en llamas, y los gansos dibujaban en el aire una V negra sobre mi cabeza. Crockett encendió las luces del vehículo y las ventanas se encendieron en las casas, y dos muchachas en bicicleta pasaron pedaleando rápido y mirando en mi dirección. Estaba segura de que ellas sabían. Toda la isla lo sabía. La voz se había corrido de que la llegada de los médicos y de la Guardia Costera se debía a lo que estaba sobre la cama de Pruitt.

Volví a ingresar en la casa, me puse otro par de guantes, me cubrí la boca y la nariz con el barbijo y regresé a la cocina para ver qué encontraba en el tacho de basura. El recipiente de plástico estaba forrado con una bolsa de papel y ubicado debajo de la pileta. Yo me senté en el piso y fui revisando una cosa tras otra para ver si descubría durante cuánto tiempo había estado enferma Pruitt. Era evidente que no había vaciado el tacho de basura por un tiempo. Las latas vacías y las envolturas de comida congelada estaban secas y con corteza, y las peladuras de rabanitos crudos y zanahorias estaban pétreas.

Deambulé por cada habitación de la casa y revisé cada cesto de papeles que encontré. Pero el más penoso era el que estaba en el living. Allí había varias recetas escritas a mano de Lenguado Fácil, Pastelillos de Cangrejo y Guiso de Almejas Lila. Ella había cometido errores, tachado palabras, y supongo que por esa razón las había tirado. En el fondo había un pequeño tubo de cartón de una muestra de fabricante que había recibido por correo.

Saqué una linterna de mi bolso, salí y me quedé parada en los escalones esperando que Crockett se apeara de su camión.

—Pronto habrá bastante conmoción por aquí —le dije.

Él me miró como si yo estuviera loca, y en las ventanas iluminadas alcancé a ver las caras de la gente que espiaba hacia afuera. Bajé los escalones, caminé hacia la cerca en el borde del terreno, pegué la vuelta hacia el frente y comencé a iluminar con linterna el interior de las casillas donde Pruitt vendía sus recetas. Crockett retrocedió. —Estoy tratando de tener una idea de cuánto hace que ella estaba enferma.

Había bastantes recetas en las ranuras, y sólo tres monedas en la alcancía de madera.

—¿Cuándo fue la última vez que vino el ferry con turistas? —iluminé otra casilla y encontré alrededor de media docena de recetas de Cangrejos de Caparazón Blando de Lila.

—Hace una semana —respondió.

—¿Los vecinos le compran sus recetas?

Él frunció el entrecejo como si mi pregunta fuera absurda.

—Ellos ya tienen las suyas.

Ahora los vecinos ya estaban en los porches y se ocultaban en las sombras de sus jardines para observar a esa extraña mujer ataviada con bata quirúrgica, gorra en el pelo y guantes, que iluminaba con una linterna las casillas de su vecina y hablaba con su jefe.

—Muy pronto habrá aquí una gran conmoción —le repetí—. El ejército enviará un equipo médico en cualquier momento y necesitaremos que usted se asegure de que las personas mantengan la calma y permanezcan en sus hogares. Lo que quiero que haga ahora mismo es que se comunique con la Guardia Costera y les avise que tendrán que ayudarnos. ¿Está bien?

Davy Crockett se alejó con tanta rapidez en su vehículo que los neumáticos giraron en falso.

CAPÍTULO 9

Descendieron ruidosamente del cielo iluminado por la luna, casi a las nueve de la noche. El Blackhawk del ejército atronó sobre la iglesia metodista azotando los árboles con su turbulencia terrible de aspas voladoras mientras una luz poderosa surcaba el espacio en busca de un lugar para aterrizar. Yo lo observé posarse como un ave en un terreno vecino mientras cientos de habitantes de la isla, espantados, se volcaban a las calles.

Desde el porche a través de la tela mosquitero observé cómo el grupo médico de evacuación bajaba del helicóptero como criaturas que se ocultaban detrás de sus padres y miraban en silencio en todas direcciones. Los cinco científicos del CIMEI y el CCPE no parecían pertenecer a este planeta con sus trajes y capuchas inflados de plástico color naranja y sus tanques de aire operados por baterías. Avanzaban por el camino llevando una camilla envuelta en una burbuja plástica.

—Gracias a Dios que están aquí —les dije cuando llegaron junto a mí.

Sus pies hicieron un sonido de plástico que resbala sobre el piso de madera del porche, y no se molestaron en presentarse cuando la única mujer del grupo me entregó un traje anaranjado doblado.

—Es probable que sea un poco tarde para esto —dije.

—No está de más. —Su mirada se cruzó con la mía y no me pareció que fuera mucho mayor que Lucy. —Vamos, póngaselo.

191

Tenía la consistencia de una funda de cortina para la ducha. Me senté en la mecedora y me lo subí por encima de mis zapatos y mi ropa. La capucha era transparente, con un babero que me até alrededor del pecho. Me sujeté el tanque de aire en la parte de atrás de la cintura.

Yo abrí el camino y ellos transportaron la camilla. Por un momento permanecieron en silencio al ver lo que había sobre la cama.

Un científico dijo:

—¡Dios! Nunca vi nada igual.

Todos empezaron a hablar muy rápido al mismo tiempo.

—Envuélvanla en las sábanas.

—Pónganla en una bolsa y séllenla.

—Las sábanas y todo lo que está sobre la cama tiene que ir al autoclave.

—¡Mierda! ¿Qué hacemos? ¿Quemamos la casa?

Entré en el cuarto de baño y recogí las toallas del suelo mientras ellos levantaban el cuerpo amortajado de la mujer. Estaba resbaloso cuando luchaban por levantarla de la cama y meterla dentro de la carpa portátil de aislamiento diseñada pensando en los vivos. Sellaron los faldones plásticos y la visión de un cuerpo metido en una bolsa, en lo que parecía ser una carpa de oxígeno, resultaba estremecedor, incluso para mí. Levantaron la camilla por los dos extremos, bajamos por la escalera y salimos a la calle.

—¿Qué pasará cuando nos hayamos ido? —pregunté.

—Tres de nosotros se quedarán —respondió uno de ellos—. Mañana vendrá otro helicóptero.

Fuimos interceptados por otro científico de traje anaranjado que llevaba un recipiente metálico no muy diferente de los que emplean los exterminadores de insectos. Nos descontaminó a nosotros y a la camilla pulverizando una sustancia química mientras la gente seguía apiñándose y mirando. El guardacostas estaba junto al camión de Crockett, y Martínez y Crockett conversaban. Me acerqué para hablar con ellos y sin duda mi atuendo protector los asustó, porque se alejaron de manera nada sutil.

—Esta casa debe ser sellada —le dije a Crockett—. Hasta que sepamos con certeza a qué nos enfrentamos aquí, nadie debe entrar ni acercarse a ella.

Él tenía las manos en los bolsillos de la chaqueta y parpadeaba mucho.

—Debo ser notificada inmediatamente si alguna otra persona enferma.

—En esta época del año hay mucha enfermedad —dijo—. Algunos se pescan el microbio. Otros se resfrían.

—Si tienen fiebre, dolor de espaldas o les aparece un sarpullido —le dije—, llámeme a mí o a mi oficina enseguida. Estas personas están aquí para ayudarlos —dije y señalé el equipo médico.

La expresión de su rostro me demostró con toda claridad que no quería que nadie se quedara en su isla.

—Por favor, trate de comprender —dije—. Esto es muy, muy importante.

Asintió y en ese momento un muchachito se materializó detrás de él, desde la oscuridad, y lo tomó de la mano. El chiquillo parecía tener, cuando mucho, siete años, tenía una mata de pelo rubio desgreñado y ojos grandes y claros que me miraban como si yo fuera la aparición más terrorífica que había visto en su vida.

—Papito, gente del cielo. —El pequeño me señalaba a mí.

—Darryl, vuélvete a casa —le dijo Crockett a su hijo.

Yo seguí el ruido de las paletas del helicóptero. El aire me refrescó la cara, pero el resto de mi persona siguió sufriendo porque el traje que llevaba puesto no respiraba. Me abrí camino por el terreno que había junto a la iglesia mientras las hélices martilleaban y los pinos y la maleza eran azotados por ese viento intenso.

El Blackhawk estaba abierto e iluminado en el interior, y el grupo ataba en ese momento la camilla del mismo modo en que lo habría hecho si la paciente estuviera viva. Subí a bordo, me ubiqué en un asiento lateral para la tripulación y me puse el cinturón de seguridad mientras uno de los científicos cerraba la puerta. El ruido del helicóptero era fuerte y estremecedor cuando nos elevamos hacia el cielo. Era imposible oír sin auriculares, pero lo cierto es que no funcionaban bien sobre las capuchas.

Esto al principio me desconcertó. Nuestros trajes habían sido descontaminados, pero los del equipo no querían sacárselos, y entonces entendí. Yo había estado expuesta a Lila Pruitt y, antes que eso, al torso. Nadie quería respirar mi aire a menos que antes pasara por un filtro de alta eficiencia o HEPA. Así que en silencio nos miramos y miramos a nuestra paciente. Cerré los ojos mientras avanzábamos a toda velocidad hacia Maryland.

Pensé en Wesley, Lucy y Marino. Ellos no tenían idea de lo que estaba ocurriendo, y se trastornarían mucho. Me preocupó pensar cuándo volvería a verlos y en qué condición estaría yo. Sentí las piernas resbalosas y no era una sensación agradable. No podía evitar tener miedo del primer síntoma ominoso: un escalofrío, un dolor, el enturbiamiento de la visión, la sed o la fiebre. Yo había sido vacunada contra la viruela cuando era chica. Y también Lila Pruitt. Y también la mujer cuyo torso seguía en mi cámara refrigeradora. Yo había visto las cicatrices, esas zonas extendidas y desteñidas del tamaño de una moneda de veinticinco centavos, donde les habían inoculado la enfermedad.

Eran apenas las once cuando aterrizamos en alguna parte que no alcancé a ver. Yo había dormido lo suficiente como para estar desorientada, y la vuelta a la realidad fue abrupta cuando abrí los ojos. La puerta volvió a abrirse y las luces destellaron en colores blanco y azul sobre un helipuerto ubicado frente a un enorme edificio angular. Muchas ventanas estaban encendidas considerando lo tardío de la hora, como si todos estuvieran despiertos y esperaran nuestra llegada. Los científicos desataron la camilla y se apresuraron a cargarla en la parte posterior de un camión, mientras la científica me escoltaba con una mano enguantada sobre mi brazo.

No vi adónde llevaban la camilla, pero a mí me condujeron por el camino hacia una rampa en el extremo norte del edificio. Desde allí no tuvimos que andar mucho por un pasillo y entonces me llevaron a una ducha y me rociaron con Envirochem. Me desvestí y de nuevo me rociaron con agua jabonosa caliente. Había estantes con batas de cirugía y fundas para calzado y yo me sequé el pelo con una toalla. Tal como me instruyeron, dejé mi ropa en el piso junto con el resto de mis pertenencias.

Una enfermera me esperaba en el hall, y me llevó a paso vivo. Pasamos por un quirófano y, después, junto a paredes con autoclaves que me recordaron campanas de inmersión de acero; el aire era desagradable con el hedor de animales de laboratorio escaldados. Yo debía permanecer en la Sala 200, en la cual una línea roja en el interior de mi habitación advertía a los pacientes en aislamiento que no debían cruzarla. Miré la pequeña cama de hospital con su manta eléctrica húmeda, su ventilador, refrigerador y pequeño televisor suspendido en un rincón. Noté los cables amarillos de aire conectados a tuberías en las paredes, el torno de acero en la puerta, a través del cual pasaban las bandejas con la comida, que eran irradiadas con luz ultravioleta cuando se las llevaban.

Me senté en la cama, sola y deprimida y sin querer pensar en el lío en que estaba metida. Transcurrieron los minutos. Afuera una puerta se cerró con estrépito y la mía se abrió de par en par.

—Bienvenida al Slammer —me anunció el coronel Fujitsubo al entrar.

Llevaba puesta una capucha y un traje de vinilo azul pesado, que conectó a una de las líneas de aire.

—John —dije—. No estoy lista para esto.

—Kay, sé sensata.

Su rostro fuerte me pareció severo, incluso atemorizador detrás del visor de plástico, y yo me sentí vulnerable y sola.

—Tengo que avisarle a algunas personas que estoy aquí —dije.

Él se acercó a la cama, abrió un paquete de papel, del cual sacó un pequeño frasco y un gotero medicinal con una mano enguantada.

—Veamos tu hombro. Es hora de una revacunación. Y también te daremos una pequeña vacuna de inmunoglobulina por si acaso.

—Por lo visto, es mi día de suerte —expresé.

Me frotó el hombro derecho con una gasa con alcohol. Yo permanecí inmóvil mientras él hacía dos incisiones en mi piel con un escarificador y dejaba caer el suero.

—Confiemos en que esto no sea necesario —agregó.

—Nadie lo desea más que yo.

—La buena noticia es que deberías tener una hermosa respuesta anamnésica, con un nivel más alto de anticuerpos que nunca. Una vacunación dentro de entre veinticuatro y cuarenta y ocho horas de la exposición será la solución.

No contesté. Él sabía tan bien como yo que tal vez ya era demasiado tarde.

—Le practicaremos la autopsia a las nueve y te mantendremos aquí algunos días después de eso, sólo para estar seguros —dijo, y tiró la envoltura en el cesto de basura—. ¿Tienes algún síntoma?

—Me duele la cabeza y me siento irritable —respondí.

Sonrió, su mirada fija en mis ojos. Fujitsubo era un médico brillante que había ocupado distintos cargos en el Instituto de Patología de las Fuerzas Armadas del Ejército, o IPFA, antes de asumir el comando del CIMEI. Estaba divorciado y era algunos años mayor que yo. Tomó una manta doblada del pie de la cama, la sacudió para desplegarla y me la puso sobre los hombros. Acercó una silla y se sentó sobre ella a horcajadas con sus brazos apoyados en el respaldo.

—John, yo fui expuesta hace casi dos semanas —le dije.

—Por el caso de homicidio.

—Así que a esta altura ya debería tener la enfermedad.

—Sí, lo que sea. El último caso de viruela fue en octubre de 1977, en Somalia, Kay. Desde entonces la enfermedad ha sido erradicada de la faz de la Tierra.

—Lo único que yo sé es lo que vi por el microscopio electrónico. Podría haber sido transmitida a través de una exposición no accidental.

—Deliberadamente, quieres decir.

—No lo sé. —Me costaba mantener los ojos abiertos. —Pero ¿no te parece raro que la primera persona que posiblemente fue infectada también haya sido asesinada?

—Encuentro todo muy extraño. —Se puso de pie.— Pero más allá de ofrecerles un aislamiento biológicamente seguro tanto al cadáver como a ti, no hay mucho más que podamos hacer.

—Por supuesto que sí. No hay nada que no puedas hacer. —No quería oír hablar de sus conflictos de jurisdicción.

—En este momento, esto es algo que preocupa a la salud pública y no una preocupación militar. Sabes bien que no podemos robarle esto al CCPE. En el peor de los casos, lo que tenemos aquí es un brote de alguna enfermedad. Y es precisamente lo que ellos hacen mejor.

—La isla Tangier debería ser puesta en cuarentena.

—Hablaremos de ello después de la autopsia.

—Que pienso practicar yo —agregué.

—Veremos cómo te sientes —dijo, y una enfermera apareció en la puerta.

Al salir conferenció un minuto con ella; después, ella entró, ataviada con un traje azul similar. Joven y fastidiosamente alegre, me explicaba que trabajaba fuera del Walter Reed Hospital pero ayudaba allí cuando tenían pacientes en confinamiento especial lo cual, por fortuna, no era frecuente.

—La última vez fue cuando esos dos empleados del laboratorio se expusieron a un ratón de los rastrojos cuya sangre estaba contaminada con el hantavirus —dijo—. Esas enfermedades hemorrágicas son muy desagradables. Creo que se quedaron aquí alrededor de quince días. El doctor Fujitsubo me dijo que usted quería un teléfono. Puso una bata delgada sobre la cama. —Se lo conseguiré más tarde. Aquí tiene comprimidos de Advil y agua. —Los puso sobre la mesa de noche. —¿Tiene apetito?

—Un poco de queso con galletitas o algo así me vendría muy bien. —Tenía el estómago tan vacío que casi me sentía descompuesta.

—¿Cómo se siente, al margen del dolor de cabeza?

—Muy bien, gracias.

—Bueno, esperemos que eso no cambie. ¿Por qué no va al baño, desocupa la vejiga, se lava y se mete en la cama? Allí está el televisor. —Lo señaló y siguió hablando como si yo estuviera en segundo grado.

—¿Dónde están todas mis cosas?

—Las esterilizarán, no se preocupe —dijo y me sonrió.

Yo no conseguía caldearme, así que me di otra ducha. Nada parecía borrar ese día terrible, y yo seguía viendo frente a mí una boca hundida y abierta, ojos entreabiertos y ciegos, un brazo rígido colgando de un lecho de muerte hediondo. Cuando emergí del cuarto de baño, encontré una fuente con queso y galletitas, y el televisor estaba encendido. Pero no había teléfono.

—¡Mierda! —murmuré al meterme de vuelta en la cama.

A la mañana siguiente me pasaron el desayuno por el torno y yo me puse la bandeja sobre las rodillas mientras miraba el programa *Today*, que por lo general nunca tenía tiempo de ver. Martha Stewart batía algo con merengue cuando yo comenzaba a comer un huevo pasado por agua que no estaba caliente. No podía comer y no sabía si la espalda me dolía porque estaba cansada o por alguna otra razón en la que no quería pensar.

—¿Cómo estamos? —Apareció la enfermera respirando aire filtrado por HEPA.

—¿No siente calor en esa cosa? —pregunté, y señalé con el tenedor.

—Supongo que lo sentiría si lo llevara puesto durante un rato largo. —Tenía en la mano un termómetro digital. —Muy bien, esto sólo llevará un minuto.

Me lo metió en la boca mientras yo miraba televisión. Ahora entrevistaban a un médico con respecto a la vacuna contra la gripe de este año, y yo cerré los ojos hasta que un "bip" me indicó que ya podía sacarme el termómetro.

—Treinta y seis punto seis. En realidad su temperatura está un poco baja. La normal es de treinta y siete.

Me rodeó el brazo con la manga ajustable para tomarme la presión.

—Y su tensión arterial... —Vigorosamente fue bombeando aire. —Ciento ocho siete. Creo que está casi muerta.

—Gracias —farfullé—. Necesito un teléfono. Nadie sabe dónde estoy.

—Lo que usted necesita es un buen descanso. —Esgrimió entonces un estetoscopio, que metió debajo de la delantera de mi bata. —Respire hondo. —Sentí frío por todas las partes donde lo desplazaba, y su cara estaba muy seria mientras escuchaba. —De nuevo. —Después me lo puso en la espalda y continuó con la rutina.

—¿Podría decirle, por favor, al coronel Fujitsubo que pasara por aquí?

—Le dejaré ese mensaje. Ahora tápese. —Levantó la manta hasta mi mentón. —Le traeré más agua. ¿Cómo está su dolor de cabeza?

—Muy bien —mentí—. De veras tiene que decirle que venga a verme.

—Estoy segura de que lo hará cuando pueda. Sé que está muy ocupado.

Su actitud protectora comenzaba a enfurecerme.

—Perdón —dije con voz perentoria—. Repetidamente he solicitado un teléfono, y comienzo a sentirme prisionera.

—Ya sabe cómo llaman a este lugar —canturreó—. Y, por lo general, los pacientes no reciben...

—No me importa lo que habitualmente reciben. —La miré con furia y su actitud cambió.

—Cálmese. —Sus ojos brillaron detrás del plástico y su voz se intensificó.

—¿Verdad que es una paciente terrible? Los médicos siempre lo son —dijo el coronel Fujitsubo al entrar en la habitación.

La enfermera lo miró, atónita. Después, su mirada resentida se fijó en mí como si no pudiera creer que eso estuviera ocurriendo.

—Un teléfono está en camino —prosiguió él mientras depositaba un traje color naranja al pie de la cama—. Beth, supongo que ya te han presentado a la doctora Scarpetta, jefa de médicos forenses de Virginia y patóloga forense consultora del FBI. —Dirigiéndose a mí, agregó: —Ponte esto. Vendré a buscarte dentro de un par de minutos.

La enfermera frunció el entrecejo al levantar la bandeja. Carraspeó, incómoda.

—Casi no comió el huevo —comentó.

Colocó la bandeja en el torno. Mientras tanto, yo me ponía el traje.

—Es típico —dijo—. Cuando se entra aquí, no permiten que salga. —Cerró el cajón.

—Esto no tiene nada de típico. —Me até la capucha y encendí mi conexión de aire. —El caso de esta mañana es mío.

Me di cuenta de que era una de esas enfermeras a las que les caían mal las mujeres médicas, porque prefería que fueran hombres los que le decían qué debía hacer. O quizás había querido estudiar medicina, pero le dijeron que la chicas cuando crecen son enfermeras y se casan con médicos. Yo sólo podía adivinarlo. Pero recordé que cuando estaba en la facultad de medicina de Johns Hopkins, un día la caba de enfermeras me aferró del brazo en el hospital. Nunca olvidaré el odio con que me dijo que su hijo no había podido ingresar porque yo había ocupado su lugar.

Fujitsubo volvió a entrar en la habitación y me sonrió cuando me entregó un teléfono y lo conectó.

—Tienes tiempo de hacer un llamado —dijo y levantó el dedo índice—. Después debemos irnos.

Llamé a Marino.

El laboratorio de Bio Nivel 4 estaba en la parte de atrás de un laboratorio común, pero la diferencia entre los dos sectores era importante. BN-4 significaba científicos que libraban una guerra abierta contra el Ébola, el Hantavirus y enfermedades desconocidas para las que no había cura. El aire era monodireccional, vale decir que entraba y no salía, y tenía presión negativa para impedir que microorganismos muy infecciosos penetraran en alguna otra parte del edificio. Pasaba por filtros HEPA antes de que entrara en nuestros cuerpos o en la atmósfera, y todo era esterilizado por vapor a presión en autoclaves.

Aunque las autopsias no eran frecuentes, cuando se las practicaba era en un espacio hermético apodado "el Sub", detrás de dos imponentes puertas de acero inoxidable con sellos submarinos. Para entrar tuvimos que tomar otro camino, a través de un laberinto de vestuarios y duchas, con sólo luces de colores para indicar cuál género estaba en cuál. Los de los hombres eran verdes, así que yo puse mi luz en rojo y me saqué la ropa. Después me puse zapatillas y bata quirúrgica.

Las puertas de acero inoxidable se abrieron y cerraron en forma automática cuando yo pasé por otro recinto hermético y entré en el cuarto caliente donde de ganchos en una pared colgaban trajes de grueso vinilo azul con calzado incluido y capuchas en punta. Me senté en un banco, me puse uno, me lo cerré y aseguré los faldones con lo que parecía ser un sello Tupperware en diagonal. Metí los pies en botas de goma, después me puse varias capas de guantes gruesos, con los exteriores sujetos a los puños. Ya comenzaba a sentir calor, y las puertas se cerraron detrás de mí mientras otras de acero incluso más grueso me absorbieron hacia la sala de autopsias más claustrofóbica que había visto jamás.

Tomé un cable amarillo y lo inserté en la conexión que mi traje tenía en la cadera, y la entrada rápida de aire me recordó el ruido de una pequeña piscina de goma que se desinfla. Fujitsubo y otro médico rotulaban tubos y lavaban el cuerpo con manguera. En su desnudez, la enfermedad de la mujer era todavía más impresionante. Casi todo el tiempo trabajamos en silencio porque no nos habíamos molestado en usar un equipo de comunicación, y la única manera de hablar era doblar nuestras líneas de aire durante suficiente tiempo para poder oír lo que otra persona decía.

Lo hicimos cuando cortábamos y pesábamos, y yo registré la información pertinente en un protocolo. La mujer presentaba los típicos cambios degenerativos de la aorta. Tenía el corazón dilatado y sus pulmones congestionados eran compatibles con una neumonía temprana. Tenía úlceras en la boca y lesiones en el tracto gastrointestinal. Pero su cerebro fue el que nos contó la historia más trágica de su muerte. Tenía atrofia cortical, ensanchamiento de los surcos cerebrales y pérdida de parénquima, señales éstas de la enfermedad de Alzheimer.

Sólo podía imaginar su confusión cuando enfermó. Tal vez no recordara dónde estaba o siquiera quién era, y en su demencia puede haber creído que algún ser de pesadilla se abalanzaba sobre ella desde los espejos. Los nódulos linfáticos estaban hinchados, el bazo y el hígado edematizados y con necrosis focal, todo compatible con viruela. Tenía el aspecto de haber sufrido una muerte natural, cuyas causas todavía no podíamos probar, y dos horas después habíamos terminado. Me fui de allí por el mismo camino en que había entrado: primero con el sector caliente de la sala, donde recibí una lluvia química de cinco minutos sobre mi traje, de pie sobre una alfombra de goma y frotándome cada centímetro con un cepillo duro mientras boquillas de acero me lanzaban líquido. Goteando, entré en la habitación de afuera, donde colgué el traje para que se secara, volví a ducharme y me lavé la cabeza. Me puse un traje anaranjado estéril y volví al Slammer.

La enfermera estaba en mi cuarto cuando entré.

—Janet está aquí escribiéndole una nota —dijo.

—¿Janet? —Quedé atónita. —¿Lucy está con ella?

—Se la deslizará por el torno. Lo único que sé es que está aquí una joven llamada Janet. Y que vino sola.

—¿Dónde está? Debo verla.

—Usted sabe bien que no es posible en este momento. —De nuevo me tomaba la presión arterial.

—Hasta las cárceles tienen un lugar para las visitas —salté—. ¿No hay aquí algún sector en el que yo pueda hablar con ella a través de un vidrio? ¿O ella no puede ponerse un traje y entrar aquí como usted? Desde luego, todo esto requería permiso, una vez más del coronel, quien decidió que la solución más sencilla era que yo usara la máscara con filtro HEPA y me dirigiera a la cabina para visitantes. Ésta se encontraba en el interior de la Sala de Investigaciones Clínicas, donde se realizaban estudios sobre nuevas vacunas. La enfermera me condujo por una sala de recreación BN-3, donde una serie de voluntarios jugaban pingpong y pool, o leían revistas y miraban televisión.

La enfermera abrió la puerta de madera que conducía a la cabina B. Janet se encontraba sentada del otro lado de un vidrio en un sector no contaminado del edificio. Levantamos nuestros teléfonos al mismo tiempo.

—No puedo creer esto —fue lo primero que ella dijo—. ¿Está bien?

La enfermera seguía de pie detrás de mí en ese espacio tan reducido como el de una cabina telefónica. Giré y le pedí que se fuera, pero ella no se movió.

—Disculpe —dije, ya harta de ella—. Ésta es una conversación privada.

La furia brilló en sus ojos cuando se fue y cerró la puerta.

—Ya no sé cómo estoy —dije en el teléfono—. Pero no me siento demasiado mal.

—¿Cuánto tiempo tendrá que permanecer aquí? —preguntó, con miedo en los ojos.

—Como promedio, diez días. Catorce como máximo.

—Bueno, entonces está bien, ¿verdad?

—No lo sé. —Me sentía deprimida. —Depende de a qué nos enfrentamos. Pero si dentro de algunos días sigo bien, supongo que me dejarán ir.

Janet parecía muy adulta y bonita con el traje azul oscuro, su pistola discretamente oculta debajo del saco. Sabía que ella no habría venido a menos que algo anduviera mal.

—¿Dónde está Lucy? —pregunté.

—Bueno, en realidad las dos estamos aquí en Maryland, en las afueras de Baltimore, con la Escuadra Diecinueve.

—¿Ella está bien?

—Sí —respondió Janet—. Estamos trabajando en sus archivos, tratando de rastrearlos a través de AOL y UNIX.

—¿Y?

Ella vaciló.

—Creo que la manera más rápida de pescarlo será *online*.

Fruncí el entrecejo, perpleja.

—No estoy segura de entender...

—¿Eso que usa es muy incómodo? —preguntó mirando mi máscara.

—Sí.

Me cubría la mitad de la cara como una odiosa mordaza y golpeaba contra el teléfono cuando yo hablaba.

—¿Cómo se lo puede pescar *online* a menos que siga enviándome mensajes por el correo electrónico?

Ella abrió una carpeta sobre un estante de fórmica.

—¿Quiere oírlos?

Asentí mientras se me apretaba el estómago.

—*Gusanos microscópicos, fermentos que se multiplican y miasma* —leyó.

—¿Qué?

—Llegó esta mañana por correo electrónico. El siguiente llegó esta tarde. *Están vivos, pero nadie más lo estará.* Y, alrededor de una hora después: *Los seres humanos que se apropian de otros y los explotan son macroparásitos. Matan a sus anfitriones.* Todo en letras minúsculas, sin puntuación salvo los espacios. —Me miró a través del vidrio.

—Filosofía médica clásica —dije—. Se remonta a Hipócrates y a otros practicantes occidentales, y son sus teorías de lo que causa la enfermedad. La atmósfera. La reproducción de partículas venenosas generadas por la descomposición de materia orgánica. Gusanos microscópicos, etcétera. Y, después, el historiador McNeill escribió sobre la interacción de micro y macroparásitos como una manera de entender la evolución de la sociedad.

—Entonces *docmuert* tiene formación médica —dijo Janet—. Y parece que alude a lo que es esta enfermedad.

—Él no podría estar enterado —dije, mientras un nuevo y terrible miedo comenzaba a apoderarse de mí—. No veo cómo podría saberlo.

—Hubo algo en las noticias —dijo ella.

Sentí una oleada de furia.

—¿Quién abrió la boca esta vez? No me digas que también Ring sabe de esto.

—El periódico simplemente decía que su oficina estaba investigando una muerte poco usual en la isla Tangier, una extraña enfermedad que tuvo como resultado que el cuerpo fuera transportado por aire por los militares.

—Maldición.

—La cuestión es que si *docmuert* tiene acceso a las noticias de Virginia, podría haberlo sabido antes de enviar esos mensajes por correo electrónico.

—Espero que sea eso lo que sucedió —dije.

—¿Por qué no habría de serlo?

—No lo sé, no lo sé. —Me sentía agotada y descompuesta.

—Doctora Scarpetta. —Janet se acercó más al vidrio. —Él quiere hablar con usted. Por eso sigue enviándole correspondencia.

De nuevo sentí un escalofrío.

—Ésta es la idea. —Janet puso de nuevo los impresos de computación en la carpeta. —Yo podría ponerla en un *chat room* privado con él. Si podemos mantenerlo *online* el tiempo suficiente, podríamos rastrearlo de un tronco telefónico a otro hasta localizar una ciudad y, después, una ubicación concreta dentro de esa ciudad.

—No creo ni por un momento que esa persona acceda a participar en algo así —dije—. Es demasiado astuto para hacerlo.

—Benton Wesley cree que sí lo haría.

Permanecí en silencio.

—Él piensa que *docmuert* tiene una fijación tan fuerte con usted que aceptaría entrar en un *chat room*. Sería más que desear saber qué piensa usted. Él quiere que usted sepa lo que él piensa, o al menos ésa es la teoría de Wesley. Tengo aquí una laptop, todo lo que necesita.

—No. —Sacudí la cabeza. —No quiero entrar en esto, Janet.

—No tiene ninguna otra cosa que hacer durante los próximos días.

Me irritaba mucho que alguien me acusara de no tener suficiente que hacer.

—No quiero comunicarme con ese monstruo. Es demasiado arriesgado. Yo podría decir algo equivocado y que por esa causa muriera más gente. Janet me miraba con intensidad.

—De todos modos están muriendo. Hasta es posible que mientras hablamos se estén produciendo otras muertes que todavía ignoramos.

Pensé en Lila Pruitt sola en su casa, deambulando por ella, demente por la enfermedad. Vi su imagen en el espejo, dando alaridos.

—Lo único que tiene que hacer es obligarlo a seguir hablando, de a poco cada vez —prosiguió Janet—. Ya sabe, hágase la renuente, como si él la hubiera pescado desprevenida. De lo contrario él sospechará. Mantenga esa actitud durante algunos días mientras nosotros tratamos de averiguar dónde está. Conéctese con AOL. Entre en los *chat rooms* y encuentre uno llamado M.F. ¿de acuerdo? Y quédese allí.

—Y, después, ¿qué? —quise saber.

—Lo que esperamos es que él comience a buscarla y piense que es aquí donde realiza consultas con otros médicos y científicos. Le resultará imposible resistirse. Ésa es la teoría de Wesley y yo concuerdo con él.

—¿Sabe él que estoy aquí?

La pregunta era ambigua, pero ella sabía lo que ya había querido decir.

—Sí —respondió—. Marino me pidió que la llamara.

—¿Qué dijo? —pregunté.

—Quería saber si estaba bien. —Janet se estaba poniendo evasiva. —Tiene ese caso antiguo en Georgia. Algo acerca de dos personas muertas a puñaladas en una tienda de licores, en el que está involucrado el crimen organizado. En un pequeño pueblo cerca de la isla St. Simons.

—De modo que está trabajando.

—Supongo que sí.

—¿Dónde estarás tú?

—Con la escuadra. De hecho estaré en Baltimore, en el puerto.

—¿Y Lucy? —volví a preguntar, esta vez de una manera que a ella le resultara imposible evadir—. ¿Vas a decirme lo que realmente está sucediendo?

Respiré mi aire filtrado y observé por el vidrio a alguien que, sabía, nunca podía mentirme.

—¿Todo está bien? —insistí.

—Doctora Scarpetta, estoy aquí por dos razones —dijo por último—. Primero, Lucy y yo tuvimos una pelea terrible acerca de la posibilidad de que usted estuviera *online* con este tipo. Así que todos los involucrados pensaron que sería mejor que no fuera ella la que hablara con usted al respecto.

—Lo entiendo —dije—. Y estoy de acuerdo.

—Mi segunda razón es mucho menos agradable —continuó—. Tiene que ver con Carrie Grethen.

La mera mención de ese nombre me sorprendió y, a la vez, me enfureció. Algunos años antes, cuando Lucy desarrollaba CAIN, había trabajado con Carrie. Después alguien violó la seguridad del ERR y Carrie se las ingenió para que culparan a mi sobrina. Hubo también crímenes, sádicos y terribles, en los que Carrie fue cómplice de un psicópata.

—Ella todavía está en la cárcel —dije.

—Ya lo sé. Pero su juicio se fijó para la primavera —dijo Janet.

—Lo sé perfectamente. —No entendía adónde quería llegar.

—Usted es la testigo clave. Sin usted, el Commonwealth no tiene en qué basarse. Al menos no cuando se trata de un juicio por jurados.

—Janet, estoy muy confundida —dije, y sentí que el dolor de cabeza volvía a atacarme con furia.

Ella respiró hondo.

—Estoy segura de que sabe que en una época Lucy y Carrie tenían una relación muy estrecha. —Vaciló. —Realmente íntima.

—Por supuesto —dije con impaciencia—. Lucy era una adolescente y Carrie la sedujo. Sí, estoy enterada de todo.

—También lo sabe Percy Ring.

La miré, escandalizada.

—Parece que ayer Ring fue a ver a Rob Schurmer, el fiscal que lleva el caso, y le dijo, como de un camarada a otro, que tiene un problema porque la sobrina de la testigo clave tuvo una aventura con la acusada.

—¡Dios Santo! —Yo no podía creerlo. —Ese maldito hijo de puta.

Yo era abogada y sabía lo que eso quería decir. Lucy tendría que ocupar la barra de los testigos y ser interrogada sobre su aventura con otra mujer. La única manera de evitarlo era eliminarme a mí como testigo y permitir que Carrie quedara impune del crimen.

—Lo que ella hizo no tiene nada que ver con los crímenes de Carrie —dije, tan enojada con Ring que me sentí capaz de cualquier violencia.

Janet se pasó el teléfono al oído y trató de mantener la calma. Pero yo percibí su miedo.

—No necesito decirle cómo son las cosas allá afuera —dijo—. No preguntar, no decir. Es algo que no se tolera, no importa lo que la gente diga. Lucy y yo somos tan cuidadosas. Es posible que las personas sospechen, pero no lo saben con certeza, y no es como si camináramos con ropa de cuero y cadenas.

—En absoluto.

—Creo que esto podría arruinarla —dijo con tono casual—. Toda la publicidad, y no imagino cuál sería la actitud de todos en el ERR cuando ella aparezca después de eso. Todos esos tipos importantes. Ring está haciendo esto para perjudicarla, y tal vez también a usted. Y quizás a mí. Esto no favorecerá nada mi carrera.

No era preciso que continuara. Yo lo entendía.

—¿Alguien sabe cuál fue la respuesta de Schurmer cuando Ring se lo dijo?

—Se puso como loco, llamó a Marino y le dijo que no sabía qué iba a hacer. Que cuando la defensa se enterara, él estaba perdido. Entonces Marino me llamó a mí.

—Marino no me comentó nada.

—No quería perturbarla en este momento —dijo—. Y pensó que no le correspondía a él hacerlo.

—Entiendo —dije—. ¿Lucy lo sabe?

—Yo se lo dije.

—¿Y?

—Comenzó a patear la pared del dormitorio hasta agujerearla —respondió Janet—. Después dijo que, si era necesario, prestaría testimonio.

Janet apretó la palma de la mano contra el vidrio, extendió los dedos y esperó a que yo hiciera otro tanto. Fue lo más cerca que estuvimos de tocarnos, y sentí pesados los ojos.

—Tengo la sensación de haber cometido un crimen —dije, y carraspeé.

CAPÍTULO 10

La enfermera llevó el equipo de computación a mi habitación y sin decir palabra me lo entregó antes de retirarse. Por un momento me quedé mirando la laptop como si fuera algo que podría lastimarme. Yo estaba sentada en la cama, donde seguía transpirando profusamente a pesar de sentir frío al mismo tiempo.

No sabía si la forma en que me sentía se debía a un microbio o si yo estaba padeciendo una suerte de ataque emocional debido a lo que Janet acababa de decirme. Lucy había querido ser agente del FBI desde que era chiquita, y ya era uno de los mejores que habían tenido. Esto era tan injusto. Ella no había hecho nada, salvo cometer la equivocación de sentirse atraída por alguien malévolo cuando sólo tenía diecinueve años. Deseé con desesperación salir de ese cuarto y buscarla. Quería ir a casa. Estaba por llamar a la enfermera cuando entró una de ellas. Era nueva.

—¿Podría conseguirme un conjunto nuevo de batas quirúrgicas? —le pregunté.

—Puedo traerle una túnica.

—Una bata quirúrgica, por favor.

—Bueno, es algo un poco fuera de lo común. —Frunció el entrecejo.

—Ya lo sé.

Conecté la computadora en el enchufe del teléfono y oprimí un botón para ponerla en funcionamiento.

—Si no superan de una vez por todas este *impasse* del presupuesto, pronto no quedará nadie que ponga las batas

211

quirúrgicas o cualquier otra cosa en los autoclaves. —La enfermera, de uniforme azul, siguió hablando y tapándome las piernas con el cobertor. —Esta mañana, en el noticiero, el presidente dijo que Meals on Wheals se estaba fundiendo, que EPA no limpia los basureros de residuos tóxicos, que las cortes federales pueden cerrar y que nos olvidemos de conseguir una visita guiada por la Casa Blanca. ¿Está lista para almorzar?

—Gracias —dije, mientras ella continuaba con su letanía de malas noticias.

—Para no mencionar Medicaid, la polución del aire y el rastreo de la epidemia invernal de gripe o el análisis del suministro de agua en busca del parásito criptosporidium. Tiene suerte de estar aquí en este momento. Tal vez la semana próxima no estemos funcionando.

Yo no quería ni pensar en los dominios del presupuesto, puesto que dedicaba gran parte de mi tiempo a ellos, regateando con los jefes de departamento y disparando proyectiles a los legisladores durante la Asamblea General. Me preocupaba la posibilidad de que cuando la crisis federal llegara al nivel estatal, mi nuevo edificio no se terminara jamás y el magro subsidio actual que recibía tendría un recorte implacable. No existen grupos de influencia para los muertos. Mis pacientes no tenían partido y no votaban.

—Tiene dos opciones —decía la enfermera.

—¿Cómo dice? —Volví a centrar mi atención en ella.

—Pollo o jamón.

—Pollo. —Yo no tenía nada de apetito. —Y té caliente.

Ella desconectó su línea de aire y me dejó en silencio. Yo instalé la laptop sobre la bandeja y obtuve acceso a America Online. Me dirigí directamente a mi buzón de correspondencia. Había bastante, pero nada de *docmuert* que la Escuadra 19 no hubiera abierto ya. Seguí distintos menús hasta los *chat rooms*, descolgué una lista de las salas de miembros y verifiqué cuántas personas estaban en la llamada M.F.

No había nadie allí, así que entré sola y me eché hacia atrás en los almohadones, mientras miraba con fijeza la pantalla en blanco con su hilera de iconos en la parte superior. Literalmente no había nadie con quien conversar, y pensé en lo ridículo que esto debía de parecerle a *docmuert* si de alguna manera él estaba observando. ¿No resultaba obvio si yo estaba sola en un salón? ¿No parecería que lo estaba esperando? Apenas si había tenido tiempo para pensarlo cuando una frase apareció escrita en la pantalla, y yo comencé a contestar.

QUINCY: Hola. ¿De qué hablaremos hoy?

SCARPETTA: Del *impasse* del presupuesto. ¿Cómo lo
             afecta?

QUINCY: Yo trabajo en la oficina del D.C. Es una
             pesadilla.

SCARPETTA: ¿Es usted médico forense?

QUINCY: Correcto. Nos vimos en reuniones. Cono-
             cemos a algunas de las mismas personas.
             Hoy no son muchas, pero las cosas
             podrían mejorar si alguna se convierte en
             paciente.

En ese momento supe que Quincy era uno de los agentes secretos de la Escuadra 19. Continuamos con nuestra sesión hasta que llegó el almuerzo, y la reanudé después durante casi una hora. Quincy y yo conversamos de nuestros problemas y nos hicimos preguntas con respecto a las soluciones, cualquier cosa que pensáramos que parecería una conversación normal entre médicos forenses o personas con quienes podrían conferenciar. Pero *docmuert* no tragó el anzuelo.

Dormí una siesta y desperté poco después de las cuatro. Por un momento permanecí inmóvil, sin saber dónde estaba, hasta que lo recordé con penosa velocidad. Me senté, entumecida debajo de la bandeja, y la computadora seguía abierta sobre ella.

Logré acceso en AOL una vez más y regresé al *chat room*. Esta vez se unió a mí alguien que se hacía llamar MEDEX, y hablamos sobre el tipo de base de datos de computación que utilizaba en Virginia para conseguir información sobre los casos y hacer recuperaciones estadísticas.

Exactamente a las cinco y cinco sonó una alarma desafinada en el interior de mi computadora. Miré con incredulidad cuando apareció en la pantalla una comunicación de *docmuert*, palabras que yo sabía ninguna otra persona presente en el *chat room* podía ver.

DOCMUERT: usted se cree tan lista
SCARPETTA: ¿Quién es usted?
DOCMUERT: usted sabe quién soy y lo que usted hace
SCARPETTA: ¿Qué hago yo?
DOCMUERT: muerte doctora muerte usted es yo
SCARPETTA: Yo no soy usted.
DOCMUERT: usted se cree tan lista

De pronto calló, y cuando yo oprimí la tecla Disponible, me mostró que él se había desconectado. El corazón me latía deprisa cuando envié otro mensaje a MEDEX, diciéndole que había tenido que atender a una visita. No recibí respuesta y de nuevo me encontré sola en el *chat room*.

—¡Maldición! —exclamé en voz baja.

Hice otro intento a las diez de la noche, pero no apareció nadie excepto Quincy una vez más, para decirme que deberíamos tratar de establecer otra reunión en la mañana. Dijo que todos los demás médicos se habían vuelto a sus casas. La misma enfermera vino a verme y estuvo muy dulce. Me dio pena el horario tan largo que debía cumplir y la incomodidad de tener que usar un traje especial azul cada vez que entraba en mi habitación.

—¿Dónde está la enfermera del nuevo turno? —le pregunté cuando me tomó la temperatura.

—Yo estoy en él. Todos hacemos lo mejor que podemos.

Asentí cuando ella volvió a aludir una vez más a las licencias forzosas.

—Aquí ya no hay casi ningún empleado —continuó—. No me extrañaría nada que, cuando usted despierte por la mañana, sea la única persona en el edificio.

—Ahora sí que estoy segura de que tendré pesadillas —dije cuando me rodeó el brazo con la manga ajustable.

—Bueno, usted se siente bien, y eso es lo único importante. Desde que empecé a bajar aquí empecé a imaginarme una cosa u otra. El menor dolor, incomodidad o respiración fuerte y enseguida exclamaba ¡Dios mío! ¿Qué clase de médica es usted?

Se lo dije.

—Yo quería ser pédiatra. Pero entonces me casé.

—Estaríamos en graves problemas si no fuera por las buenas enfermeras como usted —dije con una sonrisa.

—La mayoría de los médicos ni se molestan en notarlo. Tienen una actitud tan sobradora.

—Algunos, ya lo creo que sí —convine.

Traté de conciliar el sueño pero estuve toda la noche inquieta. Las luces de la playa de estacionamiento ubicada debajo de mi ventana se filtraban por las persianas y no importa de qué lado me acostaba, no lograba distenderme. Me costaba respirar y la taquicardia no cedía. A las cinco de la mañana finalmente me incorporé y encendí la luz. Minutos después, la enfermera estaba de nuevo en mi habitación.

—¿Se siente bien? —Parecía agotada.

—No puedo dormir.

—¿Quiere que le dé algo?

Encendí la computadora y sacudí la cabeza. Entré en AOL y regresé al *chat room*, que estaba vacío. Después de oprimir el botón Disponible, verifiqué para ver si *docmuert* estaba en línea y, en ese caso, dónde podía encontrarse. No había señales de él y comencé a recorrer los distintos *chat rooms* disponibles para los suscriptores y sus familias.

Realmente, había de todo: lugares para romances, para solteros, gays, lesbianas, norteamericanos nativos, afroamericanos y para la maldad. Se daba la bienvenida a personas que preferían la esclavitud, el sadomasoquismo, el sexo grupal, la bestialidad, el incesto, para que se encontraran mutuamente e intercambiaran arte pornográfico. El FBI no podía hacer nada al respecto. Todo era legal.

Frustrada, me senté, me acomodé contra las almohadas y, sin proponérmelo, dormité un rato. Cuando volví a abrir los ojos, una hora más tarde, estaba en un *chat room* llamado ARTEAMOR. Un mensaje me aguardaba silenciosamente en mi pantalla. *Docmuert* me había encontrado.

DOCMUERT: una imagen equivale a mil palabras

Me apresuré a comprobar si seguía conectado y lo encontré esperándome en el ciberespacio. Tipeé mi respuesta.

SCARPETTA: ¿Qué es lo que negocia?

Él no me contestó enseguida. Permanecí con la vista fija en la pantalla durante tres o cuatro minutos. Entonces él volvió.

DOCMUERT: yo no negocio con traidores doy libremente
qué cree que les sucede a las personas así
SCARPETTA: ¿Por qué no me lo dice?

Silencio. Lo vi abandonar la habitación y volver un minuto después. Estaba eliminando el rastro. Sabía con exactitud lo que nos proponíamos.

DOCMUERT: creo que usted lo sabe
SCARPETTA: No lo sé.

DOCMUERT: lo sabrá

SCARPETTA: Vi las fotos que me envió. No eran muy nítidas. ¿Con qué finalidad lo hizo?

Pero él no me contestó y yo me sentí lenta y con la mente embotada. Lo tenía y no podía pescarlo. No podía hacer que siguiera hablando. Me sentía frustrada y desalentada, cuando otro mensaje instantáneo apareció en mi pantalla, éste procedente de la escuadra.

QUINCY: T.K.S., Scarpetta. Todavía necesito repasar ese caso contigo. La autoinmolación.

Fue entonces cuando comprendí que Quincy era Lucy. T.K.S. significaba Tía Kay Siempre y era su código para referirse a mí. Ella me estaba protegiendo, tal como yo la había protegido durante todos estos años, y me decía que no me pusiera hecha una furia. Le escribí un mensaje como contestación.

Scarpetta: Estoy de acuerdo. Tu caso es muy difícil. ¿Cómo lo estás manejando?
QUINCY: Obsérvame en la corte. Seguiré más tarde.

Sonreí al salir del programa y recostarme en las almohadas. Ya no me sentía tan sola ni tan loca.

—Buenos días. —La enfermera había vuelto.
—Buenos días. —Mi estado de ánimo decayó.
—Veamos esos signos vitales. ¿Cómo nos sentimos hoy?
—Estamos muy bien.
—Puede elegir entre huevos o cereales.
—Fruta —dije.
—Eso no figuraba en las elecciones. Pero quizá podamos conseguir una banana.

El termómetro entró en mi boca y la manga ajustable me rodeó el brazo. Ella no paró de hablar.

—Hace tanto frío que es bastante probable que nieve —decía—. Medio grado bajo cero. ¿Puede creerlo? Tenía escarcha en el parabrisas. Las bellotas están grandes este año. Eso siempre significa un invierno durísimo. Su temperatura es todavía de treinta y seis punto seis. ¿Qué le pasa a usted?

—¿Por qué no me dejaron aquí el teléfono? —pregunté.

—Lo preguntaré. —Me quitó la manga ajustable. —La tensión arterial también está baja.

—Por favor, dígale al coronel Fujitsubo que pase por aquí esta mañana.

Ella se echó hacia atrás y me escrutó:

—¿Se va a quejar de mí?

—Cielo santo, no —respondí—. Sólo necesito irme de aquí.

—Bueno, detesto decírselo, pero eso no depende de mí. Algunas personas permanecen aquí tanto como dos semanas.

Yo me volvería loca, pensé.

El coronel no apareció antes del almuerzo, que consistió en pechuga de pollo a la parrilla, zanahorias y arroz. Yo casi no comí, mientras mi tensión aumentaba y la pantalla del televisor resplandecía en silencio en segundo plano porque yo le había quitado el sonido. La enfermera regresó a las dos de la tarde y me anunció que tenía otra visita. Así que me puse de nuevo la máscara con el filtro HEPA y la seguí por el hall hacia la clínica.

Esta vez yo estaba en el Compartimiento A y Wesley me esperaba del otro lado. Sonrió cuando nuestras miradas se encontraron, y los dos levantamos los teléfonos. Sentí tanto alivio y sorpresa al verlo que al principio tartamudeé.

—Espero que hayas venido a rescatarme —dije.

—Yo no paso por encima de los médicos. Tú me lo enseñaste.

—Creí que estabas en Georgia.

—Estaba. Le eché un vistazo a la tienda de licores donde las dos personas fueron apuñaladas y recorrí un poco la zona. Y ahora estoy aquí.

—¿Y?

—¿Y? —Él levantó una ceja. —Crimen organizado.

—No estaba pensando en Georgia.

—Dime lo que estás pensando. Me parece que estoy perdiendo el arte de leer los pensamientos. Y tú estás particularmente linda hoy, si me permites agregar —le dijo a mi máscara.

—Me volveré loca si no salgo pronto de aquí —dije—. Tengo que ir al CCPE.

—Lucy me dice que te estuviste comunicando con *docmuert*. —El brillo juguetón desapareció de sus ojos.

—No demasiado y sin mucha suerte —dije con furia.

Comunicarme con ese asesino me enfurecía porque era exactamente lo que él quería. Y yo había convertido mi misión en la vida de no recompensar a personas como él.

—No te des por vencida —dijo Wesley.

—Él hace referencia a cuestiones médicas, tales como enfermedades y gérmenes —dije—. ¿Esto no te preocupa a la luz de lo que está sucediendo?

—Es evidente que él sigue las noticias. —Su argumento era idéntico al de Janet.

—Pero, ¿y si es algo más que eso? —pregunté—. La mujer que desmembró parece tener la misma enfermedad que la víctima de Tangier.

—Pero todavía no lo puedes verificar.

—Sabes bien que yo no llegué adonde estoy por hacer conjeturas y llegar a conclusiones apresuradas. —Yo me estaba poniendo de muy mal humor. —Verificaré esta enfermedad tan pronto como pueda, pero creo que mientras tanto deberíamos guiarnos por el sentido común.

—No estoy seguro de entender lo que dices. —Su mirada nunca se apartó de mis ojos.

—Lo que digo es que podemos estar frente a una guerra biológica. Un Unabomber que emplea una enfermedad.

—Espero por Dios que no sea así.

—Pero la idea también se te cruzó por la mente. No me digas que crees que una enfermedad fatal de alguna manera relacionada con un desmembramiento es una coincidencia.

Estudié su cara y supe que tenía dolor de cabeza. En esos casos siempre se le hinchaba la misma vena en la frente hasta parecer una cuerda azulada.

—¿Estás segura de que te sientes bien? —preguntó.

—Sí. Estoy más preocupada por ti.

—¿Y qué me dices de esta enfermedad? ¿Del riesgo que corres? —Comenzaba a irritarse conmigo, como siempre le pasaba cada vez que creía que yo estaba en peligro.

—Me han revacunado.

—Te vacunaron contra la viruela —dijo—. ¿Qué pasará si no es eso?

—Entonces estamos en un problema muy serio. Janet vino a verme.

—Ya lo sé. Lo siento. Lo que menos necesitas en este momento es...

—No, Benton —lo interrumpí—. Tenían que decírmelo. Nunca es un buen momento para noticias como ésas. ¿Qué crees que ocurrirá?

Pero él no quiso decírmelo.

—O sea que piensas que, además, arruinará a Lucy —dije, desesperada.

—Dudo mucho de que la despidan. Lo que generalmente sucede es que dejan de ascenderlo a uno, le asignan tareas malísimas, en oficinas situadas en el medio de la nada. Ella y Janet terminarán separadas por cerca de cinco mil kilómetros. Y una o las dos abandonarán ese trabajo.

—¿En qué forma eso es mejor que ser despedida? —pregunté, llena de ira.

—Lo tomaremos como venga, Kay.—Me miró. —He decidido separar a Ring del UEAS.

—Ten cuidado con lo que haces por mi culpa.

—Está hecho —dijo.

Fujitsubo no volvió a pasar por mi habitación hasta muy temprano a la mañana siguiente, momento en que con una sonrisa abrió las persianas para dejar entrar la luz del sol tan fuerte que me hizo doler los ojos.

—Buenos días —dijo—. Me alegra mucho que no parezcas estar enferma aquí, Kay.

—Entonces puedo irme —dije, lista para saltar de la cama en ese mismo momento.

—No tan rápido. —Se puso a revisar mi historia clínica. —Sé lo difícil que es esto para ti, pero no me sentiría tranquilo si te dejara ir tan rápido. Aguanta un poco más y, si todo sigue bien, podrás irte pasado mañana.

Cuando él se fue tuve ganas de llorar porque no creía poder tolerar una hora más de esa cuarentena. Sintiéndome desdichada, me senté debajo de las cobijas y miré hacia afuera. El cielo estaba azul con jirones de nubes debajo de la sombra pálida de una luna matinal. Más allá de mi ventana, los árboles estaban desnudos y se mecían con un viento suave. Pensé en mi casa de Richmond, en las plantas que tenía que trasplantar a macetas y en todo el trabajo apilado sobre mi escritorio. Quería caminar en medio del frío, cocinar bróculis y preparar sopa casera de cebada. Quería espaguetis con ricota o *frittata* rellena, y música y vino.

Durante la mitad del día no hice más que compadecerme de mí misma, mirar televisión y dormitar. Después entró la enfermera del otro turno con el teléfono y dijo que yo tenía una llamada. Esperé hasta que me la transfirieran y tomé el tubo como si fuera la cosa más excitante que me había ocurrido en la vida.

—Soy yo —dijo Lucy.

—Gracias a Dios. —Me fascinó escuchar su voz.

—Grans me dijo que te saludara. Se rumorea que ganaste el premio al peor paciente de la sala.

—El rumor es exacto. Hay tanto trabajo pendiente en mi oficina. Ojalá lo tuviera aquí.

—Necesitas descansar —dijo—. Para mantener altas tus defensas.

Sus palabras me hicieron preocupar de nuevo acerca de Wingo.

—¿Cómo es que no has estado en la laptop? —preguntó entonces.

Yo no contesté.

—Tía Kay, él no hablará con nosotros. Sólo lo hará contigo.

—Entonces uno de ustedes debe hacerse pasar por mí —respondí.

—De ninguna manera. Si él llega a darse cuenta de lo que ocurre, lo perderemos para siempre. Este tipo es tan inteligente que da miedo. Mi silencio fue suficiente comentario, y Lucy se apresuró a llenarlo.

—¿Qué? —dijo—. ¿Se supone que debo simular ser una patóloga forense que además tiene título de abogado y que ya ha trabajado en por lo menos uno de los casos de este individuo? No me parece.

—Yo no quiero conectarme con él, Lucy —dije—. Las personas como él se excitan de esa manera, quieren atraer la atención. Cuanto más entre yo en su juego, más lo alentaré. ¿En algún momento lo pensaste?

—Sí. Pero piensa también en esto. Si ese hombre desmembró a una persona o a veinte, seguirá haciendo cosas malvadas. La gente como él no se detiene. Y nosotros no tenemos idea, ni siquiera aproximada, de dónde demonios está.

—No es que yo tenga miedo por mí misma —dije.

—Sería natural que lo tuvieras.

—Es sólo que no quisiera empeorar las cosas —repetí.

Desde luego, ése fue siempre el riesgo cuando uno era creativa o agresiva en una investigación. El homicida nunca era completamente previsible. Tal vez era sólo algo que yo percibía, una vibración intuitiva que me llegaba desde muy adentro. Pero tenía la sensación de que este asesino era diferente y estaba motivado por algo que se hallaba más allá de nuestra comprensión. Temí que él supiera con exactitud lo que estábamos haciendo y que eso lo divirtiera.

—Ahora, háblame de ti —dije—. Janet estuvo aquí.

—No quiero entrar en ese tema. —En su tono se filtró una furia helada. —Tengo mejores maneras de pasar el tiempo.

—Yo estoy contigo y te apoyo, Lucy, en lo que quieras hacer.

—De eso siempre he estado segura. Y hay otra cosa con respecto a la cual todos pueden también estar seguros: no importa lo que cueste, Carrie se pudrirá en la cárcel y en el infierno después.

La enfermera había regresado a mi habitación para llevarse de nuevo el teléfono.

—No lo entiendo —me quejé en cuanto corté la comunicación—. Tengo una tarjeta telefónica, si eso es lo que la preocupa.

Ella sonrió.

—Son órdenes del coronel. Él quiere que usted descanse y sabe que no lo hará si puede hablar por teléfono todo el día.

—Estoy descansando —dije, pero ella ya se había ido.

Me pregunté por qué me permitía tener la laptop y sospeché que Lucy o alguien le había hablado. Al entrar en AOL, de nuevo tuve la sensación de una maquinación. Apenas había entrado en el *chat room* de M.F. cuando apareció *docmuert*, esta vez no como un mensaje instantáneo invisible sino como un miembro que podía ser oído y visto por cualquier otra persona que ingresara en el *chat room*.

DOCMUERT: dónde se había metido

SCARPETTA: ¿Quién es usted?

DOCMUERT: ya se lo dije

SCARPETTA: Usted no es yo.

DOCMUERT: él les dio el poder sobre los espíritus malignos para expulsarlos y curar toda clase de enfermedades y toda manifestación patofisiológica virus como el hiv nuestro esfuerzo darwiniano contra ellos ellos son malos o lo somos nosotros

SCARPETTA: Explíqueme lo que quiere decir.

DOCMUERT: hay doce

Pero él no tenía intenciones de explicarlo, al menos no ahora. El sistema me avisó que había abandonado la habitación. Esperé adentro un rato más para ver si volvía y me pregunté qué habría querido decir con eso de *doce*. Apreté un botón en la cabecera de la cama para llamar a la enfermera, quien comenzaba ya a hacerme sentir culpable. No sabía dónde esperaba ella del otro lado de la puerta, o si se ponía y se sacaba el traje azul cada vez que aparecía en mi cuarto o salía de él. Pero nada de esto podía resultar agradable, incluyendo mi actitud.

—Escuche —dije, cuando se me acercó—. ¿Habrá una Biblia aquí, en alguna parte?

Ella vaciló, como si jamás hubiera oído hablar de una cosa así.

—Caramba, no tengo la menor idea.

—¿Podría comprobarlo?

—¿Se siente bien? —preguntó y me observó con recelo.

—Perfectamente.

—Aquí hay una biblioteca. A lo mejor hay una en alguna parte. Lo siento, no soy muy religiosa. —Seguía hablando cuando salió del cuarto.

Volvió alrededor de una hora más tarde con una Biblia encuadernada en cuero negro, edición Cambridge Red

Letter, que ella aseguró se había llevado prestada de la oficina de alguien. La abrí y encontré un nombre escrito a mano en la primera página, y una fecha que indicaba que la Biblia le había sido regalada a su dueño en una ocasión especial casi diez años antes. Al comenzar a hojearla me di cuenta de que hacía meses que no asistía a misa. Envidié a la gente con una fe tan intensa que mantenía viva a su Biblia.

—¿Seguro que se siente bien? —preguntó la enfermera al acercarse a la puerta.

—Nunca me dijo cómo se llamaba —comenté.

—Sally.

—Me ha ayudado mucho y de veras lo aprecio. Sé que no es nada divertido trabajar el Día de Acción de Gracias.

Esto pareció complacerla y le dio suficiente confianza para decir:

—No es mi intención meterme en lo que no me importa, pero no pude evitar oír lo que dice la gente. Esa isla en Virginia de donde vino su caso, ¿allá lo único que hacen sus habitantes es pescar cangrejos?

—Así es —contesté.

—Cangrejos azules.

—Y cangrejos de caparazón blanda.

—¿A alguien le preocupa ese tema?

Sabía adónde quería llegar y, sí, yo estaba preocupada. Tenía una razón personal para estar preocupada por Wesley y por mí.

—Y envían esa mercadería a todo el país, ¿no es así? —prosiguió.

Asentí.

—¿Qué pasará si lo que esa señora tenía se transmite por el agua o los alimentos? —Sus ojos estaban brillantes debajo de la capucha. —Yo no vi su cuerpo, pero oí comentarios. Y dan miedo.

—Ya lo sé —dije—. Espero que pronto tengamos una respuesta para eso.

—A propósito, el almuerzo es pavo. No se haga demasiadas ilusiones.

Desconectó su línea de aire y dejó de hablar. Abrió la puerta, me saludó con la mano y salió. Yo me concentré en la concordancia de la Biblia y tuve que buscar durante un rato distintas palabras antes de encontrar el pasaje citado por *docmuert*. Estaba en Mateo 10, versículo primero, y decía en su totalidad: *Jesús convocó a sus doce discípulos y les dio el poder de expulsar a los espíritus impuros y de curar cualquier enfermedad o dolencia.*

El siguiente versículo pasaba a identificar a los discípulos por sus nombres, después de lo cual Jesús les dio la misión de salir y encontrar las ovejas perdidas, y predicarles que el reino de los cielos estaba próximo. Instruyó a sus discípulos para que curaran a los enfermos, purificaran a los leprosos, resucitaran a los muertos y expulsaran a los demonios. Mientras leía, no supe si este asesino que se hacía llamar *docmuert* tenía un mensaje en el que creía, si *doce* se refería a los discípulos o si sencillamente todo era un juego de su parte.

Me levanté, me acerqué a la ventana y miré hacia afuera cuando la luz empezó a menguar. Ahora anochecía temprano, y se había convertido en un hábito para mí observar a la gente apearse de sus automóviles. Su aliento se helaba, y la playa de estacionamiento estaba casi vacía a causa de la licencia forzosa del personal. Dos mujeres conversaban mientras una mantenía la puerta abierta de un Honda; ambas se encogían de hombros y gesticulaban con vehemencia, como si trataran de resolver los problemas más importantes de la vida. Permanecí allí observando a través de las persianas hasta que se alejaron en sus respectivos vehículos.

Traté de dormir temprano como un escape. Pero de nuevo mi sueño fue intermitente y cada tanto despertaba y arreglaba las cobijas. Por el interior de mis párpados flotaban imágenes proyectadas como viejas películas sin montaje y dispuestas en forma ilógica. Vi dos mujeres que hablaban junto a un buzón. Una tenía un lunar en la mejilla que se convirtió en erupciones por toda la cara, y ella se protegió los ojos con una mano. Después, palmeras zamarreadas por un viento tan fuerte como un huracán proveniente del mar, que les arrancaba la copa y las hacía volar por el aire. Un tronco desnudo, una mesa ensangrentada cubierta con manos y pies seccionados.

Me incorporé en la cama empapada de sudor y esperé a que mis músculos dejaran de crisparse. Era como si existiera un trastorno eléctrico en todo mi sistema y en cualquier momento yo fuera a tener un ataque cardíaco o un derrame cerebral. Comencé a hacer respiraciones profundas y lentas para blanquearme la mente. No me moví. Cuando las visiones cesaron, toqué el timbre para llamar a la enfermera.

Al ver la expresión de mi cara, ella no discutió mi pedido de un teléfono. Me lo trajo enseguida y cuando se fue llamé a Marino.

—¿Todavía estás en la cárcel? —preguntó desde el otro extremo de la línea.

—Creo que él mató a su conejillo de Indias —dije.

—Un momento. ¿Qué tal si empiezas de nuevo?

—*Docmuert*. La mujer que mató y desmembró puede haber sido su conejillo de Indias. Una persona que él conocía y a la que tenía acceso con facilidad.

—Tengo que confesar, Doc, que no tengo la menor idea de lo que estás diciendo. —Por su tono me di cuenta de que mi estado mental le preocupaba.

—Por eso tiene sentido que no pudiera mirarla. El *modus operandi* tiene mucho sentido.

—Ahora sí que me tienes confundido.

—Si quisieras encontrar una manera de asesinar gente por intermedio de un virus —expliqué—, primero tendrías que descubrir cómo hacerlo. La vía de transmisión, por ejemplo. ¿Es una comida, una bebida, el polvo? En el caso de la viruela, la transmisión es por aire, diseminada por gotitas o por fluido procedente de las lesiones. La enfermedad puede ser transportada por una persona o por su ropa.

—Empecemos con esto —dijo—: ¿De dónde obtuvo esta persona el virus, en primer lugar? No es exactamente algo que se ordena por correo.

—No lo sé. Que yo sepa, hay sólo dos lugares en el mundo que tienen viruela archivada. El CCPE y un laboratorio en Moscú.

—De modo que a lo mejor esto es un complot ruso —dijo, con ironía.

—Permíteme que te describa un guión posible —dije—. El asesino tiene inquina, incluso quizás imagine que le ha sido encomendada la misión religiosa de hacer que vuelva a instalarse una de las peores enfermedades que este planeta ha conocido. Tiene que encontrar la manera de infectar a personas por azar y estar seguro de que su método funciona.

—O sea que necesita un conejillo de Indias —dijo Marino.

—Sí. Y supongamos que tiene una vecina, una parienta, alguien de edad y sin demasiada salud. Hasta es posible que él se ocupe de cuidarla. ¿Qué mejor manera de probar el virus que en esa persona? Y si funciona, la mata y dispone todo para que parezca otra cosa. Después de todo, no puede permitir que ella muera de viruela. Sobre todo si existe una conexión entre él y ella. Podríamos descubrir quién es él. Así que le dispara un tiro en la cabeza y la desmiembra para que pensemos que una vez más es obra del autor de asesinatos en serie.

—¿Y cómo pasas de allí a la señora de Tangier?

—Ella fue expuesta al virus —me limité a contestar.

—¿Cómo? ¿Por algo que se le entregó? ¿Recibió algo por correo? ¿Se transmitió por aire? ¿Se lo inocularon cuando dormía?

—No sé cómo.

—¿Crees que *docmuert* vive en Tangier? —preguntó entonces Marino.

—No, no lo creo —respondí—. Creo que él la eligió porque esa isla es el lugar perfecto para iniciar una epidemia. Es pequeña y se autoabastece. También es fácil de mantener en cuarentena, lo cual significa que el asesino no se propone aniquilar a toda la sociedad de un solo saque. Lo intenta de a pequeños pedazos, cortándonos en pequeños trozos.

—Sí. Como hizo con la vieja, si estás en lo cierto.

—Él quiere algo —dije—. Lo de Tangier es su manera de atraer la atención.

—Por la mañana me voy a Atlanta. ¿Qué tal si le preguntas a Vander si tuvo suerte con la huella del pulgar?

—Hasta el momento no la tuvo. Todo parece indicar que la víctima no tiene huellas en los registros. Si hay alguna novedad al respecto, te avisaré por tu radiomensaje.

"Maldición" —murmuré, porque también eso se lo había llevado la enfermera.

El resto del día transcurrió con una lentitud interminable, y sólo después de la cena vino Fujitsubo para despedirse. Aunque el acto de dejarme ir implicaba que yo no estaba infectada ni era infecciosa, él tenía puesto un traje azul, que conectó con la línea de aire.

—Debería mantenerte aquí más tiempo —fue lo primero que dijo, algo que me llenó de miedo el corazón—. El tiempo promedio de incubación es de entre doce y trece días. Pero también puede estirarse a veintiuno. Lo que te estoy diciendo es que todavía cabe la posibilidad de que enfermes.

—Lo entiendo —dije, y busqué mi vaso con agua.

—La revacunación puede o no ayudar, dependiendo de la etapa en que estabas cuando te la apliqué.

Yo asentí.

—Y yo no tendría tanto apuro por irme si tú te encargaras de seguir con esto en lugar de enviarme al CCPE.

—Kay, no puedo. —Su voz estaba amortiguada por el plástico. —Tú sabes que no tiene nada que ver con lo que tengo ganas de hacer. Pero yo no puedo quitarle esto al CCPE, del mismo modo en que tú no podrías apoderarte de un caso que no está en tu jurisdicción. Hablé con ellos. Les preocupa mucho un posible brote y comenzarán con las pruebas en cuanto tú llegues con las muestras.

—Temo que el terrorismo pueda estar involucrado en esto. —Me negué a retroceder.

—Hasta que existan pruebas de ello —y espero que no las haya—, aquí no podemos hacer nada más por ti. —Su pesar era sincero. —Ve a Atlanta y escucha lo que ellos tienen para decir. También ellos están operando con un personal muy reducido. El momento elegido no podría ser peor.

—O quizá más deliberado —dije—. Si tú fueras una mala persona que planea cometer asesinatos en serie con un virus, ¿qué mejor momento para hacerlo que cuando las agencias federales de salud más significativas se encuentran *in extremis*? Y este asunto de las licencias forzosas seguirá por un tiempo y no se prevé que termine pronto.

Él se quedó callado.

—John —continué—, tú ayudaste con la autopsia. ¿Alguna vez viste una enfermedad así?

—Sólo en los libros de texto —contestó con tono sombrío.

—¿Cómo es que la viruela aparece de pronto, así como así?

—Si se trata de viruela.

—Lo que sea, es una enfermedad virulenta y mata —dije, tratando de hacerlo entrar en razones.

—Pero él no podía hacer nada más, y durante el resto de la noche deambulé de un cuarto a otro en AOL. Cada hora verificaba mi correo electrónico. *Docmuert* permaneció en silencio hasta las seis de la mañana siguiente, momento en que entró en el cuarto rotulado M.F. El corazón me dio un vuelco cuando su nombre apareció en la pantalla. Mi adrenalina comenzó a fluir como siempre lo hacía cuando él me hablaba. *Docmuert* estaba en línea, y ahora todo dependía de mí. Podía apresarlo si tan sólo lograba hacerlo pisar el palito.

DOCMUERT: el domingo fui a la iglesia apuesto a que usted no lo hizo

SCARPETTA: ¿De qué trató la homilía?

DOCMUERT: el sermón

SCARPETTA: Usted no es católico.

DOCMUERT: cuídese de los hombres

SCARPETTA: Mateo, capítulo 10. Dígame qué quiere decir.

DOCMUERT: para decir que lo lamenta

SCARPETTA: ¿Quién es él? ¿Y qué hizo?

DOCMUERT: el cáliz que yo he de beber lo beberéis

Antes de que yo tuviera tiempo de responder él desapareció, y entonces me puse a hojear la Biblia. El versículo que esta vez citó pertenecía a Marcos y, una vez más, el que hablaba era Jesús, lo cual me dio a entender, si no otra cosa, que *docmuert* no era judío. Basándome en sus comentarios sobre la iglesia, tampoco era católico. Yo no era teóloga, pero beber del cáliz me pareció que se refería a la posterior crucifixión de Cristo. ¿De modo que *docmuert* había sido crucificado y también yo lo sería?

Eran mis últimas horas allí y Sally, mi enfermera, se mostró más liberal con el teléfono. Traté de comunicarme con Lucy, quien casi enseguida me devolvió el llamado.

—Estuve hablando con él —dije—. ¿Ustedes estuvieron presentes?

—Sí. Pero es necesario que él se quede más tiempo *online* —dijo mi sobrina—. Hay demasiadas líneas troncales y tenemos que convocar a todas las compañías telefónicas para seguirle el rastro. Tu último llamado provino de Dallas.

—Bromeas —dije, desalentada.

—Ése no es el origen, sino sólo un *switch* por el que se lo canalizó. No llegamos más lejos porque él se desconectó. Sigue intentándolo. Parece que este tipo es una especie de fanático religioso.

CAPÍTULO
11

Más tarde, esa misma mañana, me fui en un taxi cuando el sol comenzaba a ascender bien alto entre las nubes. Yo sólo tenía mi ropa en la espalda, toda la cual había sido esterilizada en el autoclave o sometida a gases. Estaba apurada y sostenía una gran caja de cartón blanco en la que estaba impresa la leyenda MATERIAL PERECEDERO ¡RAPIDO! ¡RAPIDO! IMPORTANTE MANTENER EN POSICION VERTICAL y otras advertencias similares.

Como un rompecabezas chino, en mi paquete había cajas dentro de cajas que contenían BioPacks. Dentro de estos últimos había Biotubos con el hígado, el bazo y el líquido céfalorraquídeo de Lila Pruitt, protegidos por escudos de láminas de fibra y cartón corrugado y papel con burbujas. Todo estaba empaquetado con hielo seco y llevaba rótulos autoadhesivos que rezaban SUSTANCIA INFECCIOSA Y PELIGRO que advertían a cualquiera que pasara más allá de la primera capa. Obviamente, yo no podía perder de vista mi cargamento. Además del evidente peligro, podía ser considerado prueba si resultaba que a Pruitt la habían asesinado. En el aeropuerto Baltimore-Washington International encontré un teléfono público y llamé a Rose.

—El CIMEI tiene mi maletín médico y el microscopio. —No perdí tiempo. —Ve qué puedes hacer para que me lo envíen esta misma noche. Estoy en BWI, camino al CCPE.

—He estado tratando de comunicarme con usted por su radiollamada —dijo ella.

233

—A lo mejor me devuelven eso también. —Traté de recordar qué más me faltaba. —Y el teléfono —añadí.

—Recibió un informe que tal vez encuentre interesante. Los pelos de animal que aparecieron con el torso. Son pelos de conejo y de mono.

—Qué extraño —fue lo único que se me ocurrió decir.

—Detesto tener que darle esta noticia, pero los medios de comunicación la estuvieron llamando por el asunto de Carrie Grethen. Al parecer, algo se ha filtrado.

—¡Maldición! —exclamé y enseguida pensé en Ring.

—¿Qué quiere que yo haga? —me preguntó.

—¿Qué tal si llamas a Benton? Yo no sé qué decir. Estoy un poco abrumada.

—Eso parece por su voz.

Consulté mi reloj.

—Rose, tengo que luchar para poder abordar ese avión. No querían dejarme pasar por el control de rayos X, y sé lo que ocurrirá cuando trate de subir al avión con esta cosa.

Sucedió exactamente como lo supuse. Cuando entré en la cabina, una asistente de vuelo me miró y sonrió.

—Permítame —dijo y extendió las manos—. Le guardaré esto entre los equipajes.

—Debo llevarlo conmigo —dije.

—No cabrá en el portaequipajes superior ni debajo de su asiento, señora. —Su sonrisa se tensó y la fila de personas que había detrás de mí se hizo más larga.

—¿Podemos discutir esto en otro lugar? —dije mientras avanzaba hacia la cocina.

Ella estaba muy cerca de mí.

—Señora, este vuelo está sobrevendido. Sencillamente no tenemos lugar.

—Tome. Mire esto —dije, y le mostré una serie de papeles.

Ella repasó con la mirada la Declaración de Mercaderías Peligrosas y quedó paralizada al leer una columna en la que estaba escrito a máquina que yo transportaba "Sustancias infecciosas que afectan a los seres humanos". Muy nerviosa, paseó la vista por la cocina y me llevó más cerca de los baños.

—Las normas exigen que sólo una persona entrenada manipule mercadería peligrosa como ésta —le expliqué—. Así que tiene que quedarse conmigo.

—¿Qué es? —preguntó en voz muy baja, los ojos abiertos de par en par.

—Especímenes de autopsia.

—Madre santa.

Enseguida buscó su diagrama con las disponibilidades de asientos. Poco después me escoltó a una hilera vacía en primera clase, cerca de la parte de atrás.

—Póngalo en el asiento de al lado. ¿No perderá líquido o algo así? —preguntó.

—Lo custodiaré con mi vida —prometí.

—Deberíamos tener bastantes asientos vacíos aquí arriba, a menos que un grupo de personas decidan subir de clase. Pero no se preocupe. Yo me ocuparé de conducirlos. —Movió los brazos como si estuviera manejando un volante.

Nadie se acercó a mí ni a mi caja. Bebí café durante un vuelo muy tranquilo a Atlanta y me sentí desnuda sin mi aparato de radiollamada ni mi teléfono, pero me encantó la sensación de andar por mi cuenta. Una vez en el aeropuerto de Atlanta, tomé una cinta transportadora y una escalera mecánica después de otra y tuve la impresión de haber viajado kilómetros antes de salir al exterior y encontrar un taxi.

Seguimos la 85 Norte hacia Druid Hills Road, donde pronto pasábamos frente a casas de empeño y locales de alquiler de automóviles y, después, a vastas junglas de arbustos y enredaderas, y centros comerciales. El Centro para el Control y la Prevención de Enfermedades estaba ubicado en medio de playas de estacionamiento de la Universidad Emory. Frente a la Asociación Norteamericana de Cáncer, el CCPE tenía seis plantas de ladrillo color beige ribeteados con gris. Me registré en un mostrador que tenía guardias y circuito cerrado de televisión.

—Esto va al Bio Nivel 4, donde tengo previsto reunirme con el doctor Bret Martin en el patio interior —expliqué.

—Señora, usted necesitará una escolta —me dijo uno de los guardias.

—Espléndido —dije mientras él tomaba un teléfono—. Siempre me pierdo.

Lo seguí a la parte posterior del edificio, donde el edificio era nuevo y estaba bajo una intensa vigilancia. Había cámaras por todas partes, el vidrio era a prueba de balas y los corredores eran pasadizos angostos con pisos enrejados. Pasamos frente a los laboratorios de bacterias y gripe, y al sector de ladrillo rojo y concreto para rabia y SIDA.

—Esto es impresionante —dije, porque hacía varios años que no estaba allí.

—Sí, lo es. Tienen toda la seguridad que se le antoje. Cámaras, detectores de movimiento en todas las salidas y entradas. Toda la basura es hervida y quemada, y utilizan estos filtros para el aire para que cualquier cosa que transporte muera. Salvo los científicos. —Se echó a reír y utilizó una tarjeta para abrir una puerta. —¿Qué malas noticias trae allí?

—Estoy aquí para averiguarlo —dije, y ahora ya estábamos en el patio interior.

BN-4, de gruesas paredes de concreto y acero, era en realidad un edificio dentro de un edificio, y sus ventanas estaban cubiertas con persianas. Los laboratorios estaban detrás de gruesas paredes de vidrio, y los únicos científicos de atuendo azul que trabajaban en ese día de licencias forzosas eran aquellos a quienes su tarea les importaba lo suficiente como para presentarse de todos modos.

—Este asunto con el gobierno —me decía el guardia mientras sacudía la cabeza—. ¿Qué opinan ellos? ¿Las enfermedades como el Ébola esperarán hasta que se pongan de acuerdo con respecto al presupuesto? —Volvió a sacudir la cabeza.

Me escoltó más allá de las salas de aislamiento, que estaban oscuras, y de laboratorios sin nadie adentro, y luego jaulas para conejos vacías en un pasillo y habitaciones para primates de gran tamaño. Un mono me miró por entre barrotes y vidrio, sus ojos tan humanos que me desconcertaron, y pensé en lo que Rose había dicho. *Docmuert* había transferido pelos de mono y de conejo a una víctima que yo sabía había tocado. Cabía la posibilidad de que trabajara en un lugar como ése.

—Le tiran basura a uno —dijo el guardia cuando seguimos caminando—. Lo mismo que hacen los activistas de los derechos de los animales. Concuerda, ¿no lo cree?

Mi ansiedad crecía.

—¿Adónde vamos? —pregunté.

—Adonde el buen doctor me dijo que la llevara, señora —respondió él, y llegamos a otro nivel de pasadizos que conducían a otra parte del edificio.

Traspusimos una puerta, y allí los refrigeradores Revco de ultrabaja temperatura parecían computadoras del tamaño de enormes fotocopiadoras. Estaban cerrados con llave y fuera de lugar en ese pasillo, en el que un hombre corpulento con guardapolvo me esperaba. Tenía pelo rubio y finito como el de un bebé, y transpiraba.

—Soy Bret Martin —dijo, y me tendió la mano—. Gracias. —Inclinó la cabeza en dirección al guardia, para indicarle que podía retirarse.

Le entregué a Martin mi caja de cartón.

—Aquí es donde guardamos nuestra provisión de viruela —dijo, asintió en dirección a los refrigeradores y puso mi caja encima de uno de ellos—. Cerrada con llave a

setenta grados centígrados bajo cero. ¿Qué puedo decir?
—Se encogió de hombros. —Estos refrigeradores están en el hall porque no tenemos ningún otro lugar de máximo aislamiento. Es una coincidencia que usted me entregue esto a mí. No quiero decir con ello que espero que su enfermedad sea la misma.

—¿Todo esto es viruela? —pregunté, asombrada, mientras paseaba la vista por el lugar.

—No todo, y no por demasiado tiempo, puesto que por primera vez en este planeta hemos tomado la decisión consciente de eliminar la especie.

—Qué ironía —dije—. Cuando la especie a la que se refiere ha eliminado a millones de personas.

—De modo que usted piensa que deberíamos tomar toda esta fuente de enfermedad y ponerla en un autoclave.

Su expresión me dijo lo que yo estaba acostumbrada a escuchar. La vida era mucho más complicada de lo que yo la presentaba, y sólo las personas como él reconocían las tonalidades más sutiles.

—Yo no digo que deberíamos destruir nada —contesté—. En absoluto. De hecho, es probable que no debamos hacerlo. Debido a esto. —Miré la caja que acababa de darle. —El hecho de que destruyamos la viruela en un autoclave no significará que ha desaparecido. Supongo que es como cualquier otra arma.

—Yo opino lo mismo. Me gustaría saber dónde ocultan en la actualidad los rusos su provisión de virus variola, y si han vendido alguna parte al Oriente Medio, Corea del Norte.

—¿Le hará PCR a esto? —pregunté.

—Sí.

—¿Enseguida?

—Lo antes posible.

—Por favor —dije—. Esto es una emergencia.

—Por eso estoy aquí en este momento —dijo él—. El gobierno me considera no esencial. Yo debería estar en casa.

—Tengo fotografías que el CIMEI tuvo la amabilidad de procesar mientras yo estuve en el Slammer —dije con un dejo de ironía.

—Quiero verlas.

Tomamos el ascensor y nos bajamos en el tercer piso. Él me condujo a una sala de reuniones donde el personal se reunía para diseñar estrategias contra terribles flagelos que no siempre conseguían identificar. A la reunión solían concurrir bacteriólogos, epidemiólogos, personas a cargo de cuarentenas, comunicaciones, agentes patógenos especiales y PCR. Pero en ese momento sólo estábamos él y yo.

—En este momento —dijo Martin—, yo soy lo único que usted tiene.

Saqué un sobre grueso de la cartera y él se puso a mirar las fotografías. Por un momento pareció transfigurarse al observar las copias en color del torso y las de Lila Pruitt.

—Dios mío —dijo—. Creo que deberíamos ocuparnos enseguida de las vías de transmisión. Todos los que pudieron haber tenido contacto. Y quiero decir ya mismo.

—Podemos hacerlo en Tangier —dije—. Tal vez.

—Decididamente no es varicela ni sarampión. De ninguna manera —dijo—. Y decididamente está relacionado con una enfermedad eruptiva.

Con ojos abiertos de par en par miró las fotografías de las manos y pies seccionados.

—¡Qué espanto! —Miraba sin parpadear, y la luz se le reflejaba en los anteojos. —¿Qué demonios es esto?

—Se hace llamar *docmuert* —contesté—. Me envió archivos gráficos por AOL. Anónimamente, desde luego. El FBI trata de rastrearlo.

—¿Y su víctima es ésta, y él la desmembró?

Asentí.

—Ella también tiene manifestaciones similares a las de la víctima de Tangier. —Él miraba las vesículas del torso.

—Sí.

—¿Sabe? La viruela de los monos me preocupa desde hace años —dijo—. Revisamos la parte occidental del África, desde Zaire a Sierra Leona, donde se presentaron los casos, junto a la *variola mitigata*. Pero hasta el momento no apareció ningún *virus variola*. Sin embargo, mi temor es que uno de estos días un *poxvirus* del reino animal encontrará la manera de infectar a las personas.

De nuevo, pensé en mi conversación telefónica con Rose, en el asesinato y los pelos de animales.

—Lo único que sucederá es que, digamos, el microorganismo ingresará en el aire y encontrará un huésped susceptible.

Él volvió a centrarse en Lila Pruitt, en su cuerpo desfigurado y atormentado sobre esa cama sucia.

—Es evidente que ella estuvo expuesta a suficiente virus como para que le causara esta enfermedad devastadora —dijo, y estaba tan enfrascado que parecía hablar consigo mismo.

—Doctor Martin —dije—. ¿Los monos contraen viruela o son sólo los portadores?

—La contraen y la contagian allí donde se produce contacto animal, como en las selvas húmedas de África. Existen nueve *poxvirus* virulentos conocidos en este planeta, y la transmisión a los seres humanos ocurre sólo en dos. El *virus variola*, o viruela, que gracias a Dios ya no vemos, y el *molluscum contagiosum* o epitelial.

—En el torso se encontraron rastros que se identificaron como pelo de mono.

Él giró la cabeza para mirarme y frunció el entrecejo.

—¿Qué?

—Y también pelo de conejo. Me pregunto si alguien estará llevando a cabo sus propios experimentos de laboratorio.

Él se puso de pie.

—Empezaremos con esto ahora mismo. ¿Dónde puedo localizarla?

—En Richmond. —Le entregué mi tarjeta mientras salíamos de la sala de reuniones. —¿Cree que alguien podría llamar pidiendo un taxi para mí?

—Desde luego. Uno de los guardias del mostrador. Me temo que hoy no hay aquí personal de oficina.

Con la caja en las manos, oprimió el botón de llamada del ascensor con el codo.

—Es una pesadilla. Tenemos salmonella en Orlando por jugo de naranja no pasteurizado, otro brote potencial de E.Coli O-uno-cinco-siete-H-siete en un barco crucero, probablemente por carne picada no suficientemente cocida. Botulismo en Rhode Island, y una afección respiratoria en un geriátrico. Y el Congreso no quiere otorgarnos fondos para trabajar.

—Hábleme de ello —dije.

Nos detuvimos en cada piso y esperamos a que otras personas subieran al ascensor. Martin siguió hablando.

—Imagine esto —continuó—. Un *resort* en Iowa donde tenemos sospechas de *shigella,* porque mucha lluvia anegó los pozos privados. Y trate de conseguir que el EPA se involucre.

—Se llama *misión imposible* —dijo alguien con ironía cuando las puertas volvieron a abrirse.

—Si es que siguen existiendo —bromeó Martin—. Recibimos catorce mil llamados por año y sólo tenemos dos operadores telefónicos. De hecho, ahora no tenemos ninguno. Cualquiera que entra contesta el teléfono. Incluyéndome a mí.

—Por favor, no permita que esto se demore —dije cuando llegamos al lobby.

—No se preocupe. Ya tengo pensados tres tipos a los que llamaré en cuanto llegue a casa.

Durante media hora esperé en el lobby y hablé por teléfono y, finalmente, llegó mi taxi. Viajé en silencio mientras observaba por la ventanilla plazas de granito y mármol bruñido, complejos deportivos que me recordaron las Olimpíadas y edificios de plata y cristal. Atlanta era una ciudad donde todo tendía hacia lo alto, y las espléndidas fuentes parecían un símbolo de generosidad y de ausencia de miedo. Me sentía mareada y con frío y demasiado cansada por ser una persona que acaba de pasar casi toda una semana en la cama. Cuando llegué al portón de Delta ya comenzaba a sentir dolor de espalda. No conseguía caldearme ni pensar con claridad, y supe que tenía fiebre.

Estaba enferma al llegar a Richmond. Cuando Marino se encontró conmigo en el portón, una expresión de miedo apareció en su cara.

—Dios, Doc —dijo—. Tienes un aspecto espantoso.

—Me siento espantosamente mal.

—¿Traes equipaje?

—No. ¿Tú tienes alguna noticia?

—Sí —respondió—. Un chismecito que te pondrá furiosa. Anoche Ring arrestó a Keith Pleasants.

—¿Acusado de qué? —exclamé mientras tosía.

—De intento de huida. Al parecer, Ring lo siguió cuando salió del basural después de terminar su turno de trabajo y trató de arrestarlo por exceso de velocidad. Al parecer, Pleasants no detuvo el vehículo. Así que ahora está en la cárcel, y le fijaron una fianza de cinco mil dólares, ¿puedes creerlo? Así que por un tiempo no irá a ninguna parte.

—Acosamiento —dije y me soné la nariz—. Ring lo está fastidiando. Hace lo mismo con Lucy y conmigo.

—No jodas. Creo que tal vez deberías haberte quedado en Maryland, en la cama —dijo cuando subimos a la escalera mecánica—. No te ofendas, pero, ¿no me contagiaré?

A Marino lo aterraba todo lo que no podía ver, fuera una radiación o un virus.

—No sé lo que tengo —dije—. A lo mejor es una gripe.

—La última vez que me pesqué una estuve en cama durante dos semanas. —Su andar se hizo más lento, así que no se mantuvo a la par conmigo. —Además, has estado cerca de otras cosas.

—Entonces no te acerques a mí, ni me toques ni me beses —dije con brusquedad.

—Epa, no te preocupes.

Esto continuó cuando salimos al frío de la tarde.

—Mira, tomaré un taxi a casa —dije, y me sentía tan furiosa con él que estaba al borde del llanto.

—No quiero que hagas eso. —Marino parecía asustado y estaba muy nervioso.

Yo agité el brazo, tragué fuerte y escondí la cara mientras un taxi Blue Bird giraba hacia mí.

—Tú no necesitas engriparte. Y tampoco Rose. Nadie lo necesita —dije, hecha una furia—. ¿Sabes? Casi no tengo efectivo. Esto es terrible. Y mira mi traje. ¿Crees que un autoclave plancha algo o deja un olor agradable? A la mierda con mis medias. No tengo abrigo ni guantes. Aquí estoy, y ¿qué temperatura hace? —Abrí la portezuela trasera de un taxi color azul. ¿Un grado bajo cero?

Marino me observó subir al vehículo. Me entregó un billete de veinte dólares y procuró que sus dedos no rozaran siquiera los míos.

—¿Necesitas que te compre algo? —gritó mientras yo me alejaba en el taxi.

Sentía la garganta y los ojos llenos de lágrimas. Busqué pañuelos de papel en la cartera, me soné la nariz y me eché a llorar.

—No quisiera molestarla, señora —dijo el conductor, un hombre de edad bastante corpulento—, pero, ¿adónde la llevo?

—A Windsor Farms. Le indicaré el camino cuando lleguemos allí —contesté y casi me atraganté al decirlo.

—Peleas. —El hombre sacudió la cabeza. —¿No las detesta? Recuerdo una vez que mi esposa y yo nos pusimos a discutir en uno de esos restaurantes de tenedor libre. Ella se llevó el auto y yo tuve que hacer dedo. Quedaba a ocho kilómetros de casa, y había que pasar por la peor parte de la ciudad.

El individuo asentía y me miraba por el espejo retrovisor, mientras daba por sentado que Marino y yo acabábamos de tener una pelea típica de enamorados.

—¿Así que está casada con un policía? —dijo después—. Lo vi llegar. Yo los detecto enseguida aunque conduzcan un auto sin marcas.

La cabeza se me partía y la cara me ardía. Me eché hacia atrás en el asiento y cerré los ojos mientras él seguía hablando sobre cómo solía ser la vida antes en Filadelfia, y que esperaba que este invierno no trajera mucha nieve. Me adormilé con un sopor afiebrado. Cuando desperté no sabía dónde estaba.

—Señora. señora. Ya llegamos —decía el conductor en voz alta para despertarme—. ¿Ahora adónde vamos?

Acababa de doblar a Canterbury y estaba detenido delante de la luz roja de un semáforo.

—Siga un poco y doble a la derecha en Dover —repliqué.

Le indiqué cómo llegar a mi vecindario y en su rostro apareció una expresión de total sorpresa al pasar frente a mansiones estilo georgiano y Tudor en grandes propiedades detrás de muros, en el barrio más caro de la ciudad. Cuando detuvo el vehículo en la puerta de mi casa, me observó con atención mientras me apeaba.

—No se preocupe —comentó cuando yo le entregué el billete de veinte dólares y le dije que se quedara con el cambio—. Yo lo he visto todo, señora, y jamás digo nada. —Y simuló cerrarse la boca con un cierre automático mientras me guiñaba un ojo.

Yo era la esposa de un hombre rico que tenía una aventura con un detective.

—Una buena filosofía —dije, entre toses.

La alarma contra ladrones me recibió con su "bip" de advertencia y nunca antes sentí tanto alivio de estar en casa.

No perdí tiempo en sacarme esa ropa escaldada y meterme bajo la ducha caliente, donde inhalé vapor y traté de aclarar el ruido de mis pulmones. En el momento en que me envolvía en una gruesa bata de tela de toalla, sonó la campanilla del teléfono. Eran exactamente las cuatro de la tarde.

—¿Doctora Scarpetta? —El que llamaba era Fielding.

—Acabo de llegar a casa —dije.

—Por su voz no está nada bien.

—No lo estoy.

—Bueno, mis noticias no le levantarán precisamente el ánimo —dijo—. Es posible que haya dos casos más en Tangier.

—Oh, no —dije.

—Una madre y su hija. Temperatura de cuarenta y medio y erupción. El CCPE desplegó allí un equipo con carpas de aislación en nueve metros a la redonda.

—¿Cómo está Wingo? —pregunté.

Él calló un momento, como desconcertado.

—Muy bien. ¿Por qué?

—Él ayudó con el torso —le recordé.

—Ah, sí. Bueno, está igual que siempre.

Aliviada, me senté y cerré los ojos.

—¿Qué ocurre con las muestras que llevó a Atlanta? —preguntó Fielding.

—Están haciendo pruebas, espero, con las pocas personas con que pueden contar en este momento.

—De modo que todavía no sabemos qué es esto.

—Jack, todo indica que es viruela —le dije—. Eso es lo que parece hasta el momento.

—Yo nunca vi ningún caso. ¿Usted sí?

—No, antes de ahora. Es posible que la lepra sea peor. Ya es bastante triste morir de una enfermedad, pero quedar desfigurado en el proceso es algo realmente cruel. —Volví a toser y de pronto sentí mucha sed. —Te veré en la mañana y ya pensaremos qué hacer.

—Por la voz no me parece que usted deba ir a ninguna parte.

—Tienes toda la razón. Pero yo no tengo otra opción.

Colgué y traté de comunicarme con Bret Martin en el CCPE, pero atendió un contestador automático y él no me volvió a llamar. También le dejé un mensaje a Fujitsubo, pero tampoco él me devolvió el llamado, y supuse que estaría en su casa, como la mayoría de sus colegas. La guerra del presupuesto estaba en pleno apogeo.

—Maldición —exclamé mientras ponía una pava al fuego y buscaba té en una alacena. —Maldición, maldición, maldición.

No eran todavía las cinco cuando llamé a Wesley. En Quantico, finalmente, la gente no había dejado de trabajar.

—Gracias a Dios que alguien contesta los teléfonos en alguna parte —le espeté a su secretaria.

—Todavía no se han dado cuenta de que no soy indispensable —me dijo.

—¿Wesley está? —pregunté.

Él apareció en línea y su voz era tan enérgica y alegre que enseguida me irritó.

—No tienes derecho de sentirte tan bien —dije.

—Tú tienes gripe.

—No sé lo que tengo.

—Pero es eso, ¿verdad que sí? —Estaba preocupado y su estado de ánimo cambió.

—No lo sé. Sólo puedo suponerlo.

—No quiero ser alarmista, pero...

—Entonces no lo seas —lo interrumpí.

—Kay —su voz era firme—. Tienes que enfrentarlo. ¿Y si no es gripe?

No dije nada porque no podía tolerar pensarlo siquiera.

—Por favor —dijo él—. No te engañes. No simules que no es nada, como sueles hacer con todas las cosas en tu vida.

—Me estás volviendo loca —salté—. Yo tomo un vuelo a este maldito aeropuerto y Marino no me quiere traer en su auto así que tomo un taxi, y el conductor piensa que mantengo una aventura y que mi marido adinerado no lo sabe, y todo el tiempo tengo fiebre y un terrible dolor de cabeza y sólo quiero estar en casa.

—¿El chofer del taxi cree que mantienes una aventura?

—Olvídalo.

—¿Cómo sabes que tienes gripe? ¿Que no es otra cosa?

—No tengo erupción. ¿Eso es lo que querías oír?

Silencio prolongado. Después, él dijo:

—¿Y si te aparece?

—Entonces posiblemente moriré, Benton —respondí y volví a toser—. Lo más probable es que nunca más vuelvas a tocarme. Y que yo tampoco quiera que vuelvas a verme, si esto sigue su curso. Es más fácil preocuparse por autores de asesinatos en serie, personas a las que se puede eliminar con una pistola. Pero las cosas invisibles son las que siempre he temido. Te toman en un día soleado y en un lugar público. Se deslizan en tu interior como la limonada. Yo he sido vacunada contra la hepatitis B. Pero ése es sólo un asesino de una población inmensa. ¿Qué me dices de la tuberculosis y el HIV, y el Hanta y el Ébola? ¿Y esto? Dios.

—Respiré hondo. —Todo empezó con un torso y yo no lo sabía.

—Me enteré de que hay dos nuevos casos —dijo, y su voz se había vuelto más serena y suave. —Yo puedo estar allí en dos horas. ¿Quieres verme?

—En este momento no quiero ver a nadie.

—No importa. Voy para allá.

—Benton —dije—, no lo hagas.

Pero él lo había decidido, y cuando entró en el sendero de casa con su BMW era casi la medianoche. Lo recibí en la puerta y no nos tocamos.

—Sentémonos un rato frente al fuego —dijo.

—Lo hicimos, y él tuvo la bondad de prepararme otra taza de té descafeinado. Yo me senté en el sofá y él en una silla al costado, y las llamas alimentadas por gas lamieron un tronco artificial. Yo había disminuido la iluminación del cuarto.

—No dudo de tu teoría —dijo mientras se demoraba con el coñac.

—Tal vez mañana sabremos más. —Yo transpiraba y temblaba con la vista fija en el fuego.

—En este momento eso me importa un pepino. —Me miró con intensidad.

—Tiene que importarte. —Me sequé la frente con una manga.

—No.

Me quedé callada mientras él me miraba fijo.

—Lo único que me importa eres tú —dijo.

Yo no respondí.

—Kay. —Me tomó del brazo.

—No me toques, Benton. —Cerré los ojos. —No lo hagas. No quiero que también tú te enfermes.

—¿Ves? justo lo que te conviene. Estar enferma. Y yo no puedo tocarte. Y tú, la noble doctora, piensas más en mi bienestar que en el tuyo.

Yo no dije nada y traté de no llorar.

—Insisto, es lo que te conviene. En este momento quieres estar enferma para que nadie se te acerque. Marino ni siquiera te trae a tu casa. Y yo no puedo ponerte las manos encima. Y Lucy no quiere verte y Janet tiene que hablar contigo del otro lado de un panel de vidrio.

—¿Adónde quieres ir a parar? —Lo miré.

—Es una enfermedad funcional.

—Sí, claro. Supongo que eso lo estudiaste en la escuela. Quizá durante tu master en psicología o algo así.

—No te burles de mí.

—Nunca lo hice.

Sentí que mis palabras le dolían y giré la cara en dirección al fuego, los ojos muy apretados.

—Kay. No se te ocurra morirte.

Yo no hablé.

—No se te ocurra. —Lo dijo con voz entrecortada. —¡Ni se te ocurra!

—No te librarás de mí con tanta facilidad —dije, y me puse de pie—. Vámonos a la cama.

Él durmió en el cuarto en el que por lo general se quedaba Lucy, y yo estuve levantada la mayor parte de la noche tosiendo y tratando de encontrar una posición cómoda, cosa que no logré. A las seis de la mañana siguiente él ya estaba levantado y el café en vías de preparación cuando entré en la cocina. La luz se filtraba por entre los árboles del otro lado de las ventanas y por la curvatura de las hojas del rododendro supe que hacía muchísimo frío.

—Yo cocinaré —anunció Wesley—. ¿Qué quieres que te prepare?

—No creo que pueda comer nada. —Me sentía débil y, cuando tosí, tuve la sensación de que se me desgarraban los pulmones.

—Es evidente que estás peor. —En sus ojos apareció un brillo de preocupación. —Deberías ver a un médico.

—Yo soy médico, y es demasiado pronto para consultar a uno.

Tomé una aspirina, descongestionantes y mil miligramos de vitamina C. Comí un bagel, y comenzaba a sentirme casi humana cuando Rosa llamó y me arruinó el día.

—¿Doctora Scarpetta? La madre de Tangier murió temprano esta mañana.

—¡Dios, no! —Estaba sentada frente a la mesa de la cocina y me pasaba los dedos por el pelo. —¿Y la hija?

—Su estado es grave. O al menos lo era hace varias horas.

—¿Y el cuerpo?

Wesley estaba detrás de mí y me frotaba los hombros y la nuca que tanto me dolían.

—Nadie hizo nada todavía. Nadie sabe bien qué hacer, y la Oficina de Médicos Forenses de Baltimore ha estado tratando de ponerse en contacto con usted. Igual que el CCPE

—¿Quién del CCPE? —pregunté.

—Un tal doctor Martin.

—Tengo que llamarlo primero, Rose. Mientras tanto, comunícate con Baltimore y diles que de ninguna manera envíen ese cadáver a la morgue hasta que tengan noticias mías. ¿Cuál es el número del doctor Martin?

Ella me lo dio y yo lo disqué enseguida. Él contestó en el primer llamado y parecía agitado.

—Hicimos pruebas PCR en las muestras que trajo. Tres *primers* y dos de ellas concuerdan con viruela, pero una no.

—¿Entonces es o no viruela?

—Hicimos una secuencia genómica, y no concuerda con ningún *poxvirus* de cualquier laboratorio de referencia del mundo. Doctora Scarpetta, creo que tenemos un virus mutante.

—Lo cual significa que la vacuna contra la viruela no tendrá efecto —dije, mientras el corazón se me caía a los pies.

—Lo único que podemos hacer es probarla en el laboratorio con animales. Hablamos de por lo menos una semana antes de que lo sepamos y podamos siquiera empezar a pensar en una nueva vacuna. Con fines prácticos lo llamaremos viruela, pero en realidad no tenemos idea de qué es. Le recuerdo también que desde 1986 estamos trabajando en una vacuna contra el SIDA y no estamos ahora más cerca de conseguirla que en aquel momento.

—Es preciso poner inmediatamente en cuarentena a la isla Tangier. Debemos controlar esto —exclamé, alarmada y al borde del pánico.

—Créame, lo sabemos. Ya mismo estamos organizando un equipo y movilizaremos a la Guardia Costera.

Colgué y estaba frenética cuando le dije a Wesley:

—Tengo que ir. Hay un brote de algo que nadie conoce. Ya mató a por lo menos dos personas. Quizá tres. Tal vez cuatro.

Él me seguía por el hall mientras yo hablaba.

—Es viruela pero no es viruela. Tenemos que averiguar cómo se transmite. ¿Lila Pruitt conocía a la madre que acaba de morir? ¿Tuvieron algún contacto, o lo tuvo la hija? ¿Vivían siquiera cerca la una de la otra? ¿Y qué pasa con el suministro de agua? Tienen una torre de agua. Azul. Recuerdo haberla visto.

Me estaba vistiendo. Wesley permanecía de pie junto a la puerta, su cara casi tan gris como la piedra.

—De modo que vas a volver allá —dijo.

—Primero tengo que ir al centro. —Lo miré.

—Yo te llevaré —dijo.

CAPÍTULO 12

Wesley me dejó y dijo que iba a la Oficina del FBI en Richmond por un rato y que se pondría en contacto conmigo más tarde. Mis pisadas sonaban con fuerza cuando caminé por el corredor y saludé a todos los integrantes de mi plantel. Rose estaba hablando por teléfono cuando entré, y el aspecto de mi escritorio a través de la puerta que comunicaba su oficina con la mía era devastador. Cientos de informes y certificados de defunción esperaban mis iniciales y firma, y la correspondencia y los mensajes telefónicos formaban una pila ya inclinada en mi canasto de asuntos entrados.

—¿Qué es esto? —pregunté cuando ella cortó la comunicación—. Cualquiera diría que estuve ausente un año.

—Pues lo pareció.

Se estaba frotando loción en las manos y advertí en el borde de mi escritorio un pequeño envase de spray facial Vita de aromaterapia, junto al tubo abierto de correspondencia. También había uno sobre el escritorio de Rose, junto a su frasco de Vaseline Intensive Care. Miré mi Vita spray y el de ella, y mi subconsciente procesó lo que estaba viendo antes de que mi razón lo hiciera. La realidad pareció darse vuelta por completo, y me tomé del marco de la puerta. Rose se puso enseguida de pie, y su silla se desplazó hacia atrás sobre las ruedas cuando ella rodeó el escritorio y se abalanzó hacia mí.

—¡Doctora Scarpetta!

—¿De dónde sacaste esto? —pregunté, mirando el spray.

—Es sólo una muestra. —Parecía desconcertada. —Una serie de esos envases llegó por correo.

—¿Ya lo usaste?

Ahora sí que estaba muy preocupada y me miraba con fijeza.

—Bueno, acaba de llegar. Todavía no lo probé.

—¡No lo toques! —dije con severidad—. ¿Quién más lo recibió?

—Caramba, en realidad no lo sé. ¿Qué es? ¿Cuál es el problema? —preguntó en voz más alta.

Después de buscar un par de guantes en mi oficina, tomé el spray facial de su escritorio y lo metí dentro de tres bolsas.

—¡Todo el mundo en la sala de reuniones, ya mismo!

Corrí por el hall hacia la oficina del frente e hice el mismo anuncio. Minutos después todo el plantel, incluyendo médicos todavía con bata quirúrgica, se encontraba reunido. Algunas personas jadeaban, como si hubieran llegado corriendo, y todos me miraban fijo, desconcertados y cansados.

Levanté en alto la bolsa para evidencia que contenía la muestra del spray Vita.

—¿Quién tiene una igual? —pregunté y paseé la vista por la habitación.

Cuatro personas levantaron la mano.

—¿Quién lo usó? —pregunté entonces—. Necesito saber con certeza si alguien usó el spray.

Cleta, una empleada de la oficina del frente, parecía preocupada.

—¿Por qué? ¿Qué sucede?

—¿Se lo puso en la cara? —pregunté.

—Sólo en mis plantas —respondió.

—Pongan esas plantas en bolsas y quémenlas —dije—. ¿Dónde está Wingo?

—En la Facultad de Medicina de Virginia.

—No lo sé con absoluta seguridad —les dije a todos— y ruego estar equivocada. Pero tal vez nos enfrentamos a una adulteración del producto. Por favor no entren en pánico, pero de ninguna manera nadie debe tocar este spray. ¿Sabemos exactamente cuándo lo trajeron?

Fue Cleta la que respondió.

—Esta mañana yo llegué antes que nadie a la oficina. Habían pasado por el buzón informes policiales, como de costumbre. Y también esto. Venía en pequeños tubos para correspondencia. Eran once. Lo sé porque los conté para saber si alcanzaban para todos.

"Y el cartero no los trajo. Acababan de ser empujados por el buzón de la puerta del frente.

"No sé quién los trajo, pero parecían enviados por correo.

—Por favor, entréguenme los tubos que todavía tengan —dije.

Me dijeron que nadie había usado ninguno y se recogieron todos y los llevaron a mi oficina. Después de ponerme guantes de algodón y anteojos, estudié el tubo para correspondencia que venía dirigido a mí. El valor del franqueo era el de la tarifa para gran cantidad de envíos y era obvio que se trataba de una muestra del fabricante, por lo que me pareció muy extraño que algo de esa naturaleza estuviera dirigido a una persona en particular. Observé el interior del tubo y allí había un cupón por el spray. Al sostenerlo a la luz, advertí que sus bordes eran imperceptiblemente desiguales, como si el cupón se hubiera cortado con tijeras en lugar de con una máquina.

—¿Rosa? —llamé.

Ella entró en mi oficina.

—El tubo que recibiste —dije—, ¿a quién estaba dirigido?

—Al residente, creo. —Su cara estaba tensa.

—Entonces el único que vino con nombre fue el mío.

—Eso creo. Esto es terrible.

—Sí, lo es. —Tomé el tubo para envíos por correo. —Observa esto. Todas las letras del mismo tamaño, y el matasellos en la misma etiqueta que la dirección. Nunca vi una cosa así.

—Como si hubiera salido de una computadora —dijo ella mientras su azoramiento aumentaba.

—Me cruzaré al laboratorio de ADN. —Me puse de pie. —Llama enseguida al UEAS y dile al coronel Fujitsubo que necesitamos concertar un llamado en conferencia entre él, nosotros, el CCPE y Quantico ahora mismo.

—¿Desde dónde quiere hacerlo? —preguntó ella cuando yo casi salía por la puerta.

—No aquí. Pregúntale a Benton qué opina.

Una vez afuera, corrí por la vereda, pasé frente al estacionamiento y crucé la calle Catorce. Entré en el Edificio Seabord, adonde varios años antes se habían mudado el laboratorio de ADN y otros laboratorios forenses. Desde el mostrador de seguridad llamé a la jefa de sección, la doctora Douglas Wheat, a quien le habían puesto un nombre de varón a pesar de su género.

—Necesito un sistema de aire cerrado y una capucha —le expliqué.

—Venga para acá.

Un largo hall inclinado, siempre lustrado a espejo, conducía a una serie de laboratorios en compartimientos de vidrio. Adentro, los científicos estaban concentrados en pipetas y geles y sondas radiactivas mientras pacientemente inducían a secuencias de código genético a revelar sus identidades. Wheat, que batallaba contra el papeleo casi tanto como yo, se encontraba sentada frente a su escritorio, tipiando algo en su computadora. Era una mujer atractiva y cordial, de aspecto fuerte.

—¿En qué lío se está metiendo en este momento? —Me sonrió y después miró mi bolso. —Me da miedo preguntar.

—A una posible adulteración de producto —contesté—. Necesito pulverizar esto sobre un portaobjetos, pero no puedo permitir que esté en el aire, en mi persona ni en nadie.

—¿Qué es? —Se puso de pie y ahora su aspecto era serio.

—Posiblemente un virus.

—¿Como en el caso de Tangier?

—Es lo que temo.

—¿No cree que sería más prudente llevar esto al CCPE, y dejar que ellos...?

—Douglas, sí, sería más prudente —le expliqué con paciencia y volví a toser—. Pero no tenemos tiempo. Debo saberlo. No tenemos idea de cuántos de estos envases pueden estar en manos de consumidores.

Su laboratorio de ADN tenía una serie de capuchas de sistema de aire cerrado rodeadas por bioguardias de vidrios, porque la evidencia que se probaba allí era sangre. Ella me condujo a uno ubicado en el fondo de una habitación, las dos nos pusimos máscaras y guantes y ella me dio un guardapolvo. Encendió un ventilador que aspiraba aire hacia la capucha, después de pasarlo por filtros HEPA.

—¿Lista? —pregunté y saqué el spray facial del bolso—. Lo haremos rápido.

Sostuve un portaobjetos limpio y el pequeño envase debajo de la capucha y accioné el pulverizador.

—Sumerjamos esto en una solución al diez por ciento de hipoclorito —dije al terminar—. Después lo introduciremos en una bolsa triple y lo enviaremos junto con los otros diez a Atlanta.

—Enseguida vuelvo —dijo Wheat y se alejó.

El portaobjetos no tardó casi nada en secarse y yo le coloqué unas gotas de tintura Nicolaou sobre él y lo sellé con un cubreobjeto. Lo observaba por un microscopio cuando Wheat regresó con un envase de solución de hipoclorito. Sumergió el spray Vita en ella varias veces mientras mis miedos se aglutinaban y formaban una enorme masa de cúmulos y el pulso me palpitaba en el cuello. Observé los cuerpos de Guarnieri que había llegado a temer.

Cuando levanté la vista hacia Wheat, ella lo notó en la expresión de mi cara.

—No son buenas noticias —dijo.

—No, no lo son. —Apagué el microscopio y arrojé la máscara y los guantes a un recipiente para residuos peligrosos.

Los sprays Vita fueron llevados de mi oficina a Atlanta por avión, y se lanzó una advertencia preliminar por todo el país a cualquiera que hubiera recibido una muestra semejante. El fabricante había solicitado enseguida que se retirara el producto de la venta y las aerolíneas internacionales estaban eliminado las muestras de los bolsos de viaje que se les entregaban a los pasajeros de las clases primera y *business*. La propagación potencial de esta enfermedad, si *docmuert* hubiera manipulado de alguna manera cientos o miles de esos sprays faciales, era alarmante. Una vez más, podíamos encontrarnos frente a una epidemia mundial.

La reunión tuvo lugar a la una de la tarde en las oficinas de campo del FBI, cerca de Staples Mill Road. Las banderas federales y del estado luchaban desde mástiles altos contra un viento fuerte que arrancaba las hojas marrones de los árboles y hacía que la tarde pareciera mucho más fría de lo que en realidad era. El edificio de ladrillos era nuevo y tenía una sala de reuniones segura con equipamiento audiovisual, de modo que podíamos ver a las personas que estaban lejos mientras conferenciábamos con ellas. Una joven agente estaba sentada a la cabecera de la mesa, frente a una consola. Wesley y yo apartamos sillas y acercamos micrófonos. En las paredes, encima de nosotros, había monitores de vídeo.

—¿A quién más esperamos? —preguntó Wesley cuando el agente especial a cargo, o A.E.C., entró con una pila de papeles en los brazos.

—A Miles —respondió el A.E.C., refiriéndose al Comisionado de Salud, mi jefe inmediato—. Y a la Guardia Costera. —Miró los papeles. —El jefe regional está en Crisfield, Maryland. Un helicóptero lo trae. No debe de tardar más de treinta minutos en uno de esos pájaros grandes.

No acababa de decirlo cuando oímos el ruido de paletas a lo lejos. Minutos después, el Jayhawk atronaba sobre nuestras cabezas y se posaba sobre el helipuerto que había detrás del edificio. Yo no recordaba que un helicóptero de recuperación de la Guardia Costera hubiera aterrizado alguna vez en nuestra ciudad o volado a baja altura sobre ella, y el espectáculo que ofrecía debió de haber sido un poco aterrador para los que avanzaban por el camino. El jefe Martínez se quitaba el saco cuando se reunió con nosotros. Noté su suéter azul oscuro de comando y sus pantalones de uniforme, y mapas enrollados en tubos, y la situación se volvió aún más sombría.

La agente que estaba frente a la consola movía controles cuando el comisionado Miles entró y ocupó una silla junto a la mía. Era un hombre mayor, con abundante pelo entrecano, y parecía más pendenciero que la mayoría de las personas que estaban bajo su mando. Ese día, en su cabeza asomaban penachos en todas direcciones, tenía el entrecejo fruncido y estaba muy serio cuando se puso un par de gruesos anteojos oscuros.

—La noto un poco desmejorada —me dijo, mientras hacía algunas anotaciones.

—Todo el mundo anda con gripe.

—De haberlo sabido no me habría sentado junto a usted. —Lo dijo en serio.

—Ya superé el período de contagio —dije, pero él no me escuchaba.

Los monitores se encendieron en la sala y reconocí la cara del coronel Fujitsubo en uno de ellos. Después apareció Bret Martin, quien nos miraba a los ojos.

La agente en la consola dijo:

—Cámara encendida. Micrófonos encendidos. ¿Alguien quisiera hacer la cuenta por mí?

—Cinco-cuatro-tres-dos-uno —dijo el A.E.C. en su micrófono.

—¿Cómo está el nivel?

—Aquí bien —dijo Fujitsubo desde Frederick, Maryland.

—Bien —dijo Martin desde Atlanta.

—Enseguida estaremos listos. —La agente de la consola paseó la vista por la mesa.

—Sólo para estar segura de que todos contamos con idéntica información haré un breve resumen —comencé—. Tenemos un brote de lo que parece ser un virus del tipo del de la viruela que, hasta el momento, parece limitarse a la isla de Tangier, a unos treinta kilómetros de la costa de Virginia. Hasta ahora se han informado dos muertes, y otra persona enferma. También es probable que una reciente víctima de homicidio estuviera infectada con este virus. Se sospecha que la forma de transmisión es la contaminación deliberada de muestras del spray facial Vita de aromaterapia.

—Eso todavía no se ha determinado. —Fue Miles el que habló.

—Las muestras deberían llegar aquí en cualquier momento —dijo Martin desde Atlanta—. Comenzaremos las pruebas enseguida y confiamos en tener una respuesta a última hora de mañana. Mientras tanto, esos sprays se están sacando de circulación hasta que sepamos con exactitud a qué nos enfrentamos.

—Pueden hacer PCR para averiguar si es el mismo virus —les dijo Miles a las pantallas de vídeo.

Martin asintió.

—Eso podemos hacerlo.

Miles recorrió la habitación con la mirada.

—¿Qué estamos diciendo aquí entonces? ¿Que tenemos allá afuera a un chiflado, una especie de asesino de Tylenol, que decidió emplear una enfermedad como arma? ¿Cómo sabemos que estos pequeños envases de spray no están por todas partes?

—Creo que el asesino quiere tomarse su tiempo. —Wesley comenzó a hablar de lo que él más sabía. —Empezó con una víctima. Cuando en ese caso todo salió bien, empezó en una pequeña isla. Ahora que tuvo éxito allí, decide lanzar el ataque sobre la oficina del centro de un departamento de salud. —Me miró. —Pasará a la siguiente etapa si no lo detenemos o desarrollamos una vacuna. Otra razón por la que sospecho que esto es sólo local es que parece que las muestras de spray facial fueron entregadas a mano, con falso franqueo para envíos de grandes cantidades sobre los tubos para hacer parecer que fueron despachados por correo.

—O sea que, entonces, lo considera adulteración de producto —le dijo el coronel Fujitsubo.

—Yo lo llamo terrorismo.

—¿Con qué objeto?

—Todavía no lo sabemos —dijo Wesley.

—Pero esto es mucho peor que un asesino Tylenol o un Unabomber —dije—. La destrucción que ellos causan está limitada a quienquiera que tome las cápsulas o abra el paquete. Con un virus, se propagará mucho más allá de la primera víctima.

—Doctor Martin, ¿qué puede decirnos sobre este virus en particular? —preguntó Miles.

—Tenemos cuatro métodos tradicionales para testear la viruela. – –Nos miró muy serio desde su pantalla. —Microscopia electrónica, con la que hemos observado una visualización directa de *variola*.

—¿Viruela? —Casi gritó Miles—. ¿Está seguro?

—Un momento —lo interrumpió Martin—. Déjeme terminar. También logramos una verificación de identidad antigénica utilizando el gel de agar-agar. Ahora bien, el cultivo de la membrana corioalantoides del embrión de pollo y los cultivos de otros tejidos llevarán dos o tres días. Así que no tenemos esos resultados ahora, pero sí tenemos un PCR. Dio una enfermedad eruptiva, todavía no sabemos cuál. Es algo muy extraño, nada que conozcamos por el momento, ni viruela de los monos ni *variola mitigata*. Tampoco la clásica *variola major* o *minor*, aunque parece estar relacionado con ellas.

—Doctora Scarpetta —dijo Fujitsubo—. ¿Puede decirme en qué consiste ese spray facial, por lo que usted sabe?

—Agua destilada y una fragancia. No había una lista de ingredientes, pero por lo general eso es lo que son los sprays como éste —respondí.

Él tomaba notas.

—¿Estéril? —Nos miró desde el monitor.

—Eso espero, puesto que las instrucciones indican que se lo debe pulverizar sobre la cara y las lentes de contacto —contesté.

—Entonces mi pregunta —prosiguió Fujitsubo vía satélite— es: ¿qué clase de vida útil en un estante podemos esperar que tengan estos sprays contaminados?

—Un buen punto —dijo Martin mientras se ajustaba el auricular—. Dura bastante cuando se seca, y a temperatura ambiente puede sobrevivir entre varios meses y un año. Es muy sensible a la luz solar, pero ése no sería ningún problema en el interior de los envases atomizadores. No le gusta el calor, lo cual, por desgracia, hace que ésta sea una época ideal del año.

—O sea que, según lo que la gente haga cuando les entregan esto —dije—, podría haber allá afuera muchas de estas muestras adulteradas.

—Podría ser —dijo Martin.

Wesley comentó:

—Es obvio que el hombre que buscamos tiene bastantes conocimientos sobre enfermedades infecciosas.

—Sí, tiene que tenerlos —dijo Fujitsubo—. Era preciso cultivar el virus y propagarlo y si esto es, de hecho, terrorismo, entonces el que lo hizo está muy familiarizado con las técnicas básicas de laboratorio. Sabía cómo manipular algo como esto y mantenerse protegido. ¿Damos por sentado que hay sólo una persona involucrada?

—Ésa es mi teoría, pero lo cierto es que no lo sabemos —respondió Wesley.

—Él se hace llamar *docmuert* —dije.

—¿Como en Doctor Muerte? —Fujitsubo frunció el entrecejo. —¿Él nos está diciendo que es médico?

Una vez más, resultaba difícil saberlo, pero la pregunta más preocupante era también la más difícil de hacer.

—Doctor Martin —dije mientras Martínez se echaba hacia atrás en su asiento, dispuesto a escuchar—. Supuestamente, su laboratorio y otro en Rusia son las dos únicas fuentes de cultivos virales puros. ¿Tiene alguna idea de cómo alguien pudo apoderarse de esto?

—Exactamente —dijo Wesley—. Por desagradable que resulte, necesitamos revisar su lista de empleados. ¿Hubo hace poco algunos despidos o suspensiones? ¿Alguien renunció durante los últimos meses o años?

—Nuestras existencias de virus *variola* son objeto de monitoreos e inventarios tan minuciosos como lo es el plutonio —respondió Martin con seguridad—. Yo personalmente lo he verificado y puedo decirles con total certeza que no ha habido ninguna clase de manipulación. No falta nada. Y es imposible entrar en una de las cámaras refrigeradoras sin autorización y conocimiento del código de las alarmas.

Nadie dijo nada enseguida.

Al rato Wesley dijo:

—Creo que sería una buena idea que dispusiéramos de una lista de las personas que tuvieron dicha autorización en los últimos cinco años. Inicialmente, y basándome en la experiencia, mi perfil de ese individuo es que se trata de un varón blanco, posiblemente de poco más de cuarenta años.

Lo más probable es que viva solo, pero si no es así o tiene una relación con alguien, hay una parte del lugar en que vive a la cual nadie tiene acceso, y es su laboratorio...

—De modo que probablemente hablamos de un ex empleado de laboratorio —dijo el A.E.C.

—O alguien semejante —respondió Wesley—. Una persona educada y con formación profesional. Este individuo es introvertido, y para afirmarlo me baso en una serie de cosas, de las cuales la menor no es su tendencia a escribir con letras minúsculas. Su negativa a utilizar signos de puntuación indica que cree que no es como las otras personas y que las reglas que rigen para los demás no se le aplican a él. No es conversador y sus compañeros pueden considerarlo distante o tímido. Tiene tiempo libre y, más importante aún, se siente maltratado por el sistema. Está convencido de que los funcionarios más encumbrados y nuestro gobierno le deben una excusa, y creo que ésta es la clave de la motivación de este individuo.

—Entonces esto es una venganza —dije—. Sencillamente.

—Nunca es así de sencillo. Ojalá lo fuera —dijo Wesley—. Pero sí creo que la venganza es la clave, y que por eso es tan importante que todos los departamentos del gobierno que tratan con enfermedades infecciosas nos entreguen los registros de todos los empleados que recibieron reprimendas, fueron despedidos, suspendidos, estén con licencia forzosa o lo que fuere, en los últimos meses o años.

Fujitsubo carraspeó.

—Bueno, entonces hablemos de logística.

Era el turno de la Guardia Costera de presentar un plan. Martínez se puso de pie y colocó enormes mapas en atriles, mientras se modificaban los ángulos de las cámaras para que nuestros invitados a distancia pudieran verlos.

—¿Recibe bien esto? —le preguntó Martínez a la agente que estaba en la consola.

—Sí, lo tengo —contestó ella—. ¿Usted también? —Levantó la vista hacia los monitores.

—Muy bien.

—No sé. Tal vez sería mejor acercarnos más con el zoom.

Ella lo hizo mientras Martínez tomaba un puntero láser. Dirigió su haz color rosado intenso hacia la línea Maryland-Virginia en la bahía de Chesapeake que cruzaba la isla Smith, justo al norte de Tangier.

—Tenemos una serie de islas por aquí hacia Fishing Bay y el río Nanticoke, en Maryland. Están las islas Smith, South Marsh y Bloodsworth. —El punto rosado saltó de una a otra. —Después, en tierra firme, tenemos Crisfield, que está a sólo quince millas náuticas de Tangier. —Nos miró. —Crisfield es el lugar donde muchos de los boteros llevan sus cangrejos. Y muchos de los habitantes de Tangier tienen parientes en Crisfield. Esto me preocupa mucho.

—Y a mí me preocupa la posibilidad de que la gente de Tangier no quiera cooperar con nosotros —dijo Miles—. Una cuarentena les cortará su única fuente de ingresos.

—Sí, señor —dijo Martínez y miró su reloj—. Y se la estamos cortando en este mismo momento, mientras hablamos. Vienen hacia aquí barcos de lugares tan alejados como Elizabeth City para ayudarnos a rodear la isla.

—De modo que, a partir de ahora, nadie podrá abandonarla —dijo Fujitsubo mientras su rostro seguía reinando sobre nosotros desde la pantalla de vídeo.

—Así es.

—Bien.

—¿Qué pasará si la gente se resiste? —Fui yo quien formuló la pregunta obvia. —¿Qué harán con ellos? No pueden tomarlos en custodia y arriesgarse a quedar expuestos al virus.

Martínez dudó. Miró a Fujitsubo en el monitor de vídeo.

—Comandante, ¿prefiere usted contestar esta pregunta?

—Esto ya lo hemos discutido en extenso —nos dijo Fujitsubo—. Hablé con el secretario del Departamento de

Transporte, con el vice almirante Perry y, desde luego, con el secretario de Defensa. Básicamente, esto se está abriendo camino con rapidez a la Casa Blanca en busca de autorización.

—¿Autorización para qué? —preguntó Miles.

—Para emplear fuerza letal si todo lo demás fracasa —nos dijo Martínez a todos.

—Dios —murmuró Wesley.

Yo escuché esas palabras con incredulidad.

—No nos queda otra opción —dijo Fujitsubo con voz calma—. Si las personas entran en pánico y comienzan a huir de la isla y no prestan atención a las advertencias de la Guardia Costera, traerán la viruela a tierra firme. Y hablamos de una población que o bien no ha sido vacunada en treinta años, o fue inmunizada hace tanto tiempo que la vacuna perdió eficacia. O se trata de una enfermedad que ha sufrido mutaciones en tal medida que nuestra vacuna actual no ofrece ninguna protección. En otras palabras, ignoramos qué ocurrirá.

Yo no sabía si me sentía tan descompuesta porque estaba enferma o por lo que acababa de oír. Pensé en ese pueblo pesquero maltratado por el clima, con sus lápidas inclinadas y sus habitantes salvajes y tranquilos que sólo querían que los dejaran en paz. No eran de la clase que obedece a alguien, porque sólo respondían a un poder más alto de Dios y las tormentas.

—Tiene que haber otra manera —dije.

Pero no la había.

—Por reputación, la viruela es una enfermedad infecciosa muy contagiosa. Es necesario aislar este brote —dijo Fujitsubo—. Debemos preocuparnos por las moscas que revolotean alrededor de los pacientes, y de los cangrejos que se dirigen a tierra firme. ¿Cómo sabemos que no será preciso preocuparnos también por la posibilidad de la transmisión a través de los mosquitos, como en Tanapox, por el amor de Dios? Ni siquiera sabemos en realidad qué es lo que debe preocuparnos, puesto que todavía no hemos logrado identificar la enfermedad.

Martin me miró.

—Ya tenemos equipos allí: enfermeras, médicos, carpas de aislamiento, para poder mantener a esas personas fuera de los hospitales y dejar que permanezcan en sus casas.

—¿Y qué me dice de los cuerpos de los muertos y la contaminación? —pregunté.

—En términos de la ley de los Estados Unidos, esto constituye una emergencia de salud pública Clase Uno.

—Me doy cuenta —dije con impaciencia, porque comenzaba a mostrarse burocrático conmigo—. Vayamos al grano.

—Es preciso quemar todo menos el paciente. Los cadáveres serán cremados; la casa Pruitt, incendiada.

Fujitsubo trató de tranquilizarnos.

—El UEAS ya envía un equipo para allá. Hablaremos con los ciudadanos y trataremos de hacerlos entender.

Pensé en Davy Crockett y su hijo, en las personas y en el pánico que sentirían cuando los científicos con trajes espaciales se apoderaran de su isla y comenzaran a quemarles las casas.

—¿Y estamos seguros de que la vacuna contra la viruela no tendrá efecto? —preguntó Wesley.

—Todavía no lo sabemos con certeza —respondió Martin—. Las pruebas con animales de laboratorio llevarán días o semanas. Y aunque la vacuna demuestre proteger a un modelo animal, ello no significa que sirva de protección para los seres humanos.

—Puesto que el ADN del virus ha sido alterado —nos advirtió Fujitsubo—, no tengo esperanzas de que el virus de la vacuna sea eficaz.

—Yo no soy médico ni nada —dijo Martínez—, pero me pregunto si no se podría vacunar igual a todos, sólo por si la vacuna llega a tener efecto.

—Demasiado arriesgado —dijo Martin—. Si no es viruela, ¿por qué exponer deliberadamente a esas personas a la viruela y hacer así que algunas contraigan esa enfermedad? Y cuando desarrollemos la nueva vacuna tendríamos después que volver algunas semanas más tarde y volver a vacunar a la gente, esta vez con un *pox* diferente.

—En otras palabras —dijo Fujitsubo—, no podemos usar a los habitantes de Tangier como animales de laboratorio. Si los mantenemos en esa isla y les enviamos una vacuna lo antes posible, deberíamos poder aislar esta cosa. La buena noticia con respecto a la viruela es que es un virus estúpido: mata a sus huéspedes tan rápido que terminará destruyéndose a sí mismo si podemos mantenerlo aislado en un sector.

—Correcto. De modo que toda una isla se destruye mientras nosotros nos quedamos sentados viéndola arder —me dijo Miles con furia—. No puedo creerlo. Maldición. —Estrelló el puño contra la mesa. —¡Esto no puede estar sucediendo en Virginia!

Se puso de pie.

—Caballeros, me gustaría saber qué debemos hacer si comenzamos a recibir pacientes de otras partes de este estado. Después de todo, la salud de Virginia es lo que el gobernador me encomendó cuidar. —Tenía la cara color rojo oscuro y transpiraba con profusión. —¿Se supone que debemos hacer lo mismo que los yanquis y comenzar a quemar nuestras propias ciudades y pueblos?

—Si esto llegara a propagarse —dijo Fujitsubo—, es obvio que deberemos utilizar nuestros hospitales y tener salas, tal como lo hicimos durante otras épocas. El CCPE y mi gente ya están alertando al personal médico local y trabajarán en estrecha colaboración con ellos.

—Comprendemos que el personal hospitalario es el que corre mayor riesgo —agregó Martin—. Sería bueno que el Congreso terminara de una vez con estas malditas licencias forzosas para que yo no tenga una mano y las dos piernas atadas a la espalda.

—Créame, el Presidente y el Congreso lo saben.

—El senador Nagle me asegura que terminará mañana por la mañana.

—Siempre están seguros y dicen lo mismo cada vez.

La hinchazón y el escozor que sentía en el lugar del brazo donde me volvieron a vacunar era un recordatorio constante de que yo había sido inoculada con un virus, probablemente en balde. Me quejé a Wesley por ello durante todo el camino a la playa de estacionamiento.

—He sido reexpuesta y tengo una enfermedad, lo cual significa que lo más probable es que, encima de todo, esté inmunodeficiente.

—¿Cómo sabes que no la tienes? —preguntó él con cautela.

—No lo sé.

—Entonces podrías ser infecciosa.

—No, no podría serlo. Un sarpullido es la primera señal, y yo me reviso todos los días. Ante el menor indicio de un síntoma así, yo volvería a entrar en aislamiento. Y no podría acercarme a menos de tres metros de ti ni de nadie, Benton —dije, cada vez más enojada ante su sugerencia de que yo era capaz de infectar a cualquiera incluso con un resfrío común y corriente.

Me miró mientras abría las puertas del vehículo, y supe que él estaba mucho más perturbado de lo que demostraba.

—¿Qué quieres que yo haga, Kate?

—Llévame a casa, para que yo pueda buscar mi auto —respondí.

La luz disminuía con rapidez cuando yo avancé por entre kilómetros de bosques repletos de pinos. Los campos estaban cubiertos de rastrojos con pompones de algodón todavía adheridos a las ramas muertas, y el cielo estaba húmedo y frío. Al llegar a casa de la reunión encontré un mensaje de Rose. A las dos de la tarde Keith Pleasants había llamado desde la cárcel y pedido con desesperación que yo fuera a verlo, y Wingo se había vuelto a su casa con gripe.

Yo había estado en el interior del edificio de los Tribunales del Condado de Sussex muchas veces a lo largo de los años, y había comenzado a encariñarme con sus peculiaridades e incomodidades propias de una época anterior a la Guerra Civil. Edificado en 1825 por el capataz albañil de Thomas Jefferson, era un edificio rojo con detalles y columnas blancas, y logró sobrevivir a la Guerra Civil, aunque los yanquis se las ingeniaron para destruir primero todos sus registros. Pensé en fríos días de invierno pasados en el parque junto a detectives mientras esperaba ser llamada a la barra de los testigos. Recordé cada uno de los casos que había llevado frente a ese tribunal. Ahora esos procedimientos tenían lugar en el nuevo y espacioso edificio contiguo y al pasar frente a él y dirigirme a la parte de atrás, sentí pena. Esas construcciones era un monumento a la creciente ola de crímenes, y extrañé las épocas más sencillas de cuando acababa de mudarme a Virginia y me impresionaban esos ladrillos viejos y esa antigua guerra que no parecía cesar nunca. En aquellos días yo todavía fumaba. Supongo que idealizaba el pasado, tal como la mayoría de las personas tienden a hacer. Pero extrañaba el cigarrillo y tener que esperar, con un clima espantoso, afuera de la sala de un juzgado que casi no tenía calefacción. Los cambios me hacían sentir vieja.

El departamento del jefe de policía era del mismo ladrillo colorado y adornos blancos, y tanto el estacionamiento como la cárcel estaban rodeados por una verja coronada por alambre de púas. Encerrados adentro, dos presos con overoles color naranja secaban un automóvil sin marcas que acababan de lavar y lustrar. Me miraron con disimulo cuando estacioné delante, y uno de ellos golpeó al otro con un trapo.

—Hola —murmuró uno hacia mí cuando pasé.

—Buenas tardes. —Los miré a los dos.

Ellos me dieron la espalda, porque no les interesaba alguien a quien no podían intimidar, y yo abrí la puerta del frente. Adentro, el departamento era modesto lindando con lo deprimente, y como casi todos los edificios públicos del mundo, ya quedaba chico para cumplir con su cometido. Adentro había máquinas expendedoras de Coke y de sándwiches, paredes llenas de posters con la fotografía de personas buscadas y el retrato de un agente asesinado al responder a un llamado. Me detuve en el mostrador, donde una mujer joven revisaba unos papeles y mordisqueaba su lapicera.

—Disculpe —dije—. Estoy aquí para ver a Keith Pleasants.

—¿Usted figura en su lista de visitas? —Los lentes de contacto la hacían entrecerrar los ojos, y usaba sobre los dientes un aparato de ortodoncia color rosado.

—Él me pidió que viniera, así que debería estar en esa lista.

Ella pasó unas hojas de una carpeta y se detuvo cuando llegó a la hoja apropiada.

—¿Cuál es su nombre? —pregunté mientras ella desplazaba el dedo por una página.

—Aquí está. —Se levantó. —Acompáñeme.

Rodeó el escritorio y abrió con su llave una puerta con barrotes en la ventana. Adentro había un sector abigarrado para impresiones digitales y fotografías, un escritorio metálico lleno de abolladuras, frente al que se encontraba sentado un asistente corpulento. Más allá había otra puerta pesada con barrotes, a través de la cual alcanzaba a oír los ruidos de la cárcel.

—Tendrá que dejar aquí su cartera —me dijo el agente. Después dijo por el transmisor: —¿Puedes venir aquí?

—Diez-cuatro. Voy para allá —respondió una voz de mujer.

Puse la cartera sobre el escritorio y metí las manos en los bolsillos de mi abrigo. Me iban a revisar y no me hacía ninguna gracia.

—Tenemos aquí un pequeño cuarto donde los presos se reúnen con los abogados —dijo el agente y movió el pulgar como si estuviera haciendo dedo—. Pero algunos de esos tipos escuchan cada una de las palabras que se pronuncian, así que si eso es problema, suba al piso superior. Allí tenemos otro sector con esa finalidad.

—Creo que entonces será mejor arriba —dije en el momento en que una agente robusta y con el pelo muy corto y con spray, apareció por una esquina con el detector manual de metales.

—Extienda los brazos —me dijo—. ¿Tiene algo de metal en los bolsillos?

—No —dije, mientras el detector ronroneaba como un gato mecánico.

Ella me lo pasó hacia arriba y hacia abajo en ambos lados y el aparato no hacía más que sonar.

—Quítese el abrigo.

Lo puse sobre el escritorio y ella hizo un nuevo intento. El detector seguía lanzando su sonido estridente y la mujer frunció el entrecejo y siguió tratando.

—¿Qué me dice de alhajas? —preguntó.

Sacudí la cabeza y de pronto recordé que llevaba puesto un corpiño con armazón de alambre que no tenía la menor intención de anunciar. Ella dejó el detector y comenzó a palparme, mientras el otro agente seguía sentado frente al escritorio y observaba la escena con la mandíbula floja, como si contemplara boquiabierto una película obscena.

—Está bien —dijo por fin ella, satisfecha por haberme encontrado inofensiva—. Sígame.

Para subir al piso superior tuvimos que atravesar el sector de la prisión dedicado a las mujeres. Las llaves repiquetearon cuando ella abrió una pesada puerta metálica que se cerró con fuerza detrás de nosotros. Las presas eran jóvenes y recias, vestían un uniforme institucional de denim, sus celdas apenas si tenían el espacio suficiente para contener un animal: tenían un inodoro blanco, un catre y un lavatorio. Las mujeres jugaban solitarios y se recostaban contra sus jaulas. Habían colgado la ropa de los barrotes, y los tachos de basura estaban cerca y llenos con lo que no quisieron comer para la cena. El olor a comida vieja me afectó el estómago.

—¡Eh, mamita!

—¿Qué tenemos aquí?

—Una señora fina. Caramba.

—¡Hubba-hubba-hubba!

Por entre los barrotes aparecieron manos que trataban de tocarme cuando yo pasaba, y alguien hacía ruido a besos mientras otras mujeres emitían sonidos fuertes que se suponía eran risas.

—Déjela aquí. Sólo quince minutos. ¡Ven con tu mamá, chiquita!

—Necesito cigarrillos.

—Cállate, Wanda. Tú siempre necesitas algo.

—Cállense la boca todas —dijo la agente al abrir con su llave otra puerta.

La seguí al piso superior y me di cuenta de que temblaba. El cuarto al que me llevó estaba repleto de cosas y caótico, como si en alguna época anterior hubiera tenido una función. Contra una pared estaban apoyados paneles de corcho, en un rincón había una carretilla de mano y lo que parecían ser panfletos y boletines estaban diseminados por todas partes. Me senté en una silla plegable, frente a una mesa que tenía grabados nombres y mensajes fuertes con bolígrafo.

—Póngase cómoda. Él vendrá enseguida —dijo la mujer y me dejó sola.

Entonces me di cuenta de que las gotas para la tos y los pañuelos de papel estaban en mi cartera y mi saco, y que ya no tenía ninguna de las dos cosas. Cerré los ojos y oí pisadas fuertes. Cuando el agente escoltó a Keith Pleasants al cuarto, yo casi no lo reconocí. Estaba pálido y demacrado, delgado en sus pantalones abolsados de denim, las manos esposadas adelante. Cuando me miró tenía los ojos llenos de lágrimas y los labios le temblaron cuando trató de sonreír.

—Tome asiento y quédese sentado —le ordenó el agente. No quiero que aquí haya ningún problema, ¿entendido? O volveré enseguida y la visita será historia.

Pleasants tomó una silla y casi se cayó.

—¿Realmente es preciso que esté esposado? —le pregunté al agente—. Está aquí por una infracción de tránsito.

—Señora, en este momento no está en el sector seguro. Por esa razón está con las esposas puestas. Volveré dentro de veinte minutos —dijo al irse.

—Nunca antes pasé por algo parecido a esto. ¿Le importa si fumo? —Al sentarse, Pleasants sonrió con una nerviosidad rayana en la histeria.

—Adelante.

Le temblaban tanto las manos que yo tuve que encenderle el cigarrillo.

—No veo ningún cenicero. A lo mejor no se supone que nadie fume aquí. Parecía preocupado y su mirada recorría la habitación. —Me pusieron en una celda con un traficante de drogas. Está lleno de tatuajes y no me deja tranquilo. No hace más que fastidiarme y llamarme marica. —Inhaló una gran cantidad de humo y cerró los ojos por un instante. —Yo no estaba eludiendo a nadie —dijo y me miró.

Vi una taza de café de telgopor y la recogí para que él la usara como cenicero.

—Gracias —dijo.

—Keith, cuénteme qué pasó.

—Conducía mi vehículo hacia casa, como lo hago siempre, desde el basural, y de pronto veo que detrás de mí viene un automóvil sin marcas, con la sirena y los destelladores encendidos. Así que enseguida me aparté del camino. Era ese investigador imbécil que me ha estado volviendo loco.

—Ring. —Mi furia comenzó a crecer.

Pleasants asintió.

—Dijo que me había estado siguiendo durante cerca de dos kilómetros y que yo no obedecí a sus luces. Le juro que es mentira. —Tenía los ojos brillantes. —En estos días me tiene tan nervioso que es imposible que estuviera detrás de mí y yo no me hubiera dado cuenta.

—¿Dijo alguna otra cosa cuando lo detuvo? —pregunté.

—Sí. Dijo que mis problemas apenas habían empezado. Ésas fueron sus palabras exactas.

—¿Por qué quería verme? —Creí saberlo, pero quería oír lo que él tenía que decir al respecto.

—Estoy metido en un buen lío, doctora Scarpetta —dijo y volvió a derrumbarse—. Mi madre es vieja y me tiene sólo a mí para cuidarla, ¡y hay gente que me cree un asesino! ¡Jamás maté a nada en mi vida! ¡Ni siquiera a un pájaro! En el trabajo ya nadie se me acerca.

—¿Su madre tiene que estar en cama? —pregunté.

—No, señora. Pero tiene casi setenta años y padece de enfisema. Por hacer estas cosas. —Aspiró de nuevo el humo del cigarrillo. —Ya no conduce más un auto.

—¿Quién la cuida ahora?

Él sacudió la cabeza y se secó los ojos. Tenía las piernas cruzadas y un pie se balanceaba como si estuviera por levantar vuelo.

—¿No tiene a nadie que le lleve la comida? —pregunté.

—Sólo a mí —dijo y la voz se le quebró.

Volví a recorrer la habitación con la vista, en busca esta vez de algo con qué escribir, y encontré un crayon color púrpura y una toalla de papel marrón.

—Déme su dirección y número de teléfono —dije—. Y le prometo que alguien irá a verla a ver si está bien.

Estaba muy aliviado cuando me dio esa información y yo la escribí.

—La llamé porque no sabía a quién más acudir —dijo—. ¿Nadie puede hacer algo para sacarme de aquí?

—Tengo entendido que le fijaron una fianza de cinco mil dólares.

—¡Ése es el problema! Es como diez veces más de lo que suele ser por una infracción así, según me dijo el tipo de mi celda. Yo no tengo esa cantidad de dinero ni forma de conseguirla. Lo cual significa que tendré que quedarme aquí hasta que mi caso se presente ante un juzgado, y eso podría llevar semanas. Meses. —Los ojos se le llenaron de lágrimas y estaba aterrado.

—Keith, ¿usted usa Internet? —pregunté.

—¿Qué cosa?

—Computadoras.

—En el basural, sí. ¿Recuerda que le hablé de nuestro sistema satelital?

—Entonces usa Internet.

Él no parecía saber qué era.

—Correo electrónico —intenté de nuevo.

—Usamos GPS. —Parecía confundido. —¿Y se acuerda del camión que arrojó el cuerpo? Ahora estoy bastante seguro de que era el de Cole, y el volquete puede haber venido de una obra en construcción. Ellos recogen residuos de una serie de obras en construcción en el South Side de Richmond. Ése sería un buen lugar para librarse de algo, en una obra en construcción. Sólo hace falta detener allí el auto después de las horas de trabajo y, ¿quién puede verlo?

—¿Le dijo esto al investigador Ring? —pregunté.

En su rostro apareció una expresión de odio.

—Yo no le dije nada. Ya no. Cuando pienso en todas las cosas que ha estado haciendo para hacerme caer en la trampa.

—¿Por qué cree que él quiere hacerlo caer en una trampa?

—Tiene que arrestar a alguien por esto. Él quiere ser el héroe. —De pronto se puso evasivo. —Dice que los demás no saben lo que hacen. —Vaciló un momento. —Incluyéndola a usted.

—¿Qué otra cosa dijo? —Sentí que me tensaba, igual que cuando pasaba del enojo a la furia intensa.

—Verá, cuando yo le mostraba la casa y todo eso, él hablaba. Le gusta mucho hablar.

Tomó la colilla de su cigarrillo y la paró sobre la mesa con la punta hacia arriba, para que se apagara sin quemar el telgopor. Yo lo ayudé a encender otro.

—Me dijo que usted tiene una sobrina —continuó Pleasants—. Y que es muy astuta pero que no tiene nada que hacer en el FBI, del mismo modo en que usted no debería ser jefe de médicos forenses. Porque... Bueno...

—Prosiga —dije con voz controlada.

—Porque a ella no le gustan los hombres. Creo que él piensa que a usted tampoco.

—Muy interesante.

—Se rió mucho al respecto. Dijo que por experiencia personal lo sabía porque lo había intentado con las dos. Y que yo debería mirar lo que les pasa a los degenerados. Porque lo mismo me iba a ocurrir a mí. —Espere un minuto —lo interrumpí—. ¿Ring llegó a amenazarlo porque usted es gay o él cree que lo es?

—Mi madre no lo sabe. —Dejó caer la cabeza. —Pero algunas personas sí. He estado en bares. De hecho, conozco a Wingo.

Confié en que ese conocimiento no fuera íntimo.

—Mi madre me preocupa. —Dijo, y volvió a atormentarse. —Está muy trastornada por lo que me pasa a mí, y eso no es bueno para su salud.

—Le diré qué haré. Yo misma iré a verla camino a casa —dije y volví a toser.

Una lágrima rodó por su mejilla, que él secó con torpeza con el dorso de sus manos esposadas.

—Haré también otra cosa —dije cuando en la escalera volvieron a sonar pisadas—. Veré qué puedo hacer por usted. No creo que haya matado a nadie, Keith. Pienso encargarme de su fianza y asegurarme de que tenga un abogado.

—¿En serio lo hará? —preguntó Pleasants mientras se ponía de pie con dificultad, sus ojos muy abiertos fijos en los míos.

—Si jura que está diciendo la verdad.

—¡Oh, sí, señora!

—Sí, sí —dijo un agente—. Todos los presos lo juran.

—Tendrá que ser mañana —le dije a Pleasants—. Me temo que el magistrado ya se ha ido esta noche a su casa.

—Venga. Bajemos. —Un agente lo aferró del brazo.

Pleasants me dijo una última cosa:

—A mamá le gusta la leche chocolatada con miel de Hershey's. No es mucho más lo que conserva en el estómago.

Y se fue, y a mí me condujeron de vuelta a la planta baja y, después, a través de la sección femenina de la cárcel. Esta vez las presas estaban hoscas, como si mi persona ya no las divirtiera. Se me ocurrió que alguien les había dicho quién era yo, porque me dieron la espalda y alguien me escupió.

CAPÍTULO 13

El jefe Rob Roy era una leyenda en el condado de Sussex y se presentaba a todas las elecciones sin rivales. Había estado en mi morgue muchas veces antes y, en mi opinión, era uno de los más excelentes oficiales de las fuerzas del orden que yo conocía. A las seis y media lo encontré en el Virginia Diner, sentado frente a una mesa, que literalmente era donde todos los locales se reunían.

Era un ambiente largo con manteles a cuadros rojos y blancos y sillas blancas, y él comía un sándwich de jamón frito, bebía café negro, conversaba y tenía su transmisor portátil sobre la mesa.

—No puede hacer una cosa así, no señor. ¿Entonces, qué? Ellos siguen vendiendo crack, eso es lo que hacen —le decía a un hombre macilento y curtido, con un gorro John Deere.

—Déjelos.

—¿Que los deje? —Roy tomó su café—. No puede decirlo en serio.

—Ya lo creo que puedo.

—¿Puedo interrumpir? —dije, y acerqué una silla.

Ray quedó boquiabierto y por un instante no podía creer que yo estuviera allí.

—Bueno, ¿quién lo hubiera dicho? —Se puso de pie y me estrechó la mano. —¿Qué demonios haces en un lugar como éste?

—Te estoy buscando.

—Discúlpeme, por favor. —El otro hombre me saludó con una inclinación del gorro y se puso de pie para irse.

—No me digas que estás aquí por negocios —dijo el jefe de policía.

—¿Por qué otra cosa podía ser?

—¿Se trata de algo que yo no sé?

—Sí que lo sabes —respondí.

—¿Qué, entonces? ¿Qué quieres comer? Te recomiendo el sándwich de pollo frito —dijo cuando una camarera se acercó.

—Té caliente. —Me pregunté si alguna vez volvería a comer.

—No tienes buen aspecto.

—Me siento espantosamente mal.

—Hay un virus por aquí.

—No sabes ni siquiera la mitad de lo que me ocurre —dije.

—¿Qué puedo hacer? —Se inclinó más hacia mí y me dedicó toda su atención.

—Yo tomé a mi cargo la fianza de Keith Pleasants —dije—. Ahora bien, lamento decir que esto no ocurrirá antes de mañana. Pero creo que debes comprender, Rob, que se trata de un hombre inocente al que han hecho caer en una trampa. Lo persiguen porque el investigador Ring ha emprendido una caza de brujas y quiere hacerse famoso.

Roy parecía desconcertado.

—¿Desde cuándo defiendes presos?

—Desde que sé que no son culpables —respondí—. Y este tipo es tan asesino serial como tú o como yo. No trató de eludir a la policía y lo más probable es que ni siquiera superara el límite de velocidad. Ring lo está acosando y miente. Mira lo alto que fijaron la fianza por una infracción de tránsito.

Él permanecía en silencio, escuchando.

—Pleasants tiene una madre vieja y enferma y nadie que la cuide. Él está a punto de perder su empleo. Ahora bien, yo sé que el tío de Ring es el secretario de seguridad pública y también que fue jefe de policía —dije—. Y sé cómo son esas cosas, Rob. Necesito que me ayudes a sacarlo de aquí. Hay que detener a Ring.

Roy apartó su plato y en ese momento lo llamaron por radio.

—¿De veras lo crees?

—Sí.

—Aquí cincuenta-uno —dijo en el transmisor, y se ajustó el cinturón y la pistolera.

—¿Tenemos ya algo sobre el robo? —preguntó una voz.

—No. Sigo esperando.

Cortó la comunicación y agregó:

—No tienes la menor duda de que este muchacho no cometió ningún crimen.

Volví a asentir.

—Ninguna duda. El asesino que desmembró a esa señora se comunica conmigo por Internet. Pleasants ni siquiera sabe qué es eso. Hay toda una situación de la que todavía no puedo hablarte. Pero, créeme, lo que está ocurriendo no tiene nada que ver con este chico.

—Y también estás segura con respecto a Ring. Quiero decir, tienes que estarlo si yo voy a hacer esto. —Tenía la mirada fija en mí.

—¿Cuántas veces tengo que decirlo?

Él golpeó la mesa con la servilleta.

—Esto realmente me enfurece. —Empujó la silla hacia atrás. —No me gusta que una persona inocente esté encerrada en mi cárcel y que un policía esté haciéndonos quedar mal al resto de nosotros.

—¿Conoces a Kitchen, el dueño del basural? —pregunté.

—Sí, claro. Estamos en la misma logia. —Sacó la billetera.

—Alguien tiene que hablar con él para que Keith no pierda su empleo. Debemos hacer bien las cosas —dije.

—Créeme, eso me propongo.

Dejó dinero en la mesa y enfiló con furia hacia la puerta. Yo me quedé allí sentada el tiempo suficiente para terminar el té. Me dolía la cabeza y sentía la piel caliente cuando encontré un almacén y entré para comprar leche, miel de Hershey's, vegetales frescos y sopa. Recorrí todas las góndolas y de pronto me encontré con el carrito lleno de todo, desde papel higiénico hasta carnes. Entonces saqué un mapa y la dirección que Pleasants me había dado. Su madre no vivía demasiado lejos de la calle principal, y cuando llegué estaba dormida. —Lo siento —dije desde el porche—, no fue mi intención obligarla a levantarse.

—¿Quién es? —Espió hacia la noche mientras le quitaba la tranca a la puerta.

—Soy la doctora Kay Scarpetta. No tiene motivos para...

—¿Qué clase de doctora?

La señora Pleasants estaba marchita y encorvada, y su rostro lucía tan arrugado como el papel crepé. Su pelo largo y entrecano flotaba como una gasa muy fina, y me encontré pensando en el basural y en la anciana que *docmuert* había asesinado.

—Puede pasar. —Abrió la puerta de par en par y su expresión era de miedo. —¿Keith se encuentra bien? No le pasó nada, ¿verdad que no?

—Lo vi más temprano y estaba bien —le aseguré—. Le traje comestibles. —Tenía las bolsas en las manos.

—Ese muchacho. —Sacudió la cabeza y me hizo señas de que entrara en su casa pequeña y ordenada. —¿Qué haría yo sin él? ¿Sabe?, es lo único que tengo en este mundo. Cuando nació, dije: "Keith, eres lo único que me queda".

Estaba atemorizada y trastornada y no quería que yo lo supiera.

—¿Usted sabe dónde está su hijo? —le pregunté con suavidad.

Entramos en la cocina, con su vieja heladera y estufa a gas, y ella no me contestó. Comenzó a guardar las provisiones y a mover latas con torpeza, y dejó caer el apio y las zanahorias al piso.

—Permítame que la ayude —dije.

—Él no hizo nada malo. —La mujer comenzó a llorar.

—Sé que no lo hizo. Y ese policía no lo deja tranquilo. No hace más que venir y llamar a la puerta.

—Keith dice que a usted le gusta la leche chocolatada, y yo le prepararé un vaso. Es justo lo que el médico ordenó.

Busqué un vaso y una cuchara del escurridor.

—Él estará aquí mañana —dije—. Y no creo que vuelva a tener noticias del investigador Ring.

Ella me miró como si yo fuera un milagro.

—Yo sólo quería estar segura de que tenía todo lo que necesitaba hasta que su hijo llegue aquí mañana —expresé, y le entregué el vaso de leche chocolatada.

—Estoy tratando de darme cuenta de quién es usted —agregó ella por último—. Esto está muy bueno. —Bebió un sorbo, me sonrió y se tomó su tiempo.

Le expliqué en pocas palabras cómo había conocido a Keith y lo que hacía profesionalmente, pero ella no entendió. Supuso que yo tenía debilidad por su hijo y que me ganaba la vida extendiendo licencias médicas. Camino de vuelta a casa puse en el estéreo un CD a todo volumen para mantenerme despierta mientras avanzaba por una oscuridad densa en la que por largos tramos no había ni una sola luz salvo las estrellas. Tomé el teléfono.

La madre de Wingo contestó y me dijo que él estaba en la cama, enfermo. Pero le pasó el teléfono.

—Wingo, estoy preocupada por ti —dije.

—Me siento espantosamente mal. —Su voz lo confirmaba.

—Supongo que usted no puede hacer nada con respecto a la gripe.

—Tienes muy bajas las defensas. La última vez que hablé con el doctor Riley, me dijo que tu recuento de células CD4 no era bueno. —Quería que él enfrentara la realidad.

—Descríbeme tus síntomas.

—El dolor de cabeza me está matando, lo mismo que el dolor del cuello y la espalda. La última vez que me tomaron la temperatura tenía cuarenta grados. Y todo el tiempo tengo mucha sed.

Todo lo que dijo encendió una serie de alarmas en mi cabeza, porque esos síntomas también describían las etapas tempranas de la viruela. Pero si se debía a su exposición al torso, me sorprendía que no hubiera enfermado antes de ahora, sobre todo a la luz de lo comprometido de su condición física.

—Quiero creer que no tocaste uno de esos sprays que recibimos en la oficina —dije.

—¿Cuáles sprays?

—Los sprays faciales Vita.

No entendía nada, hasta que yo recordé que él había estado ausente de la oficina gran parte del día de hoy. Le expliqué lo que había ocurrido.

—Dios mío —dijo de pronto, y a los dos nos embargó el miedo—. Llegó uno aquí por correo. Mamá lo tenía sobre la mesada de la cocina. —¿Cuándo? —pregunté, alarmada.

—No lo sé. Hace algunos días. ¿Cuándo fue eso? No lo sé. Nunca había visto algo tan elegante. Imagínese, algo dulce para refrescar la cara.

O sea que ahora eran doce los envases que *docmuert* había despachado a mi personal, y *doce* había sido el mensaje que me envió a mí. Era el número de las personas que trabajaban con horario completo en mi oficina central, si yo también estaba incluida. ¿Cómo podía conocer él algo tan trivial como el tamaño de mi personal, e incluso algunos de sus nombres y dónde vivían, si él se encontraba lejos y era un ser anónimo?

Me daba miedo hacer la siguiente pregunta porque ya me parecía conocer la respuesta.

—Wingo, ¿lo tocaste de alguna manera?

—Lo probé. Sólo para ver cómo era. —La voz le temblaba y se atragantaba con accesos de tos. —Cuando estaba

284

allí. Lo tomé con la mano una vez, sólo para verlo. Olía a rosas.

—¿Quién más en tu casa lo probó?

—No lo sé.

—Quiero que te asegures de que nadie toque ese envase. ¿Me has entendido?

—Sí. —Sollozaba.

—Enviaré a alguien a tu casa para que lo recoja y se ocupe de ti y de tu familia, ¿de acuerdo?

Wingo lloraba demasiado como para contestar.

Cuando llegué a casa eran algunos minutos después de la medianoche, y estaba tan malhumorada y descompuesta que no sabía qué hacer primero. Llamé a Marino y a Wesley, y también a Fujitsubo. Les dije a todos lo que estaba ocurriendo y que Wingo y su familia necesitaban que un equipo acudiera enseguida a su casa. A mi mala noticia siguió la de ellos. La muchacha de Tangier que enfermó se había muerto, y ahora un pescador había contraído la enfermedad. Deprimida y sintiéndome muy mal, revisé mi correo electrónico, y *docmuert* estaba allí. Me alegré. Su mensaje había llegado cuando yo estaba en la cárcel con Keith Pleasants.

espejito espejito en la pared dónde has estado

—Hijo de puta —le grité.

El día había sido demasiado. Todo había sido demasiado, y yo estaba dolorida y ofuscada y completamente harta. Así que no debería haber entrado en ese *chat room*, donde lo esperé como si esto fuera el O.K. Corral. Debería haberlo dejado para otro momento. Pero hice conocer mi presencia y traté de serenarme mientras esperaba a que el monstruo apareciera. Lo hizo.

DOCMUERT: trabajo pesado y problemas
SCARPETTA: ¡Qué quiere!
DOCMUERT: estamos enojada esta noche
SCARPETTA: Sí, lo estamos.

DOCMUERT: por qué se preocupa por pescadores ignorantes y sus ignorantes familias y por esas
personas ineptas que trabajan para usted

SCARPETTA: Basta. Dígame qué quiere para poner fin a
todo esto.

DOCMUERT: es demasiado tarde el daño ya está hecho se
hizo mucho antes que esto

SCARPETTA: ¿Qué le hicieron a usted?

Pero él no contestó. Curiosamente, tampoco abandonó el
chat room, pero no respondió a ninguna otra pregunta mía.
Pensé en la Escuadra 19 y rogué que estuvieran escuchando y
rastreando la conversación desde una línea central telefónica
a otra hasta llegar a la guarida de ese monstruo. Transcurrió
media hora. Finalmente salí del programa en el momento en
que sonaba la campanilla del teléfono.

—¡Eres un genio! —Lucy estaba tan excitada que me
lastimaba los oídos—. ¿Cómo hiciste para mantenerlo allí
tanto tiempo?

—¿Qué quieres decir? —pregunté, sorprendida.

—Hasta ahora, once minutos. Ganaste el premio.

—Yo sólo estuve con él quizá dos minutos. —Traté de refres-
carme la frente con el dorso de la mano. —No sé de qué hablas.

Pero a ella no le importó.

—¡Localizamos al hijo de puta! —Estaba muy excitada.
—En un terreno para campamentos en Maryland. Los agentes
de Salisbury ya van hacia allá. Janet y yo tenemos que pescar
un avión.

Antes de que yo me levantara a la mañana siguiente, la
Organización Mundial de la Salud lanzó otro alerta internacional sobre el spray facial aromático Vita. La OMS le aseguró
a la gente que ese virus sería eliminado, que trabajábamos en
la vacuna veinticuatro horas por día y que pronto la tendríamos. Pero de todos modos comenzó el pánico.

El virus, que la prensa bautizó *poxmutante*, estaba en la portada de *Newsweek* y *Times*, y el Senado formaba una subcomisión mientras en la Casa Blanca se contemplaba la posibilidad de aplicar medidas de emergencia. Vita se distribuía en Nueva York, pero el fabricante era en realidad francés. La preocupación obvia era que *docmuert* estaba cumpliendo su amenaza. Aunque todavía no había noticias de la existencia de esa enfermedad en Francia, tanto las relaciones económicas como las diplomáticas se hicieron tensas cuando una enorme planta de fabricación se vio obligada a cerrar, y las acusaciones con respecto a dónde se había producido la adulteración del producto iban y venían de los dos países.

Los boteros trataban de huir de Tangier en sus barcos de pesca, y la Guardia Costera había pedido refuerzos de estaciones tan lejanas como la de la Florida. Yo no conocía todos los detalles pero, basándome en lo que había oído, había una suerte de empate entre las fuerzas del orden y los habitantes de Tangier en el Tangier Sound; botes anclados y que no iban a ninguna parte, mientras los vientos invernales aullaban con fuerza.

Mientras tanto, el CCPE había desplegado un equipo de aislamiento compuesto por médicos y enfermeras en la casa de Wingo, y la noticia había llegado a los medios. Los titulares reclamaban y la gente evacuaba una ciudad que sería difícil, si no imposible, poner en cuarentena. Yo me sentía más enferma y afligida de lo que había estado en toda mi vida, y ese viernes por la mañana, bien temprano, bebía té caliente en bata de baño.

La fiebre me había subido a treinta y ocho nueve, y el Robitussin DM no me hizo ningún efecto, salvo hacerme vomitar. Me dolían los músculos del cuello y de la espalda como si hubiera estado jugando al fútbol contra personas que blandían garrotes. Pero no podía meterme en la cama. Había demasiadas cosas que hacer. Llamé a un fiador y recibí la mala noticia de que la única manera de sacar a Keith Pleasants de la cárcel era que yo me dirigiera al centro y pagara personalmente la fianza. Así que me dirigí a mi automóvil, sólo que tuve que regresar a casa diez minutos después porque me había olvidado la libreta de cheques sobre la mesa.

—Dios mío, ayúdame, por favor —murmuré mientras apretaba el acelerador.

Los neumáticos chirriaron cuando conduje a demasiada velocidad por mi vecindario y, minutos después, por los vericuetos de Windsor Farms. Me pregunté qué habría sucedido en Maryland durante la noche y me preocupé por Lucy, para quien todo acontecimiento era una aventura. Ella quería usar armas de fuego y hacer persecuciones a pie, volar helicópteros y aviones. Yo tenía miedo de que todo ese entusiasmo quedara aplastado, porque sabía demasiado de la vida y cómo terminaba. Me pregunté si habrían atrapado a *docmuert*, pero supuse que de haber sido así me lo habrían avisado.

Jamás había necesitado un fiador, y éste, Vince Peeler, trabajaba en una tienda de compostura de calzado sobre la calle Broad, a lo largo de una franja de locales abandonados con nada en sus vidrieras salvo graffiti y polvo. Era un hombre bajo y delgado, con pelo negro engominado y un delantal de cuero. Sentado frente a una máquina de coser industrial marca Singer, cosía una suela negra a un zapato. Cuando cerré la puerta me miró con la expresión de alguien acostumbrado a reconocer los problemas en la gente.

—¿Usted es la doctora Scarpetta? —preguntó mientras seguía cosiendo.

—Sí.

Saqué mi libreta de cheques y una lapicera. No sentí la menor simpatía hacia ese hombre al preguntarme cuántas personas violentas habría ayudado a que poblaran de nuevo las calles.

—Son quinientos treinta dólares —dijo—. Si quiere usar su tarjeta de crédito, súmele un tres por ciento.

Se puso de pie y se acercó a su maltrecho mostrador, sobre el que estaban apilados zapatos y latas de betún Kiwi. Sentí que sus ojos me escudriñaban.

—Qué curioso, la imaginé mucho mayor —dijo—. ¿Sabe? Uno lee cosas sobre la gente en las revistas y a veces se forma una impresión equivocada.

—Tienen que dejarlo libre hoy mismo. —Era una orden. Arranqué el cheque y se lo entregué.

—Sí, claro. —Consultó su reloj.

—¿Cuándo?

—¿Cuándo? —repitió él retóricamente.

—Sí —dije—. ¿Cuándo lo liberarán?

Él chasqueó los dedos.

—Así.

—Bien —dije y me soné la nariz—. Estaré vigilando que lo pongan en libertad así —dije y también chasqueé los dedos. —¿Y a qué no sabe qué pasará si no es así? Yo también soy abogada y estoy de muy mal humor. Y vendré a buscarlo. ¿De acuerdo?

Él me sonrió y tragó fuerte.

—¿Qué clase de abogada? —preguntó.

—La clase de la que preferirá no saberlo —dije mientras trasponía la puerta.

Llegué a la oficina quince minutos más tarde, y cuando me senté detrás del escritorio sonaron al mismo tiempo mi radiollamada y la campanilla del teléfono. Antes de que yo tuviera tiempo de hacer nada, Rose apareció de pronto y parecía insólitamente tensa.

—Todo el mundo ha estado buscándola —dijo.

—Siempre es así. —Fruncí el entrecejo al ver el número que apareció en la pantalla de mi radiollamada. —¿Qué demonios pasa?

—Marino viene para acá —continuó ella—. Envían un helicóptero a la Facultad de Medicina de Virginia. El UEAS está en el aire en este momento y se dirige hacia aquí.

Avisaron a la oficina de Médicos Forenses de Baltimore que un equipo especial tendrá que manejar esto, y que la autopsia del cuerpo se deberá practicar en Frederick.

La fulminé con la mirada.

—¿El cuerpo?

—Al parecer, el FBI rastreó una llamada a un terreno para casas rodantes.

—Eso ya lo sé. —Me impacientaba. —En Maryland.

—Creen haber encontrado la casa rodante del asesino. No estoy muy clara con respecto a los detalles, pero tiene lo que podría ser un laboratorio de algún tipo. Y hay un cuerpo adentro.

No podía creer lo que estaba escuchando.

—¿El cuerpo de quién?

—Ellos creen que del asesino. Un posible suicidio. De un disparo. —Me observó por encima de sus anteojos y sacudió la cabeza. —Usted debería estar en su casa, en cama, con una taza de mi sopa de pollo.

Marino me recogió frente a mi oficina mientras el viento azotaba el centro de la ciudad y hacía flamear las banderas del estado en los techos de los edificios. Enseguida me di cuenta de que estaba enojado cuando arrancó el auto antes de que yo terminara de cerrar la portezuela. Después, no dijo nada.

—Gracias —dije, y le saqué el papel a una pastilla para la tos.

—Todavía estás enferma. —Dobló por la calle Franklin.

—Ya lo creo que sí. Gracias por preguntármelo.

—No sé por qué hago esto —dijo él, y no estaba de uniforme—. Lo último que quiero hacer es estar cerca de un maldito laboratorio donde alguien ha estado fabricando virus.

—Tú tendrás una protección especial —contesté.

—Lo más probable es que debería tenerla ahora mismo, por estar cerca de ti.

—Yo tengo gripe y lo mío ya no es contagioso. Confía en mí. Sé algo de estas cosas. Y no estés enojado conmigo, porque yo no pienso tolerártelo.

—Será mejor que confíes en que lo que tienes es gripe.

—Si tuviera algo más grave, empeoraría cada vez más y tendría más fiebre. Y, además, sarpullido.

—Sí, pero si ya estás enferma, ¿no significa que es más probable que te pesques otra cosa? Yo no sé por qué quieres hacer este viaje. Lo que es yo, maldito si quiero. Y no me gusta nada que me obliguen a hacerlo.

—Entonces déjame en alguna parte y vete —dije—. No se te ocurra ponerte ahora a lloriquear o a quejarte. No cuando todo el mundo se está yendo al carajo.

—¿Cómo está Wingo? —preguntó en un tono más conciliatorio.

—Francamente, estoy muy preocupada por él —contesté.

Pasamos por la Facultad de Medicina de Virginia y doblamos hacia un helipuerto donde llegaban pacientes y órganos cuando se los enviaba con médicos al hospital. El UEAS todavía no había llegado, pero un momento después alcanzamos a oír al poderoso Blackhawk, y la gente que estaba en automóviles o que caminaba por las veredas se detuvo y miró hacia arriba. Varios conductores sacaron el coche a la banquina para contemplar cómo esa magnífica máquina oscurecía el cielo y después, al descender y tocar tierra, lanzaba al aire una nube de pasto y de desperdicios.

La puerta se abrió y Marino y yo subimos. Los asientos de la tripulación ya estaban ocupados por científicos del UEAS. Estábamos rodeados de equipos de salvamento y de otra carpa aisladora portátil que se encontraba plegada como un acordeón. Me entregaron un casco con un micrófono, y yo me lo puse y me ajusté mi arnés de cinco puntos. Después ayudé a Marino con el suyo mientras él se depositaba en un asiento colapsable que no había sido construido para personas de su tamaño.

—Espero que los reporteros no se enteren de esto —dijo alguien cuando se cerró la pesada puerta.

Inserté el cable de mi micrófono en un enchufe que había en el techo.

—Se enterarán. Lo más probable es que ya lo sepan.

A *docmuert* le gustaba llamar la atención. Yo no podía creer que hubiera abandonado este mundo en silencio o sin su apología presidencial. No, algo más nos tenía reservado, y no quería imaginar qué podía ser. El viaje a Janes Island State Park duró menos de una hora, pero fue complicado por el hecho de que el terreno estaba densamente poblado con pinos. No había dónde aterrizar.

Nuestros pilotos nos depositaron en el puesto de la Guardia Costera en Crisfield, en un muelle llamada Somer's Cove, donde los veleros y yates, con las escotillas aseguradas con listones para el invierno, se mecían en las aguas encrespadas del río Little Annemessex. Entramos en ese edificio prolijo el tiempo necesario para ponernos trajes protectores y salvavidas, mientras el jefe Martínez nos presentaba un informe de la situación.

—Tenemos varios problemas al mismo tiempo —decía mientras se paseaba sobre la alfombra de la sala de comunicaciones donde todos estábamos reunidos—. En primer lugar, los habitantes de Tangier tienen familiares aquí, y hemos tenido que apostar guardias armados en los caminos que salen de la ciudad porque ahora al CCPE le preocupa la posibilidad de que la gente de Crisfield vaya a alguna otra parte.

—Nadie enfermó aquí —comentó Marino mientras luchaba por pasarse los pantalones por las botas.

—No, pero me preocupa que cuando todo esto comenzó, algunas personas hayan logrado salir de Tangier y venir aquí. Lo que quiero decirles es que no esperen encontrar una actitud cordial por esta zona.

—¿Quién está en el terreno para acampantes? —preguntó alguien más.

—En este momento, los agentes del FBI que encontraron el cuerpo.

—¿Y qué me dice de otros acampantes? —preguntó Marino.

—Esto es lo que me dijeron —respondió Martínez—. Cuando los agentes entraron, encontraron alrededor de media docena de acampantes y sólo uno con una conexión telefónica. Eso fue en el campamento número dieciséis, y comenzaron a llamar a su puerta. No hubo respuesta, así que espiaron por una ventana y vieron el cuerpo en el suelo.

—¿Los agentes no entraron? —pregunté.

—No. Al darse cuenta de que podía tratarse del asesino, les preocupó la posibilidad de ser contaminados y no lo hicieron. Pero me temo que uno de los guardianes sí lo hizo.

—¿Por qué? —pregunté.

—Ya conocen el dicho. La curiosidad mató al gato. Al parecer, uno de los agentes se había ido a la pista donde ustedes aterrizaron para recoger a otros dos agentes. Lo que sea. En determinado momento, nadie miraba y el guardia entró y enseguida salió corriendo, despavorido. Dijo que adentro había una especie de monstruo salido de un libro de Stephen King. No me pregunten a mí. —Se encogió de hombros y puso los ojos en blanco.

Miré al equipo del UEAS.

—Nos llevaremos al guardia con nosotros —dijo un muchacho joven cuyas insignias lo identificaban como capitán—. A propósito, me llamo Clark. Éste es mi equipo —me dijo—. Ellos se ocuparán del cuerpo, lo pondrán en cuarentena y lo vigilarán.

—El campamento dieciséis —dijo Marino—. ¿Sabemos quién lo alquiló?

—Todavía no tenemos esos detalles —dijo Martínez—. ¿Ya todos se pusieron el traje? —Hizo un registro visual del grupo. Había llegado el momento de partir.

La Guardia Costera nos llevó en dos Boston Whalers porque el lugar al que íbamos era demasiado poco profundo para un cutter o una lancha patrullera. Martínez piloteaba la embarcación donde yo iba, de pie y muy calmo, como si avanzar a sesenta y cinco kilómetros por hora sobre aguas agitadas fuera una cosa perfectamente normal. Honestamente creí que en cualquier momento yo saldría despedida por el aire a pesar de estar bien aferrada a la barandilla y sentada a un costado. Era como montar un toro mecánico, y el aire se me metía con tanta velocidad en la nariz y en la boca que casi no podía respirar.

Marino estaba frente a mí, del otro lado del barco, y tenía el aspecto de alguien al borde del vómito. Yo traté de enviarle con los labios una palabra tranquilizadora, pero él me miró con expresión vacía mientras se aferraba con todas sus fuerzas a la barandilla. La embarcación redujo la velocidad en una caleta llamada Flat Cat, repleta de espadañas. Yo no veía más que pinos. Después, al acercarnos más al parque, había senderos y cuartos de baño, una pequeña construcción para el guardián, y sólo una casa rodante. Martínez nos llevó al muelle y otro guardacostas amarró el barco mientras el motor se apagaba.

—Voy a vomitar —me dijo Marino al oído cuando desembarcábamos.

—No, no lo harás —expresé y lo aferré del brazo.

—Yo no pienso entrar en ese trailer.

Giré la cabeza y observé su rostro.

—Tienes razón. No entrarás —agregué—. Ése es mi trabajo, pero antes tenemos que localizar al guardia.

Marino comenzó a alejarse del muelle antes de que el segundo barco llegara, y yo miré por entre el bosque hacia la casa rodante de *docmuert*. Era bastante vieja y junto a ella no estaba lo que la había remolcado; y se encontraba estacionada lo más lejos posible del puesto del guardia, oculta a la sombra de los pinos. Cuando todos estuvimos en tierra firme, el equipo del UEAS nos entregó los ya familiares trajes anaranjados, los tanques de aire y las baterías adicionales de cuatro horas de duración.

—Esto es lo que haremos. —El que lo dijo fue el jefe del equipo del UEAS llamado Clark. —Nos ponemos los trajes y sacamos el cuerpo del trailer.

—Yo quisiera entrar primero —manifesté—. Sola.

—Correcto. —Asintió. —Entonces vemos si hay algo peligroso allá adentro, cosa que espero que no encontremos. Sacamos el cuerpo y hacemos remolcar la casa rodante de aquí.

—Constituye una prueba —dije y lo miré—. No podemos sencillamente sacarla de aquí.

Por la expresión de su cara supe lo que estaba pensando. Que si el asesino estaba muerto, el caso quedaba cerrado. Y el trailer representaba un peligro biológico y debía ser quemado.

—No —le dije—. No cerramos esto tan rápido. No podemos hacerlo.

Él vaciló y su expresión era de desaliento cuando miró hacia la casa rodante.

—Yo entraré —expresé—. Y después le diré lo que es preciso hacer.

—Me parece bien. —Volvió a levantar la voz. —¿Muchachos? Vamos. Nadie entra excepto la médica forense, hasta que se les diga lo contrario.

Nos siguieron por el bosque, provistos de la carpa aisladora portátil. Las agujas de los pinos crujían debajo de mis pies como trigo desmenuzado, y el aire estaba fresco y limpio cuando nos acercamos más a la casa rodante. Tenía alrededor de cinco metros y medio de largo y un toldo corredizo a rayas anaranjadas.

—Es un trailer viejo, apuesto que tiene como ocho años de antigüedad —dijo Marino, quien sabía mucho de esas cosas.

—¿Qué haría falta para remolcarlo? —pregunté mientras nos poníamos los trajes.

—Una pickup —respondió—. Quizás una furgoneta. Esto no necesita nada con muchos caballos de fuerza. ¿Qué se supone que debemos hacer ahora? ¿Ponernos estos trajes sobre lo que ya tenemos puesto?

—Sí —contesté y deslicé la corredera del cierre—. Lo que me gustaría saber es qué fue del vehículo que remolcó el trailer hasta aquí.

—Una buena pregunta —dijo él entre bufidos mientras luchaba con el traje—. ¿Y dónde está la chapa patente?

Yo acababa de encender el aire de mi equipo cuando un hombre joven emergió de entre los árboles con un uniforme verde y un sombrero color humo. Parecía sorprendido al vernos con nuestras capuchas y trajes anaranjados y percibí su miedo. No se nos acercó cuando se presentó como el guardia nocturno del parque.

Marino fue el primero en dirigirse a él.

—¿En algún momento vio a la persona que se alojaba allí adentro?

—No —contestó el guardia.

—¿Y los tipos de los otros turnos?

—Ninguno recuerda haber visto a nadie, sólo luces por la noche en algunas ocasiones. Como puede ver, el trailer se encuentra ubicado bastante lejos del puesto. Su ocupante podría haberse dirigido a las duchas o a cualquier otra parte sin que nadie lo viera.

—¿No hay aquí otros acampantes? —pregunté por sobre el ruido del aire que entraba en el interior de mi capucha.

—No ahora. Había quizás otras tres personas cuando encontré el cuerpo, pero les aconsejé que se fueran porque podría haber aquí alguna clase de enfermedad.

—¿Los interrogó primero? —preguntó Marino, y noté que estaba irritado con ese joven guardia que acababa de alejar a todos nuestros testigos.

—Nadie sabía nada, salvo una persona que creía haberse cruzado con él. —Indicó la casa rodante con la cabeza. —Anteanoche. En el baño. Era un tipo corpulento y desaliñado con pelo oscuro y barba.

—¿Se estaba duchando? —pregunté.

—No, señora. —Vaciló un momento. —Estaba orinando.

—¿El trailer no tiene baño?

—En realidad no lo sé. —Volvió a vacilar. —Si quiere que le diga la verdad, yo no me quedé mucho tiempo adentro. En cuanto vi eso... bueno, salí como una exhalación.

—¿Y no sabe qué fue lo que remolcó ese trailer? —preguntó Marino.

El guardia parecía ahora sentirse muy incómodo.

—En esta época del año todo suele estar muy tranquilo aquí, y muy oscuro. Yo no tenía motivos para notar a qué vehículo estaba acoplado. Y, de hecho, ni siquiera recuerdo que hubiera uno.

—Pero tiene el número de una chapa patente. —La mirada de Marino no era nada cordial a través de su capucha.

—Por supuesto que sí. —Aliviado, el guardia sacó un trozo de papel plegado del bolsillo. —Lo tengo registrado aquí. —Desplegó el papel. —Ken A. Perley, Norfolk, Virginia.

Le entregó el papel a Marino, quien dijo con tono irónico:

—Fantástico. Es el nombre que ese imbécil robó de una tarjeta de crédito. Así que estoy seguro de que el número de patente que le dio es también exacto. ¿Cómo le pagó?

—Con un cheque de caja.

—¿Se lo dio a alguien personalmente? —preguntó Marino.

—No. Hizo la reserva por correo. Nadie vio en ningún momento nada, excepto el papel que tiene en la mano. Como le dije, nunca lo vimos.

—¿Qué me dice del sobre en que vino esto? —preguntó Marino—. ¿Lo guardó para que al menos tengamos el matasellos?

El guardia sacudió la cabeza. Miró nerviosamente a los científicos con sus trajes anaranjados, quienes escuchaban cada una de sus palabras. Miró fijo el trailer y se mojó los labios.

—¿Le importa que le pregunte qué hay allí adentro y qué me va a pasar porque entré? —Su voz se quebró y pareció a punto de echarse a llorar.

—El trailer podría estar contaminado con un virus —le dije—, pero no lo sabemos con seguridad. Todos los que estamos aquí lo cuidaremos.

—Me dijeron que iban a encerrarme en un cuarto, como si estuviera en una celda de castigo. —Su miedo salió a la luz; levantó la voz y en sus ojos había una expresión desesperada. —¡Quiero saber exactamente qué hay allá adentro que yo me puedo haber contagiado!

—Estará en el mismo lugar en que yo estuve la semana pasada —le aseguré—. Una linda habitación con enfermeras agradables. Sólo durante algunos días, para tenerlo en observación. Eso es todo.

—Considérelo una vacación. En realidad no es tan terrible. Sólo porque esa gente tiene puestos esos trajes, no vaya a ponerse aprensivo —dijo Marino, como si él hubiera superado esos temores.

Siguió hablando como si fuera un gran experto en enfermedades infecciosas, y yo los dejé a los dos y me acerqué sola a la casa rodante. Por un momento permanecí de pie, muy cerca, y miré en todas direcciones. A la izquierda había grandes cantidades de árboles y, después, el río donde estaban amarrados nuestros barcos. A mi derecha, a través de más árboles, alcanzaba a oír el ruido de una carretera. El trailer se encontraba estacionado sobre una suave cama de agujas de pino, y lo primero que noté fue el sector raspado sobre la barra de enganche pintada de blanco.

Me acerqué, me puse en cuclillas y froté mis dedos enguantados sobre surcos profundos y raspones en el aluminio en un lugar donde debería estar el Número de Identificación del Vehículo, o NIV. Cerca del techo noté que un sector del vinilo había sido chamuscado, y decidí que alguien había acercado un soplete de gas al segundo NIV. Rodeé el vehículo hasta el otro lado.

La puerta no estaba con llave ni totalmente cerrada porque había sido forzada con alguna herramienta, y mis nervios comenzaron a hacerse sentir. Se me despejó la cabeza y me concentré por completo en lo que estaba haciendo, tal como me sucedía siempre cuando las pruebas gritaban una historia completamente diferente de la que alegaban los testigos. Después de ascender por los peldaños metálicos, entré y permanecí inmóvil mientras paseaba la vista por una escena que para muchos podía no significar nada pero que a mí me confirmaba una pesadilla. Ése era el laboratorio de *docmuert*.

En primer lugar, la calefacción estaba a máxima potencia. La apagué y me sobresalté cuando una cosa blanca de pronto cruzó delante de mis pies. Pegué un salto y lancé un grito mientras el animal corría hacia una pared y se sentaba, temblando y jadeando. El pobre conejo de laboratorio había sido afeitado en parches y escarificado con infección; sus erupciones eran horribles y oscuras. Advertí su jaula de alambre, que parecía haber caído de una mesa, y tenía la puerta abierta de par en par.

—Ven aquí. —Me puse en cuclillas y extendí una mano, mientras el animal me miraba con sus ojos rosados y sus largas orejas temblaban.

Con cuidado me fui acercando porque no podía permitir que saliera. Era una fuente viviente de propagación de la enfermedad.

—Ven aquí, pobrecito —le dije al monstruo del guardia—. Prometo que no te haré daño.

Entonces lo alcé con suavidad, mientras su corazón latía con fuerza y todo su cuerpo era un solo temblor. Lo puse en su jaula y después me dirigí a la parte posterior del trailer. El portal que traspuse era pequeño y el cuerpo que había del otro lado prácticamente llenaba el dormitorio. El hombre estaba boca abajo sobre una vieja alfombra dorada que tenía manchas oscuras de sangre. Su pelo era ondulado y oscuro, y cuando lo puse boca arriba el *rigor mortis* ya había aparecido y pasado. Me recordó a un leñador con chaqueta y pantalones sucios. Sus manos eran enormes y con uñas sucias; su barba y su bigote, desaliñados.

Lo desvestí de la cintura para arriba para verificar el patrón del *livormortis* o sedimentación de la sangre por la gravedad después de la muerte. Tenía la cara y el pecho color púrpura rojizo, con zonas más claras donde su cuerpo había estado en contacto con el piso. No vi ninguna señal de que lo hubieran movido después de la muerte. Le habían disparado una vez en el pecho y desde muy cerca, posiblemente con la escopeta Remington de dos cañones que tenía al lado, junto a la mano izquierda.

La marca de los perdigones formaba un gran orificio con bordes en forma de valva en el centro del pecho. Nada indicaba una herida de contacto. Después de medir el arma y sus brazos, no entendí cómo ese hombre podía haber alcanzado el gatillo. Tampoco vi señales de que hubiera montado algo que lo ayudara en este sentido. Al revisarle los bolsillos no encontré billetera ni ninguna identificación sino sólo un cuchillo que tenía la hoja torcida y con raspones.

No perdí más tiempo con él sino que salí, y el equipo del UEAS estaba inquieto, al igual que la gente que esperaba ir a alguna parte y temía perder su vuelo. Me miraron fijo cuando yo bajé por los peldaños y Marino se echó hacia atrás. Prácticamente se perdió entre los árboles, sus brazos color naranja cruzados sobre el pecho y el guardia de pie junto a él.

—Ésta es una escena del crimen completamente contaminada —anuncié—. Tenemos a un hombre blanco muerto, sin ninguna identificación. Necesito que alguien me ayude a sacar el cuerpo. Es preciso aislarlo. —Miré al capitán.

—Vuelve con nosotros —dijo él.

Yo asentí.

—Ustedes pueden practicar la autopsia y, quizá, conseguir a alguien de la Oficina de Médicos Forenses de Baltimore que la presencie. La casa rodante es otro problema. Hay que llevarla a algún lugar donde se pueda trabajar en ella sin peligro. Es preciso recoger las pruebas y descontaminarla. Francamente, esto está más allá de mi alcance. A menos que ustedes tengan una unidad de aislamiento que pueda contener a algo de ese tamaño, quizá deberíamos llevarlo a Utah.

—¿A Dugway? —preguntó él, con dudas.

—Sí —respondí—. Tal vez el coronel Fujitsubo nos pueda ayudar en ese sentido.

El Campo de Pruebas Dugway era el más grande polígono de tiro y lugar de pruebas del Ejército para la defensa química y biológica. A diferencia del UEAS, que estaba en el corazón de la zona urbana de los Estados Unidos, Dugway tenía el vasto terreno del desierto de Great Salt Lake para probar láseres, bombas y otras cosas. Más concretamente, poseía la única sala de pruebas de los Estados Unidos capaz de procesar un vehículo tan grande como un tanque de guerra.

El capitán pensó un momento, y su mirada pasaba de mi persona a la casa rodante, mientras tomaba una decisión y trazaba un plan.

—Frank, toma el teléfono y pongamos esto en movimiento lo antes posible —le dijo a uno de los científicos—. El coronel tendrá que trabajar con la Fuerza Aérea y conseguir venir aquí cuanto antes porque no quiero que esta cosa permanezca allí toda la noche. Y necesitaremos un camión remolque o de gran tonelaje.

—Deberíamos poder conseguirlo por esta zona, con todos los mariscos que embarcan —dijo Marino—. Yo me ocuparé.

—Espléndido —continuó el capitán—. Que alguien me traiga tres bolsas para cadáveres y la carpa aisladora. —Después me dijo: —Apuesto a que usted necesita una mano.

—Ya lo creo que sí —contesté, y los dos echamos a andar hacia el trailer.

Abrí la puerta alabeada de aluminio y él me siguió al interior, y no nos detuvimos hasta llegar a la parte de atrás. Por la expresión de los ojos de Clark me di cuenta de que nunca había visto nada parecido, pero con su capucha y su tanque de aire, al menos no tenía que enfrentar el hedor de la carne humana en descomposición. Se arrodilló en un extremo y yo en el otro; el cuerpo era pesado y el espacio, imposiblemente abigarrado.

—¿Hace calor aquí o soy sólo yo? —preguntó en voz alta mientras nos esforzábamos sobre piernas que parecían de goma.

—Alguien encendió la calefacción al máximo. —Yo ya casi no podía respirar. —Para apresurar la contaminación viral y la descomposición. Una forma popular para confundir la escena del crimen. Está bien. Metámoslo en la bolsa. Le quedará apretada, pero creo que podemos hacerlo.

Comenzamos a tratar de introducirlo en una segunda bolsa, y nuestras manos y trajes estaban resbalosos con la sangre. Nos llevó casi treinta minutos meter el cuerpo dentro de la carpa aisladora, y los músculos me temblaban cuando lo llevamos afuera. El corazón me galopaba en el pecho y estaba empapada de transpiración. Afuera, nos rociaron con un enjuague químico, igual que a la carpa aisladora, que fue transportado en un camión de vuelta a Crisfield. Después el equipo comenzó a trabajar con la casa rodante.

Todas sus partes, excepto las ruedas, debían envolverse en un vinilo grueso de color azul que tenía una capa de filtro HEPA. Yo me quité el traje con gran alivio y me retiré al iluminado y cálido puesto de los guardias, donde me cepillé las manos y la cara. Tenía los nervios destrozados y habría dado cualquier cosa por meterme en la cama, tomar NyQuil y dormirme.

—Esto sí que es un desastre —dijo Marino al entrar con una ráfaga de aire frío.

—Por favor, cierra la puerta —dije, temblando.

—¿Qué te preocupa? —Se sentó en la otra punta de la habitación.

—La vida.

—No puedo creer que hayas estado allá afuera cuando estás enferma. Creo que has perdido el juicio por completo.

—Gracias por tus palabras de consuelo —dije.

—Bueno, esto tampoco es exactamente una vacación para mí. Clavado aquí con gente que debo entrevistar, y no tengo vehículo. —Parecía agotado.

—¿Qué harás?

—Encontraré algo. Se rumorea que Lucy y Janet están cerca y tienen auto.

—¿Dónde? —Comencé a incorporarme.

—No te agites. Están tratando de encontrar personas para entrevistar, lo mismo que tengo que hacer yo. Dios, necesito fumar. Ya casi pasó todo un día.

—No lo hagas aquí —dije y le señalé un cartel.

—La gente se está muriendo de viruela y tú me fastidias con eso.

Saqué el envase de Motrin y tomé tres sin agua.

—¿Qué harán ahora todos estos cadetes del espacio? —preguntó.

—Algunos permanecerán en la zona, tratando de rastrear a las personas que pueden haber estado expuestas, ya sea en Tangier o en el terreno para acampantes. Trabajarán en distintos turnos con otros miembros del equipo. Supongo que tú también estarás en contacto con ellos, por si llegas a encontrar a alguien que puede haber estado expuesto.

—¿Qué? ¿Se supone que tengo que andar toda la semana con traje anaranjado? —Bostezó. —Son una verdadera porquería. Calientes como el diablo, salvo en la capucha. —En el fondo estaba orgulloso de haber usado uno de esos trajes.

—No, no tendrás que usar un traje de plástico —dije.

—¿Y qué ocurrirá si descubro que una persona a la que estoy entrevistando estuvo expuesta?

—Entonces no la beses.

—Esto no me parece gracioso. —Me miró fijo.

—Es cualquier cosa menos gracioso.

—¿Qué pasará con el muerto? ¿Van a cremarlo cuando ni siquiera sabemos quién es?

—Le practicarán una autopsia por la mañana —dije—. Supongo que mantendrán su cuerpo refrigerado durante todo el tiempo que puedan.

—Todo esto es muy extraño. —Marino se frotó la cara con las manos. —Y tú viste una computadora allí adentro.

—Sí, una laptop. Pero ninguna impresora ni scanner. Sospecho que esto es el escondrijo de alguïen. Que tiene la impresora y el scanner en su casa.

—¿Qué me dices de un teléfono?

Pensé un momento.

—No recuerdo haber visto uno.

—Pues bien, la línea telefónica va desde la casa rodante hasta la caja. Veremos qué podemos averiguar sobre esto, como por ejemplo a nombre de quién está la cuenta. También le contaré a Wesley lo que está pasando.

—Si la línea telefónica sólo se usó para AOL —dijo Lucy al entrar y cerrar la puerta—, entonces no habrá ninguna factura telefónica. La única factura estará en AOL y le llegará a Perley, el individuo cuyo número de tarjeta de crédito robaron.

Lucy parecía alerta pero un poco desgreñada; usaba jeans y una campera de cuero. Sentada junto a mí, me examinó el blanco de los ojos y me palpó las glándulas del cuello.

—Saca la lengua —dijo, muy seria.

—¡Basta! —La empujé, mientras al mismo tiempo tosía y reía.

—¿Cómo te sientes?

—Mejor. ¿Dónde está Janet? —pregunté.

—Afuera en alguna parte. Hablando. ¿Qué clase de computadora había allí?

—No tuve tiempo de estudiarla —respondí—. No me fijé en ninguna de sus características.

—¿Estaba encendida?

—No lo sé. No la revisé.

—Necesito entrar en ella.

—¿Qué quieres hacer? —pregunté y la miré.

—Creo que necesito ir contigo.

—¿Ellos te lo permitirán? —preguntó Marino.

—¿Quiénes demonios son ellos?

—Los zánganos para los que trabajas —contestó él.

—Ellos me metieron en este caso. Esperan que yo lo solucione.

Su mirada en ningún momento dejó de moverse hacia las ventanas y la puerta. Lucy había sido infectada y sucumbiría por su exposición a las fuerzas del orden. Debajo de su campera usaba una Sig Sauer de nueve milímetros dentro de una pistolera con cargadores adicionales. Y lo más probable era que tuviera una manopla de bronce en el bolsillo. Se tensó cuando la puerta se abrió y otro guardia entró corriendo, el pelo todavía mojado por la ducha, la mirada nerviosa y agitada.

—¿Puedo hacer algo por ustedes? —nos preguntó mientras se quitaba la chaqueta.

—Sí —contestó Marino y se puso de pie—. ¿Qué clase de vehículo tiene?

CAPÍTULO 14

El enorme camión aguardaba cuando llegamos, y encima de él, la casa rodante cubierta con vinilo tenía un brillo azul traslúcido debajo de las estrellas y todavía acoplado a una pickup. Estacionábamos cerca, en un camino de tierra al borde de un campo, cuando un imponente aeroplano pasó alarmantemente cerca de nuestras cabezas y el rugido de sus motores fue más intenso que el de un jet comercial.

—¿Qué demonios...? —exclamó Marino y abrió la puerta del jeep del guardia.

—Creo que ése es nuestro vehículo a Utah —dijo Lucy desde el asiento de atrás, en el que ella y yo estábamos sentadas.

El guardia miraba hacia arriba a través del parabrisas, con expresión de incredulidad.

—Demonios. Maldición. ¡Estamos siendo invadidos!

Un HMMWV bajó primero, envuelto en cartón corrugado, encima de una pesada plataforma de madera. El ruido que hizo fue como de una explosión cuando aterrizó sobre el pasto comprimido del campo y fue arrastrado por paracaídas tirados por el viento. Después, el nailon verde cayó sobre el vehículo multirrodado, y más mochilas brotaron en los cielos cuando más cargamento descendió y cayó sobre el suelo. Siguieron los paracaidistas, que se mecían en el aire dos o tres veces antes de aterrizar sobre sus pies y sacarse enseguida los arneses. Recogían sus paracaídas cuando el sonido de su C-17 se alejaba más allá de la luna.

El Equipo de Control de Combate de la Fuerza Aérea, destacado en Charleston, Carolina del Sur, había llegado precisamente trece minutos después de la medianoche. Permanecimos sentados en el jeep mientras contemplábamos, fascinados, cómo esos hombres comenzaban a comprobar lo compacto del terreno, porque lo que estaba por aterrizar sobre él pesaba lo suficiente como para demoler una pista de aterrizaje normal de asfalto. Se tomaron medidas, se realizaron inspecciones, y el equipo desplegó dieciséis luces de aterrizaje ACR a control remoto, mientras una mujer con ropa camuflada le quitaba la cubierta al HMMWV, encendía su resonante motor diésel, lo bajaba de su plataforma y lo sacaba del camino.

—Tengo que encontrar algún lugar para alojarme —dijo Marino mientras observaba el espectáculo—. ¿Cómo demonios pueden hacer aterrizar un avión militar tan grande en un campo tan pequeño?

—Algo puedo decirte al respecto —dijo Lucy, quien siempre tenía a mano una explicación técnica—. Al parecer, el C-17 fue diseñado para aterrizar con carga sobre una pista insólitamente pequeña como ésta. O en el lecho seco de un lago. En Corea, hasta utilizaron rutas interestatales.

—Ya empezamos —dijo Marino con su habitual ironía.

—La única otra cosa que podía aterrizar en un lugar como éste es un C-130 —continuó Lucy—. El C-17 incluso puede retroceder, ¿no es increíble?

—No es posible que un avión de carga pueda hacer todo eso —dijo Marino.

—Pues este bebé sí puede —dijo ella como si quisiera adoptarlo.

Él comenzó a mirar en todas direcciones.

—Estoy tan hambriento que soy capaz de comerme un neumático, y daría todo mi sueldo por una cerveza. Bajaré la ventanilla aquí mismo y me fumaré un cigarrillo.

Intuí que el guardia no querría que nadie fumara en su tan cuidado jeep, pero era demasiado tímido para decirlo.

—Marino, bajémonos —dije—. El aire fresco nos hará bien.

Nos apeamos del jeep y él encendió un Marlboro y lo chupó como si fuera leche de madre. Los integrantes del equipo del UEAS que estaban a cargo del camión remolque y su cargamento seguían con sus trajes protectores y se mantenían alejados de todos. Estaban reunidos en el camino de tierra y observaban a los hombres de la Fuerza Aérea que trabajaban en lo que parecían hectáreas de tierra llana que en tiempos de más calor podían usarse como campo de juego.

Un Plymouth oscuro y sin marcas se acercó a alrededor de las dos de la mañana y Lucy corrió hacia él. La observé hablar con Janet por la ventanilla abierta del lado del conductor. Después el auto se alejó.

—Estoy de vuelta —dijo Lucy en voz baja y me tocó el codo.

—¿Todo bien? —pregunté, y supe que la vida que las dos llevaban debía de ser muy dura.

—Por el momento, todo bajo control —respondió.

—Cero Cero Siete, fue muy agradable de tu parte venir hoy a ayudarnos —le dijo Marino a Lucy, fumando como si fuera la última hora que podía hacerlo.

—¿Sabes?, es una violación federal faltarles el respeto a los agentes federales —dijo—. Sobre todo a las minorías de extracción italiana.

—De veras espero que sean una minoría. No quiero tener aquí a otras como tú. —Sacudió el cigarrillo para que se desprendiera la ceniza y oímos el ruido de un avión a lo lejos.

—Janet se quedará aquí —le dijo Lucy—. Lo cual quiere decir que ustedes dos estarán trabajando juntos en esto. Nada de fumar en el auto, y si llegas a hacerle algo, tu vida terminó.

—Shhh —les dije a los dos.

El regreso del jet se oyó con intensidad desde el norte y todos permanecimos en silencio, la vista fija en el cielo, cuando las luces de pronto se encendieron. Formaron una línea de puntos, verdes para la aproximación, blancos para la zona de seguridad y, por último, rojos para anunciar el fin de la pista de aterrizaje. Pensé en lo extraño que le resultaría todo esto a cualquiera que tuviera la mala suerte de pasar por aquí conduciendo un automóvil cuando ese avión se acercaba. Yo alcanzaba a ver su sombra oscura y el parpadeo de las luces de las alas cuando perdió altura y su rugido se hizo terrible. El C-17 bajó el tren de aterrizaje y enfiló hacia nosotros.

Tuve la espantosa sensación de que presenciaría un terrible accidente, de que esa monstruosa máquina gris con las puntas de las alas verticales estaba por clavarse en la tierra. Sonaba como un huracán cuando rugió sobre nuestras cabezas y nos pusimos los dedos en los oídos. Sus enormes ruedas tocaron el suelo, el pasto y la tierra volaron en grandes trozos y las ruedas y esas ciento treinta toneladas de aluminio y de acero cavaron una huella. Los alerones de las alas subieron, y el motor cambió a marcha atrás cuando el jet chilló y se detuvo en el extremo de un campo que no era suficientemente grande para jugar un partido de fútbol.

Entonces los pilotos comenzaron a hacerlo retroceder por el pasto, en dirección a nosotros, para tener delante suficiente pista para volver a levantar vuelo. Cuando su cola tocó el borde del camino de tierra, el C-17 se detuvo. La puerta de atrás se abrió como la boca de un tiburón y una rampa metálica descendió. El sector de carga estaba completamente abierto, iluminado y resplandeciente con su metal lustrado.

Durante un rato observamos el trabajo del jefe de cargas y sus hombres. Usaban atuendos contra la guerra química: capuchas oscuras, gafas protectoras y guantes negros, y tenían un aspecto fantasmal, sobre todo de noche. Enseguida sacaron la pickup y la casa rodante del camión, los desengancharon, y el HMMWV remolcó el trailer al interior del C-17.

—Ven —dijo Lucy mientras me tiraba del brazo—. No queremos perdernos el viaje.

Nos dirigimos al campo y yo no podía creer tanta potencia y tanto ruido cuando ascendimos por la rampa automática y nos abrimos camino por entre rodamientos incorporados al piso metálico y miles de cables expuestos sobre nuestras cabezas. El avión parecía suficientemente grande como para transportar varios helicópteros, ómnibus de la Cruz Roja y tanques. Tenía por lo menos cincuenta asientos plegables, pero esa noche la tripulación era pequeña: sólo el jefe de cargas y los paracaidistas, y una teniente primero llamada Laurel, que supuse había sido asignada a nosotros.

Era una joven atractiva con pelo oscuro y corto, y nos estrechó las manos y sonrió como una anfitriona amable.

—La buena noticia es que ustedes no se sentarán aquí abajo —dijo—. Estaremos arriba con los pilotos. Otra buena noticia es que tengo café para ofrecerles.

—Eso sería maravilloso —dije, con un estruendo metálico de fondo porque la tripulación aseguraba en ese momento la casa rodante y el HMMWV al piso con cadenas y redes.

Los escalones que arrancaban del sector de carga estaban pintados con el nombre del avión que, en este caso, con mucho acierto era *Heavy Metal*. La cabina del piloto era enorme, con un sistema electrónico de control de vuelo y *displays* como los que usaban los pilotos de caza. La máquina se timoneaba con palancas en lugar de balancines, y el instrumental infundía temor.

Trepé a un asiento giratorio, detrás de dos pilotos con overoles verdes, que estaban demasiado atareados para prestarnos atención.

—Tienen auriculares para poder hablar, pero por favor no lo hagan cuando hablan los pilotos —nos dijo Laurel—. No están obligadas a usarlos, pero les advierto que aquí hay bastante ruido.

Me ajusté el arnés de cinco puntos y advertí la máscara de oxígeno que colgaba de cada silla.

—Yo estaré abajo pero vendré a cada rato para ver si necesitan algo —nos dijo la teniente—. El trayecto a Utah dura alrededor de tres horas, y el aterrizaje no debería ser demasiado abrupto. Tienen una pista suficientemente larga para el transbordador espacial, o al menos eso es lo que aseguran. Ya saben lo jactanciosos que son los del ejército.

Volvió a bajar mientras los pilotos hablaban en jerga y en códigos que no significaban nada para mí. Comenzamos a movernos apenas treinta minutos después de que el avión había aterrizado.

—Ahora estamos avanzando por la pista —dijo un piloto—. ¿Carga? —Supuse que le hablaba al jefe de cargas que estaba abajo. —¿Todo asegurado?

—Sí, señor. —La voz sonó en mis auriculares.

—¿Completamos ya la lista de verificación?

—Sí.

—Muy bien. Allá vamos.

El avión pegó un envión hacia adelante y saltó sobre el campo con una potencia que hacía que ése fuera un despegue completamente distinto de todos los que yo conocía. El motor rugía a más de ciento sesenta kilómetros por hora y se elevó por el aire en un ángulo tan agudo que me aplastó contra el respaldo de la butaca. De pronto las estrellas brillaron en el cielo y las luces de Maryland eran una red que parpadeaba.

—Nuestra velocidad es de alrededor de doscientos nudos —dijo uno de los pilotos—. Puesto de Comando, avión 30601. Alerones arriba. Ejecuten.

Miré a Lucy, que estaba sentada detrás del copiloto y trataba de ver lo que él hacía mientras escuchaba cada palabra que, posiblemente, memorizaba. Laurel volvió con tazas de café, pero nada podría haberme mantenido despierta. Me sumí en un sueño profundo a treinta y cinco mil pies de altura mientras el jet volaba hacia el oeste a seiscientas millas por hora. Desperté cuando alguien hablaba desde una torre de control.

Estábamos sobre Salt Lake City y descendíamos, y Lucy seguro que no querría volver a poner los pies sobre la tierra después de escuchar la conversación de la cabina. Me pescó mirándola pero no quería distraerse. Confieso que jamás conocí a nadie como ella: tenía una curiosidad voraz por cualquier cosa que pudiera armarse, desarmarse, programarse y, en general, convertirse en algo que le sirviera. Creo que la gente era la única cosa que mi sobrina no terminaba de entender.

El Control de Clover nos pasó al Control de Dugway Range, y entonces comenzamos a recibir instrucciones para el aterrizaje. A pesar de lo que nos dijeron sobre el largo de la pista, yo tuve la sensación de que seríamos arrancadas de nuestros asientos cuando el jet avanzaba a toda velocidad sobre el asfalto mientras miles de luces destellaban y el aire rugía contra los alerones levantados. La frenada fue tan abrupta que no me pareció físicamente posible, y me pregunté si los pilotos habrían estado practicando.

—Hemos llegado —dijo uno de ellos con tono animado.

CAPÍTULO 15

Dugway era del tamaño de Rhode Island, y dos mil personas vivían en la base. Pero no pudimos ver nada cuando llegamos a las cinco y media de la mañana. Laurel nos pasó a un soldado, que nos puso en un camión y nos llevó a un lugar donde pudiéramos descansar y refrescarnos. No había tiempo para dormir. El avión despegaría un poco más tarde y necesitábamos estar en él.

Lucy y yo nos registramos en el Antelope Inn, frente al Community Club. Nos dieron un cuarto con dos camas en la planta baja, con muebles color roble claro y alfombra azul de pared a pared. Tenía vista a los cuarteles del otro lado de la pradera, y allí las luces comenzaban a encenderse con el amanecer.

—¿Sabes? No creo que tenga sentido que nos duchemos puesto que después tendríamos que ponernos la misma ropa sucia —dijo Lucy y se desperezó sobre su cama.

—Tienes mucha razón —convine, y me saqué los zapatos—. ¿Te importa si apago esta lámpara?

—Iba a pedirte que lo hicieras.

La habitación quedó a oscuras.

—¿Recuerdas cuando venías a quedarte conmigo cuando eras chiquita? —pregunté—. A veces permanecíamos despiertas la mitad de la noche. Nunca querías dormirte, siempre me pedías que te leyera otro cuento. Me agotabas.

—Yo no lo recuerdo así. Yo quería dormir y tú no me dejabas.

—No es cierto.

—Porque se te caía la baba por mí.

—Nada de eso. Yo casi no toleraba estar en la misma habitación que tú —dije—. Pero me dabas lástima y quería ser bondadosa.

Una almohada voló por la oscuridad y me golpeó en la cabeza. Yo se la devolví. Entonces Lucy saltó de su cama a la mía, y cuando llegó allí no supo bien qué hacer, porque ella ya no tenía diez años y yo no era Janet. Se levantó, regresó a su cama y acomodó las almohadas.

—Me parece que estás mucho mejor —manifestó.

—Mejor sí, pero no mucho. Viviré.

—Tía Kay, ¿qué vas a hacer con respecto a Benton? Ya ni siquiera pareces pensar en él.

—Sí que lo hago —contesté—. Pero las cosas han estado un poco fuera de control últimamente.

—Ésa es la excusa que siempre da la gente. Yo debería saberlo. Se la oí decir toda la vida a mi madre.

—Pero no a mí —dije.

—Ése es el asunto. ¿Qué quieres hacer con respecto a él? Podrían casarse.

La sola idea volvió a desalentarme.

—No creo que pueda hacerlo, Lucy.

—¿Por qué no?

—A lo mejor tengo una rutina muy establecida, de la que no puedo apartarme. Se me exige demasiado.

—Tú también necesitas tener una vida.

—Me parece que la tengo —dije—. Pero quizá no sea lo que los demás creen que debería ser.

—Tú siempre me diste consejos —agregó ella—. Tal vez ahora debo dártelos yo. Y no creo que debas casarte.

—¿Por qué? —Sentí más curiosidad que sorpresa.

—No creo que en realidad hayas enterrado a Mark. Y hasta que lo hagas, no deberías casarte. No lo harías con todo tu ser.

Me sentí triste y me alegré de que Lucy no pudiera verme en la oscuridad. Por primera vez en nuestras vidas, le hablé como a una amiga en quien confiaba.

—Es verdad, lo de Mark no se me pasó y lo más probable es que no se me pase nunca —expresé—. Supongo que fue mi primer amor verdadero.

—Conozco bien todo eso —manifestó mi sobrina—. Me preocupa que si algo llegara a suceder, tampoco habrá nadie más para mí. Y no quiero pasar el resto de mi vida sin tener lo que tengo ahora. Sin tener con quien hablar sobre cualquier cosa, una persona bondadosa a quien yo le importe. —Vaciló un momento. —Una persona que no se ponga celosa y que no me use.

—Lucy —dije—, Ring no volverá a usar una insignia policial en su vida, pero sólo tú puedes quitarle a Carrie el poder que tiene sobre ti.

—Ella no tiene ningún poder sobre mí —agregó ella y comenzó a irritarse.

—Por supuesto que lo tiene. Y lo entiendo. También yo estoy furiosa con ella.

Lucy permaneció callada un momento y después habló en voz más baja.

—Tía Kay, ¿qué me va a pasar?

—No lo sé, Lucy —respondí—. Yo no tengo las respuestas, pero te prometo que estaré junto a ti en cada paso del camino.

El camino tortuoso que la había llevado hacia Carrie con el tiempo nos llevó a la madre de Lucy, quien, desde luego, era mi hermana. Deambulé por los vericuetos de mis años de adolescente, y fui sincera con Lucy sobre mi matrimonio con su ex tío Tony. Le hablé de cómo me hacía sentir el hecho de tener mi edad y saber que probablemente no tendría hijos. A esa altura el cielo comenzaba a aclararse y había llegado el momento de comenzar el día. El chofer del comandante de la base nos aguardaba en el lobby a las nueve: era un joven soldado raso que casi no necesitaba afeitarse.

—Tenemos a otra persona que llegó justo después de ustedes —dijo y se puso un par de anteojos Ray Ban—. De Washington, del FBI.

Parecía muy impresionado con ese hecho y era evidente que no tenía la menor idea de lo que Lucy era, y la expresión de su rostro no cambió cuando yo le pregunté:

—¿Qué hace él en el FBI?

—Es un científico o algo así. Es un asunto bastante importante —respondió mirando a Lucy, quien lucía muy atractiva a pesar de haber estado levantada toda la noche.

El científico en cuestión era Nick Gallwey, jefe de la Escuadra de Catástrofes del FBI, y un experto forense de considerable reputación. Yo lo conocía desde hacía años, y cuando él entró en el lobby los dos nos abrazamos y Lucy le estrechó la mano.

—Un gusto, agente especial Farinelli. Y, créame, he oído hablar mucho de usted —le dijo a ella—. De modo que Kay y yo haremos el trabajo sucio mientras usted juega con la computadora.

—Así es, señor —dijo ella con dulzura.

—¿Hay por aquí algún lugar para desayunar? —le preguntó Gallwey al soldado, quien a esa altura estaba totalmente confundido, y de pronto muy tímido.

Nos llevó en el Suburban del comandante de la base debajo de un cielo interminable. Una cadena de montañas nos rodeaba a lo lejos, la flora del desierto y los pinos y abetos estaban empequeñecidos por falta de lluvia. El tráfico más cercano estaba a sesenta y cinco kilómetros de distancia en ese Hogar de los Mustangs, como llamaban a la base, con sus bunkers de municiones, armas de la Segunda Guerra Mundial y espacio aéreo restringido y vasto. Había rastros de sal donde mucho tiempo atrás solía haber aguas, y divisamos un antílope y un águila.

Stark Road nos condujo a la zona de pruebas, que se encontraba a unos quince kilómetros del sector de viviendas de la base. El bar Ditto estaba en el camino y allí paramos el tiempo suficiente para tomar un café y comer sándwiches de huevo. Después fuimos a la zona de pruebas, que consistía en un grupo de edificios grandes y modernos detrás de una cerca coronada por alambre de púas.

Había carteles de advertencia por todas partes, que prometían que los que entraran sin permiso serían recibidos por armas letales. En los edificios había códigos que indicaban lo que encerraban en su interior, y reconocí los símbolos del gas de mostaza y los agentes nerviosos, y también los de Ébola, Antrax y Hantavirus. Las paredes eran de concreto —nos dijo el soldado—, y de sesenta centímetros de espesor, y los refrigeradores eran a prueba de explosiones. La rutina no era tan diferente de la que yo había experimentado antes. Los guardias nos condujeron al edificio de aislamiento de tóxicos, y Lucy y yo nos dirigimos al vestuario de damas mientras Gallwey iba al de caballeros.

Nos desnudamos y nos pusimos ropa verde del ejército y, encima, trajes camuflados con capuchas con gafas protectoras, y guantes y botas de goma negra pesada. Al igual que los trajes azules del CCPE y del UEAS, éstos estaban conectados a líneas de aire dentro del recinto, que en este caso era de acero inoxidable del cielo raso al piso. Era un sistema completamente cerrado con filtros dobles de carbón, donde los vehículos contaminados como tanques podían ser bombardeados con agentes y vapores químicos. Nos aseguraron que podíamos trabajar allí todo el tiempo que hiciera falta sin correr ningún riesgo.

Hasta era posible que se lograra descontaminar y salvar alguna prueba. Pero resultaba difícil afirmarlo. Ninguno de nosotros había trabajado nunca en un caso como ése. Empezamos abriendo la puerta de la casa rodante y disponiendo luces dirigidas hacia adentro. Resultaba extraño moverse, porque el piso de acero hacía un ruido especial cuando caminábamos. Por encima de nosotros, un científico del ejército permanecía sentado en la sala de control, detrás de un vidrio, y monitoreaba todo lo que hacíamos.

De nuevo, yo entré primero porque quería revisar a fondo la escena del crimen. Gallwey comenzó a fotografiar marcas de herramientas en la puerta y a colocar polvo en busca de huellas dactilares, mientras yo entraba y miraba en todas direcciones como si nunca antes hubiera estado allí. El pequeño sector del living, que normalmente habría contenido un diván y una mesa, había sido vaciado y convertido en un laboratorio con equipo sofisticado que no era nuevo ni barato.

El conejo seguía vivo, y yo le di de comer y puse su jaula sobre una repisa de madera terciada pintada de negro. Debajo había una heladera y, dentro de ella, encontré Vero y fibroblastos pulmonares de embrión humano. Eran cultivos tisulares que rutinariamente se empleaban para alimentar *poxvirus*, del mismo modo en que los fertilizantes se emplean para ciertas plantas. Para mantener esos cultivos, el granjero loco de ese laboratorio móvil tenía una buena provisión de medio esencial mínimo Eagle, suplementado con diez por ciento de suero fetal de ternero. Esto y el conejo me dijeron que *docmuert* hacía algo más que mantener su virus: seguía en el proceso de propagarlo cuando se produjo el desastre.

Él había mantenido el virus en un congelador de nitrógeno líquido que no necesitaba enchufarse sino sólo volver a cargarse cada tantos meses. Tenía el aspecto de un termo de acero inoxidable de treinta y ocho litros, y cuando desenrosqué la tapa, saqué siete criotubos tan viejos que, en lugar de plástico, eran de vidrio. Los códigos que deberían haber identificado la enfermedad no se parecían a nada que yo hubiera visto, pero figuraba la fecha de 1978 y la ubicación de Birmingham, Inglaterra, y diminutas anotaciones escritas con tinta negra, con prolijidad y en letras minúsculas. Devolví esos tubos de horror viviente y congelado a su lugar helado y me puse a revisar el entorno y encontré veinte muestras de spray facial Vita, y jeringas de tuberculina que sin duda el asesino había usado para inocular los envases con la enfermedad.

Desde luego, había pipetas y cubetas de goma, cajas de Petri y los frascos con tapas de rosca donde el virus se desarrollaba. El medio que había adentro de ellas era de color rosado. Si hubiera comenzado a pasar a una tonalidad amarilla pálida, el balance de PH indicaría productos de desecho, acidez, lo cual significaría que las células cargadas de virus no habían sido bañadas durante un tiempo con su medio de cultivo de tejidos ricos en nutrientes.

Yo recordaba suficiente de la facultad de medicina y de mi formación como patóloga para saber que, cuando se propaga un virus, es preciso alimentar a las células. Esto se hace con el medio de cultivo rosado, que debe ser aspirado cada tantos días con una pipeta, cuando los nutrientes han sido reemplazados por desechos. Para que el medio siguiera estando rosado significaba que eso se había hecho hacía poco, al menos dentro de los últimos cuatro días. *Docmuert* era minucioso. Había cultivado la muerte con amor y cuidado. Sin embargo, había dos frascos rotos en el piso, tal vez debido a los saltos del conejo infectado que de alguna manera se había escapado de su jaula. No intuí allí suicidio sino una catástrofe no prevista que había hecho huir a *docmuert*.

Lentamente me moví por el lugar, pasé por la cocina, donde un único bol y un tenedor habían sido lavados y prolijamente puestos a secar sobre un repasador junto a la pileta. También las alacenas estaban ordenadas, con hileras de especias, cajas de cereal y arroz y latas de sopa de verdura. En la heladera había leche descremada, jugo de manzana, cebollas y zanahorias, pero nada de carne. Cerré la puerta mientras mi perplejidad aumentaba. ¿Quién era él? ¿Qué hacía en esa casa rodante día tras día, además de preparar sus bombas virales? ¿Miraba televisión? ¿Leía?

Comencé a buscar ropa; abrí cajones sin ninguna suerte. Si ese hombre había pasado mucho tiempo allí, ¿por qué no había ropa fuera de la que llevaba puesta? ¿Por qué no había fotografías o recuerdos personales? ¿O libros, catálogos para ordenar líneas de células, cultivos tisulares, material de referencia sobre enfermedades infecciosas? Y, más obvio todavía, ¿qué había sido del vehículo que remolcó ese trailer? ¿Quién se lo había llevado y cuándo?

Me quedé un rato más largo en el dormitorio, y la alfombra estaba negra por la sangre que quedó cuando nos llevamos el cuerpo. No olía ni oía nada salvo el aire que circulaba por mi traje cuando hice una pausa para cambiar mi batería de cuatro horas. Ese ambiente, como el resto de la casa rodante, era genérico, y cuando aparté el cobertor con un estampado de flores descubrí que la almohada y las sábanas de un lado estaban arrugadas como si alguien hubiera dormido sobre ellas. Encontré un pelo entrecano corto, y lo recogí con pinzas mientras recordaba que el pelo del hombre muerto era más largo y negro.

La lámina con una escena marina que había en la pared era barata, y la bajé para ver si podía descubrir dónde la habían enmarcado. Me senté en el sofá de dos plazas que había debajo de una ventana, del otro lado de la cama. Estaba tapizado en tela vinílica color rojo vivo, y encima había una planta de cacto que debía de ser la única cosa viva que había en ese trailer, salvo por lo que había en la jaula, en la incubadora y en el freezer. Toqué la tierra con un dedo y no estaba demasiado seca, y después puse la maceta sobre la alfombra y abrí el sofá.

Basándome en las telarañas y el polvo que encontré adentro, nadie lo había abierto en muchos años, y encontré un juguete de goma para gatos, un sombrero azul desteñido y una pipa con la boquilla mordida. Intuí que nada de eso pertenecía a la persona que vivía allí ahora y que ni siquiera había sido advertido por ella. Me pregunté si la casa rodante era usada o pertenecía a la familia, y me puse en cuatro patas y recorrí el piso hasta encontrar el casquillo del proyectil y el cartucho, que también sellé dentro de una bolsa para pruebas.

Lucy estaba sentada frente a la laptop cuando regresé al sector del laboratorio.

—Contraseña del protector de pantalla —comunicó a su micrófono de voz activada.

—Esperaba que te encontrarías con algo difícil —dije.

Ella ya rebuteaba y entraba en el DOS. Como la conocía, sabía que eliminaría esa contraseña en minutos, como la había visto hacer antes. —Kay —la voz de Gallwey resonó dentro de mi capucha—. Aquí afuera tengo algo bueno.

Bajé con lentitud los escalones, procurando que no se me enredara la línea de aire. Él estaba frente a la casa rodante, en cuclillas junto a la zona de la barra de enganche donde el VIN había sido obliterado. Después de pulir el metal con lija muy fina, ahora aplicaba una solución de ácido clorhídrico e hidroclorhídrico para disolver el metal y recuperar debajo el número estampado con profundidad que el asesino creyó haber limado.

—La gente no se da cuenta lo difícil que es elilminar una de estas cosas. —Su voz me llenó los oídos.

—A menos que sean ladrones profesionales de autos —dije.

—Bueno, quienquiera que haya hecho esto no fue muy profesional —comentó y comenzó a tomar fotografías—. Creo que lo tenemos.

—Esperemos que el trailer esté registrado —expresé.

—¿Quién puede saberlo? A lo mejor tenemos suerte.

—¿Qué me dices de huellas dactilares?

La puerta y el aluminio que la rodeaba estaban cubiertos de polvo negro.

—Hay algunas, pero sólo Dios sabe a quién pertenecen —dijo, se puso de pie y enderezó la espalda—. Dentro de un minuto revisaré la parte de adentro.

Mientras tanto, Lucy revisaba la computadora y tampoco encontraba nada que pudiera decirnos quién era *docmuert*. Pero sí halló archivos que él había grabado de nuestras conversaciones en los *chat rooms*, y resultaba escalofriante verlas en el monitor y preguntarse con cuánta frecuencia él las había vuelto a leer. Había detalladas notas de laboratorio que documentaban la propagación de las células virales, y esto era interesante. Todo parecía indicar que el trabajo se había iniciado sólo en el otoño, menos de dos meses antes de la aparición del torso.

A última hora de la tarde ya habíamos hecho todo lo que podíamos sin obtener ninguna revelación sorprendente. Nos dimos duchas químicas, mientras que al trailer se lo pulverizaba con gas con formalina. Yo seguí con mi ropa verde oliva del ejército porque no quería ponerme mi traje después de todo por lo que había pasado.

—No estás demasiado elegante —comentó Lucy cuando salimos del vestuario—. Tal vez deberías ponerte un collar de perlas. Vestirte un poco más.

—A veces suenas como Marino —dije.

Los días transcurrieron y llegó el fin de semana y no habíamos logrado nada espectacular. Me di cuenta de que se me había pasado el cumpleaños de mamá. En ningún momento lo recordé.

—¿Qué? ¿Ahora tienes Alzheimer? —me acusó ella de manera nada bondadosa por teléfono—. Ya no me vienes a ver. Ni siquiera te molestas en llamarme. Y te advierto que no me estoy volviendo más joven.

Se echó a llorar y a mí casi me ocurrió lo mismo.

—En Navidad —dije, como lo hacía todos los años—. Ya encontraré la manera. Llevaré a Lucy. Te lo prometo. No queda tan lejos.

Cuando conduje el auto por el centro estaba realmente agotada. Lucy estaba en lo cierto. En el campamento, el asesino sólo había utilizado la línea telefónica para comunicarse con AOL y, al final, todo nos remitía a la tarjeta de crédito que le robaron a Perley. *Docmuert* no volvió a llamar. Yo me había vuelto obsesiva y a veces me descubría esperando en ese *chat room*, cuando ni siquiera podía estar segura de que el FBI seguía observando.

El origen del virus congelado que encontré en el congelador de nitrógeno de la casa rodante seguía siendo desconocido. Los intentos de rastrear su ADN proseguían, y los científicos del CCPE sabían de qué manera el virus era diferente, pero no lo que era, y hasta el momento los primates vacunados seguían siendo susceptibles a él. Otras cuatro personas, incluyendo a dos boteros que aparecieron en Crisfield, habían contraído casos leves de la enfermedad. Ninguna otra persona parecía enfermar mientras la cuarentena de la aldea de pescadores continuaba y su economía se venía a pique. En cuanto a Richmond, sólo Wingo estaba enfermo, y su cuerpo flexible y su cara bondadosa estaban cubiertos de pústulas. Él no me dejaba verlo, por mucho que yo lo intentara.

Me sentía desolada y me costaba preocuparme por otros casos porque ése no parecía tener fin. Sabíamos que el hombre muerto en el trailer no podía ser *docmuert*. Sus huellas dactilares resultaron pertenecer a un vagabundo con un abultado prontuario de arrestos y delitos que tenían que ver con robos y drogas, y dos cargos de agresión física e intento de violación. Estaba libre bajo fianza cuando utilizó su cortaplumas para abrir la puerta de la casa rodante, y nadie dudaba de que su muerte por un tiro de escopeta era un homicidio.

Entré en mi oficina a las ocho y cuarto. Cuando Rose me oyó, enseguida traspuso la puerta.

—Espero que haya descansado un poco —expresó, más preocupada por mí que nunca.

—Lo hice. Gracias. —Sonreí y su preocupación hizo que me sintiera culpable y avergonzada, como si de alguna manera yo me hubiera portado mal. —¿Alguna novedad?

—No sobre Tangier. —Noté ansiedad en sus ojos. —Trate de no pensar en ello, doctora Scarpetta. Esta mañana tenemos cinco casos. Mire la superficie de su escritorio. Si puede encontrarlo. Yo estoy por lo menos dos semanas atrasada en la correspondencia y los micros porque usted no estaba aquí para dictármelos.

—Ya lo sé, Rose, ya lo sé —dije—. Es una cuestión de prioridades. Trata de nuevo de conseguir a Phyllis. Y si todavía te dicen que está enferma, consigue un número en el que podamos localizarla. Hace días que marco su número particular y nadie contesta.

—Si la consigo, ¿quiere que se la pase?

—Por supuesto —respondí.

Eso sucedió quince minutos después, cuando yo estaba por entrar en una reunión de equipo. Rose tenía a Phyllis Crowder en línea.

—¿Dónde demonios estás? ¿Y cómo estás? —pregunté.

—Esta maldita gripe —dijo ella—. No se te ocurra pescártela.

—Me la pesqué y todavía no me la pude sacar de encima —contesté—. Traté de comunicarme contigo a tu casa de Richmond.

—Lo que pasa es que estoy en casa de mi madre, en Newport News. ¿Sabes?, trabajo cuatro días por semana y hace años que paso los otros tres aquí.

Yo no lo sabía. Pero nunca nos habíamos tratado socialmente.

—Phyllis —dije—, odio tener que molestarte cuando no estás bien, pero necesito tu ayuda en algo. En 1978 se produjo un accidente en el laboratorio de Birmingham, Inglaterra, donde tú trabajaste en una época. Traté de conseguir más datos al respecto, pero sólo sé que una médica fotógrafa que trabajaba directamente en un laboratorio de viruela...

—Sí, sí —me interrumpió—. Estoy enterada. Supuestamente la fotógrafa fue expuesta a través de un conducto de ventilación y murió. El virólogo se suicidó. El caso lo citan todo el tiempo personas que alegan que se debe destruir toda la existencia de virus congelados.

—¿Trabajabas tú en ese laboratorio cuando ocurrió?

—No, gracias a Dios. Eso sucedió algunos años después de mi partida. Por ese entonces yo ya estaba en los Estados Unidos.

Yo quedé desalentada y ella tuvo un acceso de tos que casi le impidió hablar.

—Lo siento —dijo entre toses—. En estos momentos uno detesta vivir sola.

—¿No tienes a nadie que te cuide?

—No.

—¿Y qué me dices de la comida?

—Me las arreglo.

—¿Por qué no dejas que yo te lleve algo? —le propuse.

—De ninguna manera.

—Yo te ayudaré si tú me ayudas a mí —agregué—. ¿Tienes algunos archivos sobre Birmingham? ¿Relativos al trabajo que se desarrollaba cuando estabas allí? ¿Cualquier cosa que podrías revisar?

—Ese material debe de estar enterrado en alguna parte de esta casa, estoy segura —respondió.

—Desentiérralo y yo te llevaré un guiso.

Cinco minutos más tarde yo salía por la puerta y corría hacia mi automóvil. Al llegar a casa saqué del freezer varios cuartos de mi guiso casero y después llené el tanque del auto de combustible antes de dirigirme al este por la 64. Por el teléfono del auto le dije a Marino lo que estaba haciendo.

—Esta vez sí que perdiste el juicio —exclamó—. ¿Manejar más de ciento cincuenta kilómetros para llevarle comida a alguien? Podrías habérsela encargado a Domino's.

—Eso no tendría sentido. Y, créeme, lo que estoy haciendo sí lo tiene. —Me puse los anteojos oscuros. —Puede haber algo allá. Tal vez ella sepa algo que nos resulte útil.

—Está bien, si es así avísame —dijo—. Supongo que llevas puesto el aparato de radiollamada, ¿verdad que sí?

—Así es.

No había demasiado tráfico a esa hora del día y yo me mantuve en la velocidad permitida para que no me pusieran una multa. En menos de una hora pasaba por Williamsburg y veinte minutos después seguía las indicaciones que Crowder me había dado para llegar a su dirección en Newport News. El vecindario se llamaba Brandon Heights, un lugar en el que la clase económica estaba mezclada y las casas iban aumentando de tamaño a medida que me aproximaba al río James. La de ella era una casa modesta de madera de dos plantas, que hacía poco habían pintado de color blanco cáscara de huevo; el jardín y el parque estaban bien cuidados.

Estacioné detrás de una furgoneta, tomé el guiso, mi cartera y un maletín que me colgué de un hombro. Cuando Phyllis Crowder me abrió la puerta tenía un aspecto espantoso: estaba pálida y los ojos le ardían por la fiebre. Vestía una bata de franela y pantuflas de cuero que tenían el aspecto de haber pertenecido antes a un hombre.

—No puedo creer lo bondadosa que eres —dijo al abrirme la puerta—. Eso, o estás completamente loca.

—Depende de a quién se lo preguntes.

Entré y me detuve un momento para contemplar las fotografías enmarcadas que había en el hall de entrada revestido con madera oscura. La mayoría pertenecía a personas que hacían excursiones o pescaban y habían sido tomadas hacía muchos años. Mi vista se centró en una en particular: la de un hombre mayor que usaba un sombrero celeste y sostenía un gato mientras sonreía con una pipa en la boca.

—Es mi padre —manifestó Crowder—. Aquí vivían mis padres y, antes de eso, los padres de mi madre. Son los que están allí —dijo y señaló—. Cuando a mi padre comenzó a irle mal en Inglaterra, se vinieron aquí y se mudaron con la familia de ella.

—¿Y qué me dices de ti? —pregunté.

—Yo me quedé allá y continué con mis estudios.

La miré y no me pareció tan vieja como ella quería hacerme creer.

—Siempre tratas de que yo piense que eres un dinosaurio comparada conmigo —dije—. Pero, de alguna manera, no lo creo.

—Quizá lo que ocurra es que llevas los años mejor que yo. —Sus ojos oscuros y afiebrados miraron los míos.

—¿Alguien de tu familia todavía vive? —pregunté y miré más fotografías.

—Mis abuelos murieron hace alrededor de diez años; mi padre, hace cerca de cinco. Después de eso, empecé a venir aquí todos los fines de semana para cuidar a mamá. Ella se aferró a la vida todo lo que pudo.

—Debe de haber sido difícil para ti con lo atareado de tu carrera —dije, mientras miraba una antigua fotografía de ella riendo en un bote y sosteniendo en alto una trucha arco iris.

—¿Quieres pasar y sentarte? —preguntó—. Pondré esto en la cocina.

—No, no, indícame el camino y ahórrate el trabajo —insistí.

Me condujo por un comedor que no parecía haber sido usado en años: la araña ya no estaba y los cables colgaban sobre una mesa polvorienta; los cortinados habían sido reemplazados por persianas. Cuando entramos en la cocina, amplia y antigua, tenía los pelos de punta en la nuca y el cuero cabelludo y era todo lo que podía hacer para permanecer serena cuando apoyé el guiso sobre la mesada.

—¿Té? —preguntó ella.

Ya casi no tosía y, aunque tal vez estaba enferma, ésa no era la razón por la que se había mantenido alejada del trabajo.

—No, nada —respondí.

Ella me sonrió, pero su mirada era penetrante, y cuando nos sentamos frente a la mesa del desayuno yo trataba con desesperación de pensar qué hacer. Lo que yo sospechaba no podía ser cierto, o ¿debería habérmelo imaginado antes? Yo había tenido una relación cordial con ella durante más de quince años. Trabajamos en una cantidad de casos juntas, compartimos información, tuvimos una actitud parecida como mujeres. En las viejas épocas solíamos beber café juntas y fumar. Siempre me pareció encantadora, brillante y por cierto nunca intuí nada siniestro en ella. Sin embargo, me di cuenta de que era justo la clase de cosas que la gente dice sobre el asesino serial de la casa de al lado, el abusador de chicos, el violador.

—Hablemos de Birmingham —le dije.

—Hagámoslo. —Ya no sonreía.

—Encontramos la fuente congelada de esta enfermedad —dije—. Los frascos tienen etiquetas en las que figura el año 1978 y Birmingham. Me pregunto si en el laboratorio de allá pueden haber estado haciendo una investigación en cepas mutantes de viruela, o algo que tú pudieras saber...

—Yo no estaba allá en 1978 —me interrumpió.

—Bueno, a mí me parece que sí, Phyllis.

—No tiene importancia. —Se levantó para poner al fuego la pava para el té.

Yo no dije nada y esperé a que volviera a sentarse.

—Yo estoy enferma y, a esta altura, también tú deberías estarlo —dijo, y supe que no se refería a la gripe.

—Me sorprende que no hayas creado tu propia vacuna antes de empezar con todo esto —dije—. Me parece una actitud bastante descuidada para alguien tan minuciosa como tú.

—Yo no la habría necesitado si ese hijo de puta no hubiera entrado en la casa rodante y arruinado todo —saltó—. Ese cerdo inmundo y repugnante. —Se sacudió de la furia.

—Mientras estabas en AOL, hablando conmigo —dije—. Fue cuando te quedaste en línea y en ningún momento saliste del programa, porque él comenzó a tratar de violar la cerradura de la puerta. Y tú le disparaste y huiste en la furgoneta. Supongo que sólo fuiste a la isla Jones durante tus largos fines de semana, para pasar tu encantadora enfermedad a nuevos frascos y alimentar a esas preciosuras.

Mientras hablaba, mi furia aumentaba. A ella no pareció importarle, sino que lo disfrutaba.

—Después de todos estos años de practicar la medicina, ¿la gente no es más que portaobjetos y cajas de Petri? ¿Qué fue de sus rostros, Phyllis? Yo he visto a las personas a las que les hiciste esto. —Me le acerqué más. —Una mujer anciana que murió sola en su cama sucia, sin nadie que escuchara sus gritos pidiendo agua. Y ahora Wingo, quien no deja que lo mire. Un muchacho decente y bueno que agoniza. ¡Tú lo conoces! ¡Ha estado en tu laboratorio! ¡Qué mal te hizo él!

Ella no reaccionaba, pero también comenzaba a enfurecerse.

—Dejaste el spray Vita en uno de los compartimientos en que Lila Pruitt vendía recetas por veinticinco centavos. Corrígeme si me equivoco. —Mis palabras hicieron mella en ella. —Ella pensó que le habían dejado la correspondencia en el buzón equivocado y que un vecino se la había acercado. Qué agradable recibir algo gratis, pensó sin duda al rociarse el spray en la cara. Tenía el envase sobre su mesa de noche, y se lo ponía una y otra vez cuando sentía dolor.

Mi colega permanecía en silencio y sus ojos brillaban.

—Probablemente enviaste enseguida tus pequeñas bombas a Tangier —dije—. Y, después, nos las mandaste a mí y a mi personal. ¿Cuál era tu plan después de eso? ¿El mundo entero?

—Quizá —fue todo lo que ella dijo.

—¿Por qué?

—La gente me lo hizo primero a mí. Ojo por ojo.

—¿Qué te hicieron que se pareciera aunque remotamente a esto? —Me costaba controlar la voz.

—Yo estaba en Birmingham cuando sucedió el accidente. Se dio a entender que en parte era mi culpa, y me vi obligada a irme. Fue algo totalmente injusto, un revés terrible en mi carrera cuando yo todavía era joven y tenía que ganarme el sustento. Tuve miedo. Mis padres se habían venido a los Estados Unidos para vivir aquí, en esta casa. Les gustaban las actividades al aire libre: los campamentos, la pesca.

Durante un momento su vista se perdió como si hubiera vuelto a esa época.

—Yo no le importaba a nadie, a pesar de haber trabajado tanto. Conseguí otro trabajo en Londres, como en tres niveles más abajo que antes. —Su mirada se centró en mí. —No era justo. El que causó el accidente fue el virólogo. Pero como yo estaba allá ese día, y él después se mató, fue fácil echarme toda la culpa. Además, yo era muy chica.

—De modo que robaste el virus antes de irte —dije.

Ella sonrió con frialdad.

—¿Y lo guardaste todos estos años?

—No fue nada difícil cuando todos los lugares donde trabajé tenían congeladores de nitrógeno y podía monitorear el inventario —enfatizó con orgullo—. Sí, lo guardé.

—¿Por qué?

—¿Por qué? —Levantó la voz. —Yo era la que trabajaba en ese proyecto cuando ocurrió el accidente. Era mío. Así que me aseguré de llevarme una parte de eso y mis otros experimentos cuando me fui. ¿Por qué iba a permitir que se los quedaran? Ellos no eran suficientemente inteligentes como para hacer lo que yo hice.

—Pero esto no es viruela. No exactamente —dije.

—Bueno, eso es incluso peor, ¿verdad? —Los labios le temblaban con emoción al recordar aquellos días. —Yo empalmé el ADN de la viruela de los monos con el genoma de la viruela.

Comenzaba a excitarse cada vez más, y las manos le temblaban cuando se limpió la nariz con una servilleta.

—Y entonces, al principio del nuevo año académico, me pasaron por encima como jefa de departamento —prosiguió, los ojos brillantes con lágrimas de furia.

—Phyllis, eso no es justo...

—¡Cállate! —gritó—. Con todo lo que yo le di a esa maldita facultad. Yo formé a todos, incluyéndote a ti. Y le dan el puesto a un hombre porque yo no soy médica. Sólo soy licenciada.

—Se lo dieron a un patólogo formado en Harvard que tiene las condiciones necesarias para ocupar ese cargo —dije—. Y, además, no hay excusa posible por lo que hiciste. ¿Guardaste un virus todos estos años? ¿Para hacer esto?

La pava silbaba con estridencia. Me puse de pie y apagué la hornalla.

—No es la única enfermedad exótica que manipulé en mis archivos de investigación. He estado coleccionándolas —dijo—. De hecho pensé que algún día desarrollaría un proyecto importante. Estudiaría el virus más temido del mundo y aprendería algo más sobre el sistema inmunológico humano que podría salvarnos de otros flagelos como el SIDA. Hasta pensé que ganaría el Premio Nobel. —Ahora estaba extrañamente serena, como si se sintiera complacida consigo misma. —Pero no, no diría que en Birmingham mi intención era crear algún día una epidemia.

—Bueno, pues no lo hiciste —repliqué.

Sus ojos se entrecerraron con expresión maligna cuando me miró.

—Nadie enfermó, salvo las personas de quienes se sospecha que usaron el spray facial —dije—. Yo estuve expuesta varias veces a pacientes y estoy bien. El virus que creaste es un punto muerto; afecta sólo a la persona primaria pero no se replica. No hay infección secundaria. No hay epidemia. Lo que creaste fue pánico, enfermedad y muerte para un puñado de víctimas inocentes. Y perjudicaste seriamente la industria pesquera en una isla llena de personas que lo más probable es que jamás hayan oído siquiera hablar del Premio Nobel.

Me eché hacia atrás en la silla y la observé, pero a ella no pareció importarle.

—¿Por qué me enviaste fotografías y mensajes? —pregunté—. Fotografías tomadas en tu comedor, sobre esa mesa. ¿Quién fue tu conejillo de Indias? ¿Tu vieja y enferma madre? ¿La rociaste con el virus para ver si funcionaba? ¿Y cuando sí tuvo efecto le disparaste un tiro en la cabeza? ¿Y después la desmembraste con una sierra para autopsias para que nadie relacionara su muerte con tu manipuleo del producto?

—Te crees tan lista —dijo ella, *docmuert*.

—Asesinaste a tu propia madre y la cubriste con una funda porque no podías soportar verla cuando la serruchabas.

Ella apartó la vista y en ese momento sonó la chicharra de mi radiollamada. Lo tomé y leí el número de Marino. Saqué mi teléfono celular sin apartar la vista de Phyllis.

—Sí —dije cuando él contestó.

—Tenemos algo con respecto a la casa rodante —afirmó él—. La rastreamos hasta su fabricante y, después, a una dirección en Newport News. Pensé que querrías saberlo. Los agentes deberían llegar allí en cualquier momento.

—Ojalá el FBI hubiera llegado aquí un poco antes —dije—. Recibiré a los agentes en la puerta.

—¿Qué dijiste?

Corté la comunicación.

—Me comuniqué contigo porque sabía que tú me prestarías atención. —Crowder siguió hablando con voz más aguda. —Y para que hicieras un intento y, por una vez, fallaras. La famosa médica. La famosa jefa.

—Tú eras una colega y una amiga —expresé.

—¡Y yo me sentía agraviada por ti! —Tenía la cara congestionada y su pecho subía y bajaba por la rabia. —¡Siempre fue así! La forma en que el sistema siempre te trataba mejor, la atención siempre estaba centrada en ti. La gran doctora Scarpetta. La leyenda. Pero, ¡ja! Mira quién ganó. Al final fui más lista que tú, ¿no te parece?

Yo no quise contestarle.

—Te manejé como quise... —Me miró fijo, extendió el brazo en busca de un envase con aspirinas, lo sacudió y sacó dos tabletas. —Te llevé al borde de la muerte y te tuve esperando en el ciberespacio. ¡Me esperabas a mí! —dijo con aire triunfal.

Algo metálico golpeó con fuerza contra la puerta del frente. Yo eché mi silla hacia atrás.

—¿Qué van a hacer? ¿Pegarme un tiro? Quizá deberías hacerlo tú. Apuesto a que tienes un arma en uno de esos bolsos. —Se estaba poniendo histérica. —Yo tengo una en el otro cuarto y ya mismo voy a buscarla.

Se puso de pie mientras los golpes continuaban, y una voz gritó:

—¡Abra la puerta! ¡Es el FBI!

La aferré del brazo.

—Nadie te disparará, Phyllis.

—¡Suéltame!

La conduje hacia la puerta.

—¡Suéltame!

—Tu castigo será morir como ellos murieron —dije mientras la arrastraba.

—¡NO! —gritó en el momento en que la puerta se abría y se estrellaba contra la pared y las fotografías se soltaban de los ganchos que las sostenían.

Dos agentes del FBI entraron con las pistolas en las manos, y uno de ellos era Janet. Esposaron a la doctora Phyllis Crowder después de que ella se desplomó en el piso. Una ambulancia la transportó al Hospital General Sentara Norfolk, donde murió veintiún días más tarde, esposada a la cama y cubierta de pústulas fulminantes. Tenía cuarenta y cuatro años.

EPÍLOGO

Yo no pude tomar la decisión enseguida sino que la postergué hasta vísperas de Año Nuevo, cuando se supone que la gente hace cambios, resoluciones, promesas que sabe que nunca podrá cumplir. La nieve repiqueteaba contra mi techo de pizarra cuando Wesley y yo nos sentamos en el piso delante del fuego bebiendo champaña.

—Benton —dije—. Necesito ir a alguna parte.

Pareció desconcertado, como si yo hablara de hacerlo en ese mismo instante, y agregó:

—No hay muchos lugares abiertos, Kay.

—No. Un viaje, quizás en febrero. A Londres.

Él calló un momento al darse cuenta de lo que yo pensaba. Apoyó la copa sobre el piso de la chimenea y me tomó una mano.

—Esperaba que quisieras hacerlo —dijo—. Aunque te cueste mucho, hazlo. Para poder cerrar un capítulo, tener paz de espíritu.

—No estoy muy segura de poder tener paz de espíritu.

Solté la mano y me aparté el pelo. Esto era difícil para él. Tenía que serlo.

—Tú debes de extrañarlo —dije—. Nunca hablas sobre el tema, pero era como un hermano para ti. Recuerdo todas las veces que hicimos cosas juntos, los tres. Cocinar, ver películas, sentarnos a hablar sobre casos y la última porquería que el gobierno nos había hecho. Como las licencias forzosas, los impuestos, los recortes en el presupuesto.

Él sonrió apenas y se puso a observar las llamas.

—Y yo solía pensar en lo afortunado que era él de tenerte. Me preguntaba cómo sería. Pues bien, ahora lo sé, y tenía razón. Tuvo muchísima suerte. Creo que es la única persona con la que realmente podía hablar, además de ti. En realidad es bastante extraño. Mark era una de las personas más egocéntricas que he conocido, uno de esos seres maravillosos y decididamente narcisistas. Pero era una buena persona. Y, además, inteligente. Creo que uno jamás deja de extrañar a alguien así.

Wesley usaba un suéter de lana blanca y pantalones color crema, y a la luz del fuego estaba casi radiante.

—Si sales esta noche desaparecerás —afirmé.

Me miró con curiosidad.

—Así vestido y en medio de la nieve. Si llegas a caer en una zanja, nadie te encontrará hasta la primavera. Deberías usar algo oscuro en una noche como ésta. Ya sabes, por lo del contraste.

—Kay, ¿qué te parece si preparo un poco de café?

—Es como las personas que quieren tener una cuatro por cuatro para el invierno. Así que se la compran de color blanco. Dime si eso tiene sentido cuando uno se desliza sobre un camino blanco debajo de un cielo blanco con cosas blancas por todas partes.

—¿De qué hablas? —Me miraba fijo.

—No lo sé.

Saqué la botella de champaña del balde. El agua goteó cuando volví a llenar nuestras copas, y en ese sentido yo le ganaba por dos a uno. En el reproductor de CD había una serie de éxitos de los años setenta, y *Three Dog Night* vibraba por los parlantes de las paredes. Era una de esas poco frecuentes ocasiones en que yo podía emborracharme. No podía dejar de pensar en lo sucedido y de verlo mentalmente. Yo no lo supe hasta estar en ese cuarto con los cables colgando del cielo raso y vi el espectáculo truculento de las manos y pies seccionados puestos en fila. Sólo entonces la verdad penetró en mi mente. No podía perdonármelo.

—Benton —dije en voz baja—, yo debería haber sabido que era ella. Debería haberlo sabido antes de ir a su casa y entrar allí y ver las fotografías y ese cuarto. Quiero decir, una parte mía debió de saberlo, y yo no le presté atención.

Él no me contestó, y yo lo tomé como una acusación adicional.

—Debería haber sabido que era ella —murmuré de nuevo—. Las personas podrían no haber muerto.

—"Debería" es algo que es muy fácil decir después de los hechos. —Su tono era bondadoso pero firme. —Las personas que viven en la casa de al lado de los Gacy, los Bundy, los Dahmer del mundo siempre son las últimas en darse cuenta, Kay.

—Pero ellas no saben lo que yo sé, Benton. —Bebí un sorbo de champaña. —Ella mató a Wingo.

—Hiciste todo lo que estaba a tu alcance —me recordó.

—Lo extraño —dije con un suspiro triste—. No fui a la tumba de Wingo.

—¿Por qué no cambiamos de tema y tomamos café? —preguntó Wesley.

—¿No puedo dejarme llevar cada tanto? —Yo no quería estar presente.

Él comenzó a masajearme la nuca y yo cerré los ojos.

—¿Por qué siempre tengo que decir cosas sensatas? —farfullé—. Precisa con respecto a esto, exacta con respecto a lo otro. "Coherente con" y "característico de". Palabras frías y filosas como las hojas de acero que uso. ¿Y de qué me servirán en un juzgado? ¿Cuando se trata de Lucy? ¿De su carrera, de su vida? Todo por culpa del hijo de puta de Ring. Yo, la testigo experta. La amante tía. —Una lágrima rodó por mi mejilla. —Dios, Benton, estoy tan cansada.

Él se acercó, me rodeó con los brazos y me sentó sobre sus rodillas para que yo pudiera apoyar en él la cabeza.

—Yo iré contigo —me dijo contra el pelo.

El 18 de febrero, el aniversario del día en que una bomba estalló en un tacho de basura y derrumbó una entrada de subterráneo, una taberna y un bar, tomamos un taxi negro hacia la Estación Victoria de Londres. Habían volado escombros y los vidrios rotos del techo cayeron como metralla y misiles con terrible fuerza. El IRA no tenía a Mark como blanco. Su muerte no tuvo nada que ver con el hecho de que él perteneciera al FBI. Sencillamente él estaba en el lugar equivocado y en el momento equivocado, como les ocurre a tantas personas que se convierten en víctimas.

La estación estaba repleta de personas que viajaban todos los días al trabajo y que casi me atropellaron cuando nos dirigimos al sector central donde los expendedores de boletos de ferrocarril estaban muy atareados en sus cabinas y las carteleras que había en las paredes mostraban horarios y trenes. Los quioscos vendían golosinas y flores, y allí uno podía sacarse una fotografía para el pasaporte o cambiar dinero. Los tachos de basura estaban ubicados en el interior de McDonald's y en lugares así, pero no vi ninguno afuera.

—Ahora no es un buen lugar para esconder una bomba. —Wesley miraba la misma cosa.

—Vive y aprende —dije, y empecé a temblar por dentro.

En silencio me puse a mirar cómo las palomas aleteaban sobre nuestras cabezas y picoteaban migas en el piso. La entrada al Grosvenor Hotel estaba al lado de la Victoria Tavern, y era allí donde había sucedido. Nadie sabía con certeza qué hacía Mark en ese momento, pero se creía que estaba sentado a una de las mesas pequeñas y altas frente a la taberna cuando explotó la bomba.

Sabíamos que esperaba el arribo del tren de Brighton porque iba a reunirse con alguien que llegaba en él. Hasta el día de hoy no sé de quién se trataba, porque la identidad de ese individuo no se podía revelar por razones de seguridad. Eso fue lo que me dijeron. Yo nunca entendí muchas cosas, tales como la coincidencia de la hora y el lugar, y si esa persona clandestina con la que Mark debía reunirse también había muerto con la explosión. Miré el techo de vigas maestras y vidrio, el viejo reloj sobre la pared de granito y las arcadas. El estallido de la bomba no había dejado cicatrices permanentes, salvo en la gente.

—Brighton es un lugar bastante extraño para estar en febrero —le comenté a Wesley con voz temblorosa—. ¿Por qué volvería alguien de un lugar de veraneo junto al mar en esa época del año?

—No sé por qué —dijo él y paseó la vista por el lugar—. Lo sucedido tuvo que ver con el terrorismo. Como sabes, Mark trabajaba en ese tema. De modo que nadie dice demasiado al respecto.

—Correcto. Trabajaba en eso y murió de esa manera —dije—. Y nadie parece pensar que existía una relación entre ambas cosas. Que quizá no fue por accidente que murió.

Él no respondió y yo lo miré, con el alma pesada y sintiendo que me hundía en la oscuridad de un mar insondable. La gente, las palomas y los anuncios constantes por los altoparlantes de la estación se fusionaron en un estrépito que me mareó y, por un instante, todo se hizo negro. Wesley me aferró cuando me tambaleaba.

—¿Te sientes bien?

—Quiero saber a quién iba a ver —dije.

—Por favor, Kay —dijo con ternura—. Vayamos a algún lugar donde puedas sentarte.

—Quiero saber si pusieron la bomba de manera deliberada porque determinado tren llegaba a determinada hora —insistí—. Quiero saber si todo esto es ficción.

—¿Ficción? —preguntó él.

Yo tenía los ojos llenos de lágrimas.

—¿Cómo sé que esto no es sólo un encubrimiento, un truco, porque él está vivo y escondido? Un testigo protegido con una nueva identidad.

—No es así. —La expresión de la cara de Wesley era de tristeza, y él me tomó de la mano. —Vayámonos de aquí.

Pero yo no quería moverme.

—Tengo que saber la verdad. Si realmente sucedió. Con quién debía encontrarse y dónde está ahora esa persona.

—No hagas eso.

La gente pasaba junto a nosotros sin prestarnos atención. Se oía ruido a pisadas y el retumbar de acero cuando los obreros de la construcción colocaban nuevas vías.

—No creo que tuviera que reunirse con alguien. —Mi propia voz me sacudió y me sequé los ojos. —Creo que todo esto es una gran mentira del FBI.

Él suspiró y apartó la vista.

—No es una mentira, Kay.

—¡Entonces quién es esa otra persona! ¡Necesito saberlo! —grité.

Ahora la gente miraba hacia nosotros y Wesley me sacó del tráfico hacia la plataforma 8, en la que el tren de las 11:46 salía para Denmark Hill y Peckham Rye. Me condujo por una rampa de azulejos azules y blancos hacia una sala con bancos y armarios, donde los viajeros podía guardar sus pertenencias y reclamar equipaje en depósito. Yo sollozaba y no podía evitarlo. Me sentía confundida y furiosa cuando nos dirigimos a un rincón desierto y él me sentó en un banco.

—Dímelo —dije—. Benton, por favor. Tengo que saberlo. No me hagas pasar el resto de la vida sin saber la verdad.

Él me tomó las dos manos.

—Ya puedes dejar de pensar en todo esto. Mark está muerto. Te lo juro. ¿De veras crees que yo podría tener esta relación contigo si supiera que él está vivo en alguna parte? —dijo con pasión—. Dios. ¡Cómo imaginas siquiera que yo podría hacer una cosa así!

—¿Qué le ocurrió a la persona que esperaba? —volví a insistir.

Él vaciló.

—Murió, me temo. Estaban juntos cuando explotó la bomba.

—¿Entonces por qué tanto secreto con respecto a su identidad? —exclamé—. ¡Esto no tiene sentido!

Él volvió a vacilar, esta vez más tiempo, y por un instante sus ojos se llenaron de piedad con respecto a mí y parecía a punto de llorar. —Kay, no era un hombre. Mark estaba con una mujer.

—Otro agente. —Yo no entendía.

—No.

—¿Qué me estás diciendo?

Tardé en comprender porque no quería entender, y cuando él se quedó callado lo supe.

—Yo no quería que te enteraras —dijo—. Pensé que no necesitabas saber que estaba con otra mujer cuando murió. Salían del Grosvenor Hotel cuando estalló la bomba. No tuvo nada que ver con él. Mark sólo acertó a estar allí.

—¿Quién era ella? —Sentí al mismo tiempo alivio y repugnancia.

—Su nombre era Julie McFee. Era abogada, trabajaba en Londres y tenía treinta y un años. Se conocieron en un caso en el que él trabajaba. O quizá por intermedio de otro agente. En realidad no estoy seguro.

Lo miré a los ojos.

—¿Cuánto hace que lo sabes?

—Hace bastante. Mark iba a decírtelo, y no me tocaba a mí hacerlo. —Me tocó la mejilla y me secó las lágrimas. —Lo lamento. No tienes idea de cómo me siento por esto. Como si no hubieras sufrido suficiente.

—En cierta forma, me facilita las cosas —contesté.

Un adolescente con la cabeza rapada y un indio golpearon la puerta de un armario. Esperamos hasta que se hubiera ido con su chica vestida con ropa de cuero negro.

—Típico de mi relación con él, en serio. —Me sentí vacía y casi no podía pensar cuando me puse de pie. —Él no podía comprometerse, correr riesgos. Nunca lo habría hecho, por nadie. Se perdió tantas cosas, y eso es lo que me entristece más.

Afuera estaba húmedo y soplaba un viento helado, y la fila de taxis que rodeaba la estación no tenía fin. Caminamos de la mano y compramos botellas de Hooper's Hooch, porque en las calles de Londres se podía beber limonada con alcohol. La policía montada pasó frente a Buckingham Palace, y en St. James's Park una banda de guardias con gorras de piel de oso desfilaba mientras la gente los apuntaba con cámaras. Los árboles se mecían y el redoblar de los tambores se desvanecía cuando caminamos de vuelta al Athenaeum Hotel en Piccadilly.

—Gracias —dije, y lo rodeé con un brazo—. Te amo, Benton —agregué.

CAUSA DE MUERTE
Patricia Cornwell

Con sus novelas inquietantes y hábilmente estruc-
turadas, Patricia Cornwell ha conquistado al público
internacional, adicto a su singular capacidad para
combinar una historia que atrapa al lector, una no-
table erudición en medicina forense y personajes
atractivos.

En *Causa de muerte,* la doctora forense Kay Scarpetta
se sumerge en un caso laberíntico que teje una trama
de peligro alrededor de las personas más próximas
a ella y amenaza con diseminar miedo y muerte.

Ted Eddings, un periodista de investigación, muere mientras bucea
bajo la superficie helada del río Elizabeth. ¿Sondeaba las profundidades
del astillero inactivo en busca de una historia? ¿Y por qué Scarpetta
había recibido el llamado telefónico de alguien que informaba de la
muerte de Eddings antes de que la policía fuera notificada?
Cuando se produce un segundo homicidio, el caso involucra a
Scarpetta, su sobrina Lucy y el capitán de policía Pete Marino en un
mundo donde la tecnología de avanzada se convierte en una importante
arma ofensiva. Se abre un abismo de violencia tan oscuro como las
aguas en las que muriera Eddings.

"Cornwell, con su dominio magistral del género de suspenso, es
capaz de suscitar una avidez tal en el lector que sólo ella puede
satisfacer con sus magníficas historias."

–Publishers Weekly